JADĄC DO BABADAG

去往巴巴达格

Andrzej Stasiuk

[波兰] 安杰伊·斯塔休克 / 著

龚泠兮 / 译

花城出版社

中国·广州

图书在版编目（CIP）数据

去往巴巴达格／（波）安杰伊·斯塔休克著；龚泠兮译. -- 广州：花城出版社，2022.12
（蓝色东欧／高兴主编. 第7辑）
ISBN 978-7-5360-9636-3

Ⅰ.①去… Ⅱ.①安… ②龚… Ⅲ.①游记－作品集－波兰－现代 Ⅳ.①I513.1

中国版本图书馆CIP数据核字(2022)第248187号

合同版权登记号：图字19-2019-189号
Jadąc do Babadag, Andrzej Stasiuk
Copyright © 2004 by Andrzej Stasiuk
Published by Wydawnictwo Czarne
All rights reserved by and controlled through Suhrkamp Verlag Berlin

出 版 人：	张 懿
丛书策划：	朱燕玲
出版统筹：	李倩倩　夏显夫　欧阳佳子
责任编辑：	杜小烨　许阳莎
责任校对：	衣 然
技术编辑：	薛伟民　凌春梅
封面供图：	子 夏
装帧设计：	棱角视觉 ANGULAR VISION

书　　名		去往巴巴达格 QUWANG BABADAGE
出版发行		花城出版社（广州市环市东路水荫路11号）
经　　销		全国新华书店
印　　刷		恒美印务（广州）有限公司（广州南沙经济技术开发区环市大道南路334号）
开　　本		880毫米×1230毫米 32开
印　　张		11.5　2插页
字　　数		210,000字
版　　次		2022年12月第1版　2022年12月第1次印刷
定　　价		59.00元

本书中文专有出版权归花城出版社独家所有，非经本社同意不得连载、摘编或复制。
如发现印装质量问题，请直接与印刷厂联系调换。
购书热线：020-37604658　37602954
花城出版社网站：http://www.fcph.com.cn

去往巴巴达格

目 录
CONTENTS

记忆，阅读，另一种目光（总序）/ 高兴 / 1
看见地图的空白（中译本前言）/ 龚泠兮 / 1

那份恐惧 / 1

《斯洛伐克200》 / 9

勒希纳里 / 25

我们的领袖 / 42

穿越匈牙利东部前往乌克兰的旅程描述 / 60

巴亚马雷 / 82

塞凯伊地 / 88

战争开始的国度 / 100

阿尔巴尼亚 / 116

摩尔多瓦　／　142

前往加拉茨的渡轮　／　175

在新的地方搭建的帐篷　／　183

三角洲　／　190

去往巴巴达格　／　215

作者注释　／　327

主要地名对照表　／　330

致谢　／　333

记忆，阅读，另一种目光

（总序）

高兴

昆德拉说过："人的一生注定扎根于前十年中。"我想稍稍修改一下他的说法："人的一生注定扎根于童年和少年中。"童年和少年确定内心的基调，影响一生的基本走向。

不得不承认，二十世纪五六十年代出生的人都有着不同程度的俄罗斯情结和东欧情结。这与我们的成长有关，与我们的童年、少年和青春岁月有关。而那段岁月中，电影，尤其是露天电影又有着怎样重要的影响。那时，少有的几部外国电影便是最最好看的电影，它们大多来自东欧国家，几乎吸引了所有人的目光，看那些电影的日子是我们童年的节日。在某种意义上,甚至可以说,它们还是我们的艺术启蒙和人生启蒙,构成童年最温馨、最美好和最结实的部分。

还有电影中的台词和暗号。你怎能忘记那些台词和暗号。它们已成为我们青春的经典。最最难忘的是《瓦尔特保卫萨拉热窝》。"'空气在颤抖,仿佛天空在燃烧。''是啊,暴风雨来了。'""看,这座城市,它就是瓦尔特。"简直就是诗歌。是我们接触到的最初的诗歌。那么悲壮有力的诗歌。真正有震撼力的诗歌。诗歌,就这样和英雄主义和浪漫主义,紧紧地连接在了一起。

还有那些柔情的诗歌。裴多菲,爱明内斯库,密茨凯维奇。要知道,在二十世纪七八十年代,读到他们的诗句,绝对会有触电般的感觉。而所有这一切,似乎就浓缩成了几粒种子,在内心深处生根,发芽,成长为东欧情结之树。

然而,时过境迁,我们需要重新打量"东欧"以及"东欧文学"这一概念。严格来说,"东欧"是个政治概念,也是个历史概念。过去,它主要指波兰、捷克斯洛伐克、匈牙利、罗马尼亚、保加利亚、南斯拉夫、阿尔巴尼亚七个国家。因此,在当时,"东欧文学"也就是指上述七个国家的文学。这七个国家,加上原先的民主德国,都曾经是以苏联为首的华沙条约组织的成员。

一九八九年底,东欧发生剧变。此后,苏联解体,华沙条约组织解散,捷克和斯洛伐克分离,南斯拉夫各共和国相继独立，所有这些都在不断改变着"东欧"这一概念。而实际情况是，波兰、捷克、匈牙利、罗马尼亚等国家甚至都不再愿意被称为东欧国家，它们更愿意被称为中欧或中南欧国家。同样，不少上述国家的作家也竭力抵制和否定这一概念。在他们看来，东欧是个高度政治化、笼统化的概念，对文学定位和评判，不太有利。这是一种微妙的姿态。在这种姿态中，民族自尊心也发挥着不可估量的作用。

但在中国，"东欧"和"东欧文学"这一概念早已深入人心，有广泛的群众和读者基础，有一定的号召力和亲和力。因此，继续使用"东欧"和"东欧文学"这一概念，我觉得无可厚非，有利于研究、译介和推广这些特定国家的文学作品。事实上，欧美一些大学、研究中心也还在继续使用这一概念。只不过，今日，当我们提到这一概念，涉及的就不仅仅是七个国家，而应该包含更多的国家：摩尔多瓦等独联体国家、立陶宛，还有波黑、克罗地亚、斯洛文尼亚、塞尔维亚、黑山等从南斯拉夫联盟独立出来的国家。我们之所以还能把它们作为一个整体来谈论，是因为它们有着太多的共同点：都是欧洲弱小国家，历史上都曾不断遭受侵略、瓜分、吞并和异族统治，都曾把民族复兴当作最高目标；都是到了十九世纪末二十世纪初才相继获得独立，或得到统一，第二次世界大战后都走过一段相同或相似的社会主义道路，一九八九年后又相继走上了资本主义发展道路；之后，又几乎都把加入北约、进入欧盟当作国家政策的重中之重。这二十多年来,发展得都不太顺当,作家和文学都陷入不同程度的困境。用饱经风雨、饱经磨难来形容这些国家,十分恰当。

换一个角度,侵略,瓜分,异族统治,动荡,迁徙,这一切同时也意味着方方面面的影响和交融。甚至可以说,影响和交融,是东欧文化和文学的两个关键词。看一看布拉格吧。生长在布拉格的捷克著名小说家伊凡·克里玛,在谈到自己的城市时,有一种掩饰不住的骄傲:"这是一个神秘的和令人兴奋的城市,有着数十年甚至几个世纪生活在一起的三种文化优异的和富有刺激性的混合,从而创造了一种激发人们创造的空气,即捷克、德国和犹太文化。"①

克里玛又借用被他称作"说德语的布拉格人"乌兹迪尔的笔为我们描绘了一个形象的、感性的、有声有色的布拉格。这是一个具有超民族性的神秘的世界。在这里,你很容易成为一个世界主义者。这里有幽静的小巷、热闹的夜总会、露天舞台、剧院和形形色色的小餐馆、小店铺、小咖啡屋和小酒店。还有无数学生社团和文艺沙龙。自然也有五花八门的妓院和赌场。布拉格是敞开的,是包容的,是休闲的,是艺术的,是世俗的,有时还是颓废的。

布拉格也是一个有着无数伤口的城市。战争、暴力、流

---

① 见伊凡·克里玛:《布拉格精神》,崔卫平译,作家出版社,1998年,第44页。

亡、占领、起义、颠覆、出卖和解放充满了这个城市的历史。饱经磨难和沧桑，却依然存在，且魅力不减，用克里玛的话说，那是因为它非常结实，有罕见的从灾难中重新恢复的能力，有不屈不挠同时又灵活善变的精神。如果要用一个词来形容布拉格的话，克里玛觉得就是：悖谬。悖谬是布拉格的精神。

或许悖谬恰恰是艺术的福音，是艺术的全部深刻所在。要不然从这里怎会走出如此众多的杰出人物：德沃夏克、亚那切克、斯美塔那、哈谢克、卡夫卡、布洛德、里尔克、塞弗尔特，等等。这一大串的名字就足以让我们对这座中欧古城表示敬意。

布拉格如此，萨拉热窝、华沙、布加勒斯特、克拉科夫、布达佩斯等众多东欧城市，均如此。走进这些城市，你都会看到一道道影响和交融的影子。

在影响和交融中，确立并发出自己的声音，十分重要。不少东欧作家为此做出了开拓性和创造性的贡献。我们不妨将哈谢克和贡布罗维奇当作两个案例，稍加分析。

说到捷克作家哈谢克，我们会想起他的代表作《好兵帅克》。以往，谈论这部作品，人们往往仅仅停留于政治性评价。这不够全面，也容易流于庸俗。《好兵帅克》几乎没有什么中心情节，有的只是一堆零碎的琐事，有的只是帅克闹出的一个又一个的乱子，有的只是幽默和讽刺。可以说，幽默和讽刺是哈谢克的基本语调。正是在幽默和讽刺中，战争变成了一个喜剧大舞台，帅克变成了一个喜剧大明星、一个典型的"反英雄"。看得出，哈谢克在写帅克的时候，并没有考虑什么文学的严肃性。很大程度上，他恰恰要打破文学的严肃性和神圣感。他就想让大家哈哈一笑。至于笑过之后的感悟，那就是读者自己的事情了。这种轻松的姿态反而让他彻底放开了。借用帅克这一人物，哈谢克把皇帝、奥匈帝国、密探、将军、走狗等统统给骂了。他骂得很过瘾，很解气，很痛快。读者，尤其是捷克读者，读得也很过瘾，很解气，很痛快。幽默和讽刺于是又变成了一件有力的武器，特别适用于捷克这么一个弱小的民族。哈谢克最大的贡献也正在于此：为捷克民族和捷克文学找到了一种声音，确立了一种传统。

而波兰作家贡布罗维奇与哈谢克不同，恰恰是以反传统而引起世人瞩目的。他坚决主张让文学独立自主。在二十世纪三四十年代，贡布罗维奇的作品在波兰文坛显得格外怪异、离谱，他的文字往往夸张扭曲，人物常常是漫画式的，他们随时都受到外界的侵扰和威胁，内心充满了不安和恐惧，像一群长不大的孩子。作家并不依靠完整的故事情节，而是主要通过人物荒诞怪僻的行为，表现社会的混乱、荒谬和丑恶，表现外部世界对人性的影响和摧残，表现人类的无奈和异化以及人际关系的异常和紧张。长篇小说《费尔迪杜凯》就充分体现出了他的艺术个性和创作特色。

捷克的赫拉巴尔、昆德拉、克里玛、霍朗，波兰的米沃什、赫贝特、希姆博尔斯卡，罗马尼亚的埃里亚德、索雷斯库、齐奥朗，匈牙利的凯尔泰斯、艾什特哈兹，塞尔维亚的帕维奇、波帕，阿尔巴尼亚的卡达莱……如此具有独特风格和魅力的当代东欧作家实在是不胜枚举。

一方面，在某种程度上，东欧曾经高度政治化的现实，以及多灾多难的痛苦经历，恰好为文学和文学家提供了特别的土壤。没有捷克经历，昆德拉不可能成为现在的昆德拉，不可能写出《可笑的爱》《玩笑》《不朽》和《难以承受的存在之轻》这样独特的杰作。没有波兰经历，米沃什也不可能成为我们所熟悉的将道德感同诗意紧密融合的诗歌大师。但另一方面，需要注意的是，由于语言的局限以及话语权的控制，东欧文学也极易被涂上浓郁的意识形态色彩。应该承认，恰恰是意识形态色彩成全了不少作家的声名。昆德拉如此，卡达莱如此，马内阿如此，赫尔塔·米勒亦如此。我们在阅读和研究这些作家时，需要格外地警惕：过分地强调政治性，有可能会忽略他们的艺术性和丰富性；而过分地强调艺术性，又有可能会看不到他们的政治性和复杂性。如何客观地、准确地认识和评价他们，同样需要我们的敏感和平衡。

一个美国作家，一个英国作家，或一个法国作家，在写出一部作品时，就已自然而然地拥有了世界各地广大的读者，因而，不管自觉与否，他，或她，很容易获得一种语言和心理上的优越感和骄傲感。这种感觉东欧作家难以体会。有抱负的东欧作家往往会生出一种紧迫感和危机感。他们要用尽全力将弱势转化为优势。昆德拉就反复强调，身处小国,你"要么做一个可怜的、眼光狭窄的人",要么成为一个广闻博识的"世界性的人"。别无选择,有时,恰恰是最好的选择。因此,东欧作家大多会自觉地"同其他诗人、其他世界和其他传统相遇"(萨拉蒙语)。昆德拉、米沃什、齐奥朗、贡布罗维奇、赫贝特、卡达莱、萨拉蒙等东欧作家都最终成为"世界性的人"。

关注东欧文学,我们会发现,不少作家,基本上,都在出走后,都在定居那些发达国家后,才获得一定的国际声誉。贡布罗维奇、昆德拉、齐奥朗、埃里亚德、扎加耶夫斯基、米沃什、马内阿、史克沃莱茨基等都属于这样的情形。各种各样的原因,让他们选择了出走。生活和写作环境、意识形态、文学抱负、机缘等,都有。再说,东欧国家都是小国,读者有限,天地有限。

在走和留之间,这基本上是所有东欧作家都会面临的问题。因此,我们谈论东欧文学,实际上,也就是在谈论两部分东欧文学:海外东欧文学和本土东欧文学。它们缺一不可,已成为一种事实。

在我国,东欧文学译介一直处于某种"非正常状态"。正是由于这种"非正常状态",在很长一段岁月里,东欧文学被染上了太多的艺术之外的色彩。直至今日,东欧文学还依然更多地让人想到那些红色经典。阿尔巴尼亚的反法西斯电影、捷克作家伏契克的《绞刑架下的报告》、保加利亚的革命文学,都是典型的例子。红色经典当然是东欧文学的组成部分，这毫无疑义。我个人阅读某些红色经典作品时，曾深受感动。但需要指出的是，红色经典并不是东欧文学的全部。若认为红色经典就能代表东欧文学，那实在是种误解和误导，是对东欧文学的狭隘理解和片面认识。因此，用艺术目光重新打量、重新梳理东欧文学已成为一种必须。为了更加客观、全面地翻译和介绍东欧文学，突出东欧文学的艺术性，有必要颠覆一下这一概念。蓝色是流经东欧不少国家的多瑙河的颜色，也是大海和天空的颜色，有广阔和博大的意味。"蓝色东欧"正是旨在让读者看到另一种色彩的东欧文学，看到更加广阔和博大的东欧文学。

二〇一三年十月三十一日定稿于北京

主编简介：高兴，诗人、翻译家，一九六三年出生于江苏吴江市。中国作家协会会员。国务院政府特殊津贴专家。现为中国社会科学院外国文学研究所研究员、《世界文学》主编。曾以作家、翻译家、外交官和访问学者身份游历过欧美数十个国家。出版过《米兰·昆德拉传》《东欧文学大花园》《布拉格，那蓝雨中的石子路》等专著和随笔集；主编过《二十世纪外国短篇小说编年·美国卷》（上、下册）、《伊凡·克里玛作品系列》（5卷）、《水怎样开始演奏》、《诗歌中的诗歌》、《小说中的小说》（2卷）等大型图书。主要译著有《文森特·凡高：画家》《黛西·米勒》《雅克和他的主人》《可笑的爱》《安娜·布兰迪亚娜诗选》《我的初恋》《索雷斯库诗选》《梦幻宫殿》《托马斯·温茨洛瓦诗选》等。

看见地图的空白

——

(中译本前言)

龚泠兮

我第一次读《去往巴巴达格》,是在二〇一二年时大学三年级的波兰文学翻译课上,在李怡楠老师的引领下尝试翻译这本书的开头段落。

又是黑夜降临,天地万物离我远去,消逝无迹,掩埋在了无边的黑色夜空里。孑然一身的我只得不断回忆,因为面对无尽,我只感到恐惧。一个在时空中消散的灵魂宛若落入茫茫大海里的一滴水。我如此胆怯,以致不敢去相信;我又如此苍老,以致无法承受失去。我相信,只有通过看遍风景才能获得安宁,只有在这天地之间我才能寻见容身之处。

  这是十年前,我初读它的段落。它让我灵魂战栗,惊叹波兰语竟也可以如此美丽;让我为如何传递这种语言的美感而字句琢磨,苦苦思索;也让我在把它译为中文后第一次收获了文学翻译的由衷满足与喜悦;更让我默默许下了心愿,盼望自己有朝一日能够把《去往巴巴达格》整本书都译成中文。

  而十年以后的此时此刻,我终于在为《去往巴巴达格》作译者序。在此特别感谢 Edyta 师姐的引荐、高兴老师的鼓励,以及花城出版社编辑老师们的大力支持,让我能有机会翻译这本书,让我十年前的小小心愿真的实现。

  《去往巴巴达格》这本书,不仅记录了作者前往罗马尼亚巴巴达格小镇途中的所见所闻所思,也讲述了作者在波兰、斯洛伐克、斯洛文尼亚、匈牙利、阿尔巴尼亚、摩尔多瓦等国的旅途见闻。全书共有十四章,并非按时间和地点先后顺序排列,它更像是作者手中的旧地图,随意指向一处地点,便是一场远行。因此,这本书中出现了极多的地名,而这些地名虽然以不同语言书写,却始终有着两个基本的共同点:一是大多位于当时属于苏联社会主义阵营的国家,在地理上,更是政治意义上俗称的东欧区域;二是它们大多鲜为人知，更鲜有人至。

《起风了》中有一句歌词，"我曾难自拔于世界之大"，无论是作者还是每一位旅人，在出发时大概都会怀有这样的心情。世界之大仿佛有一种无穷的魔力，引人向未知之地前赴后继。只是和作者不一样的是，在大多数人的世界之大中，并未把东欧区域包含在内——在广袤迷人的欧洲大陆上，西欧的国家和城市、山川与河流，哪怕小小的村落，往往都为游人所熟知，也多在地图软件上拥有了自己的中文译名。而东欧区域，就如作者笔下所述，在许多地图上往往是一片辽阔的空白，很少有人知晓那里的城市甚至首都的名字，更遑论隐没在山川河湖之间的小镇村庄。也少有人会逆着一路向西的人流去往那里，去了解那里自苏联解体后如今的模样，去探访当地居民现在的生活，去追寻那片土地的过去和未来。

而我们的作者，一边坦然承认自己更青睐"边缘地区"，偏好"过去的、消亡和衰败的一切"；一边在这片游人寥寥的区域里也要执着地避开城市和高速公路，拐入地图上也未必存在的乡间小路，抵达更沉寂无闻的乡村原野。他的旅行发生在二〇〇四年这本书初次出版以前，彼时连如今发展较好的波兰、匈牙利等国都尚未加入欧盟，因此让作者印象深刻的海关与海关官员依然存在，他的伏特加罐子里收集的斯洛伐克和斯洛文尼亚硬币也还未变成欧元，他途经的所有国度尚且都拥有着后苏联时代相似的气质与底色，他写下的关于它们的文字还是一部关于失落东欧的游记。

是的,有人称这本书是一部关于失落东欧的游记。但它又不仅仅是一部游记。如评论家所言,称之为游记是对这本书的一种贬低。因为在其中,除却自然风光、风土人情、趣闻逸事,作者还记录了自己发散的思考和无边的想象,涵盖历史与政治、文学和哲学,远远超出"游记"的体裁范畴。所以阅读这本书的过程其实并不轻松,不仅有众多陌生的地名需要辨别,还有着更多的历史人物和典故、政治事件与背景、文学记载及哲学论点需要了解,才能勉强跟上作者的步伐,随他走完这一段不为人知也不同寻常的边缘欧洲之路。但这,也恰恰是这本书的魅力所在。

我很感激有翻译《去往巴巴达格》这本书的机会,让我能够跟随作者的笔触,去仔细看一看这片我亦忽视的土地——或许作者的视野因主观而被局限;或许东欧如今的模样与他多年前的记录相比较有所改变;或许他所踏足的地方我们并没有机会去印证,他所思考的我们也未必赞同认可……但总归,当东欧在波兰籍作者的讲述中徐徐呈现,在他融合了历史典故、文学哲思的娓娓道来下跃然纸上,我们所看见的它才更有血有肉、生动立体。

我想,这也是将这本书从波兰语译成中文的意义所在。"一带一路"之上,人类命运共同体之内,也该带大家看看我们鲜少前去、并不了解的它,当地人眼中、笔下的它,无论是过去的，还是现在的。

这些曾属于东欧的国家，它们都拥有过璀璨耀眼的文明、辉煌灿烂的历史、源远流长的文化和勤劳善良的人民；过去的人民也曾拥有过美好的生活。自剧变后，斗转星移，现今部分国家已成功转型加入欧盟，开始作为"中东欧"国家在欧洲为人所知，它们中有一些国家近十年的发展日新月异，整个国家的基础设施、投资环境、精神面貌都焕然一新，在传统强势的西欧国家面前也越来越有自信和底气。但也有一些国家则想要加入欧盟并融入欧洲，却始终达不到及格线；或者终于加入了欧盟，但目前仍是"差生"般的存在。它们曾经的荣耀都消逝在了历史的洪流中，曾经闻名过的城市沉寂破败、游人寥寥，曾经安居在此的人们背井离乡，一路向西。外面世界如火如荼的全球化竞争、热火朝天的新基建、日新月异的5G技术和数字化浪潮似乎都暂时与它们无关，只能眼睁睁看着葡萄园枯萎了，动物们在街道上游荡，海滩边堆放着西欧车辆的"尸体"……

但，无论是已踏步迈入新欧洲或还未，这些国家曾共同拥有过部分相似的往昔，如今仍然共同拥有着"东欧"这个名字或标签，亦总是被笼统而模糊的印象掩盖了自身的光彩或困顿。能被重新认识也好，通过作者的记录也罢，只有当跨越那些盛名在外、众人向往的精彩国度，终于抵达这片相对边缘、寂寂无闻的东欧区域，让它们各自真实的模样和故事、美好或失落、探求及思索被真的看见，它们才会从地图上空白的虚无变为真正的存在,被标记姓名,被具象化过去,并迎接属于自己也许不再一样、不再沉默的当下与未来。

这个世界一直在变,《去往巴巴达格》中的它们也许已有所改变,也许经年未变,但可以跨越山海距离还有偏见隔阂,首先被阅读、被看见。

献给 M

那份恐惧

是的，只有那份恐惧、那些寻觅、那些足迹、那些故事，只有它们意图遮住遥不可及的地平线。又是黑夜降临，天地万物离我远去，消逝无迹，掩埋在了无边的黑色夜空里。孑然一身的我只得不断回忆，因为面对无尽，我只感到恐惧。一个在时空中消散的灵魂宛若落入茫茫大海里的一滴水。我如此胆怯，以致不敢去相信；我又如此苍老，以致无法承受失去。我相信，只有通过看遍风景才能获得安宁，只有在这天地之间我才能寻见容身之处。我多想把自己埋葬在我曾去过并且还会去到的所有那些地方，把头埋在青翠的曾普伦山脉①间，将心埋在特兰西瓦尼亚②，右手埋在乔尔诺戈拉③，左手埋在斯皮什斯卡贝拉④，视觉埋在布科维纳⑤，

---

① 匈牙利的火山，山脉被茂密的树林所覆盖。
② 罗马尼亚中西部地区。
③ 乌克兰西部山脉。
④ 斯洛伐克东北部城镇。
⑤ 位于喀尔巴阡山脉和德涅斯特河之间，这一地区现由乌克兰和罗马尼亚两国统治。

嗅觉埋在勒希纳里①，思维就埋在这里的某处吧……小溪在黑暗中潺潺流淌，早春的回暖荡涤白雪的痕迹，我在这时这般的夜里想起了频繁踏上旅途的那些遥远时光，如同默念咒语般呢喃着远方城市的名字——巴黎、伦敦、柏林、纽约、悉尼……而于我而言，这些地方不过是地图上被埋没在大片绿色、蓝色之中的红色或黑色小点而已，我无法追寻它们真实的声音。与它们有关的故事也都是虚构的，只不过填满了时间，打发了无趣。那些久远时光中的每一次远行都像是一场逃离，充满了恐慌绝望和歇斯底里。

一九八三或一九八四年夏日的某一天，我搭便车抵达斯武比采②，遥遥望见了河流对岸的法兰克福③。暮色四合，河面氤氲着湿润的蓝灰色水汽。民主德国的大楼和工厂烟囱看起来黯淡而不真实。太阳无精打采地照耀着，好似即将熄灭的火焰。对岸是如此寂静而毫无生机，就像经历了一场大火，一切都被燃烧殆尽。只有河流的气息——腐烂、分解的味道和鱼腥味，还显得有些烟火气。但我确信，在河的对岸，这气息也会乍然消散。无论如何，在那个夜晚，我转过身去向东返回，就像狗嗅了嗅陌生领地的气息，又退回了自己的轨迹。

---

① 罗马尼亚中部城市。
② 波兰卢布斯卡省奥得河畔的一座城市，与德国奥得河畔法兰克福隔河相望。
③ 指德国东部奥得河畔法兰克福，邻近波兰。

当然，那时候我还没有护照，也从没想过要去办护照。"自由"和"护照"这两个词的组合听起来是很高雅，但完全难以令人信服。护照的具体内涵与自由并不相符，甚至是完全相反的。在戈茹夫①周边，我的想法汇成了一句话：自由要么存在，要么不存在，就是这样。通常而言，我的国家对我来说就已足矣，因为我不在意它的疆界。我生活在它的内部、它的中心，它的中心随我的移动而不断移动着。我对于所处的空间没有任何要求，也没有任何期望。

为了赶上开往日拉尔杜夫②的黄蓝相间的火车，我在天亮以前就出发了。火车从东站驶出，穿过中心城区，灯光在窗上连成金色和银色的光带。车上的人越来越多。男人们穿着破旧的外套，他们大多在乌尔苏斯③下车，走向工厂冰冷的灯光。百十个黑影在黑暗中几不可见，仅仅在大门处被水银灯照亮，如同正走入一座巨大的教堂。车上几乎只剩我自己了。接下来，在米拉努韦克④和格罗济斯克⑤又有很多人上车，这回的乘客里出现了更多的妇女，因为日拉尔杜夫是纺织、布料、缝纫之类工厂的聚集地。车厢里混杂着烟草的黑烟、装三明治的塑料袋酸味，以及廉价香水、肥皂的气味。夜色从地面一点点剥离，在不断升起的日光中可以看见

---

① 波兰南部城市。
② 波兰中部城市，位于首都华沙西南方向。
③ 波兰华沙工业区。
④⑤ 波兰华沙西南部郊区城镇。

铁路警卫的岗亭,他们立正站好,挥舞手中橙色的小旗。路边奶牛的肥大肚子在晨雾中若隐若现。日拉尔杜夫是清一色的红色砖房,有些屋子里还亮着出门人忘灭的灯。我和其他人一起下了车。我来这里无事可做,下车是为了向所有那些必须在天不亮时就起床的人表达一种敬意。因为没有他们披星戴月的操劳,这个世界就只会是白昼黑夜变换颜色的游戏和阴晴雨露交替上演的气象剧。在火车站的餐吧喝了些浓茶之后,我又踏上回程,准备在一两天后出发去北部或者东部,漫无目的。

　　某个夏天,我昼夜不停跋涉了七十二小时,一路上与货车司机们攀谈,疲惫和无眠令他们的话语听起来像是从旷野飘来的缓慢独白。车窗外的风景不断靠近又远去,最终凝结不动,好似时间终于放弃了挣扎。黎明时分,在普茨克①某个地方的路边,狭长的云彩在海湾上空舒展,渐浓的明亮日光像一把利刃从云层下方滑出,大海冰冷的气息和海鸥的尖叫交织着。那时的我非常可能去到了海滩上;但同样很有可能的是,我在几个小时的昏睡后遇到一辆货车在路边停下,车上的青年说他要穿越整个国家,前往南方。这比单调无趣的潮起潮落要有更大的吸引力,于是我又跳上了货车后厢,裹紧了毯子,在摇晃的篷布下打起了瞌睡。半梦半醒之间,逝去的风景融合着幻影似乎都来入梦,我如局外人般眼看着

---

① 波兰北部海岸城镇。

这一切。

华沙仿若一座陌生的城市远去,而我心上却无半点波澜。齿间满是地上扬起的灰尘,我就像在穿越一片陌生的土地一样穿行在我的国家。拉多姆和桑多梅日①之间是一片未知之地,天空、树木、房屋、大地,一切都可能存在于其他任何地方。我行走在一片没有任何历史、任何故事、任何值得留存的记忆的空间之中。我是第一个抵达皮皮若瓦山②脚的人,随着我的到来,一切开始了。时间开始流淌,天地万物都在我目光触及的一刹那才开始老去。过了塔尔诺布热格③以后,我敲了敲驾驶室的金属隔板,惊叹于硫矿的规模,我想要下车。庞大的挖掘机伫立在深坑之中,我不在意它们来自何处。我可以想象它们是从天上掉下来的,是为了咬入土地,咀嚼土壤,挖出一条横穿地球的通道,令无尽的海水从中奔涌而来,淹没这里的一切,而通道另一侧将变成沙漠。地狱的恶臭在周边弥漫,我无法将目光从这魔鬼的巢穴上移开,它令我联想到了坟墓、尸体还有阴冷的地府。一切都静止不动。如果这个地方还有日历的话,那天应该是星期日吧。

所以这完全不是波兰,这一系列画面不是任何一个国家,这些都是借口。也许只有当我们的皮肤感受到将我们与

---

① 均为波兰中南部城镇。
② 波兰中南部山脉,大部分位于桑多梅日市境内。
③ 波兰南部城市。

最久远的时光、所有的死者、史前的时代联结起来的无名之地时,只有当意识甫从这个世界抽离,却尚未意识到自己孑然一身时,我们才能感受到自己的存在。我把一只手从卡车窗口伸了出去,指尖流淌着的,是最古老的时间。是的,这不是波兰,这是最原始的孤寂。这里可能是廷巴克图①或者科德角②。我的右手边是"文艺复兴的珍珠"巴拉努夫③,我在那段日子里一定路过了它十数次,却从未想过要停下脚步去看一看它。我可以毫无遗憾地离开任何地方,它们都如此美好,甚至不需要名字。我以世所未见的方式不停地挥霍浪费,用力狂欢,尽情消耗,从不知积累为何物。清晨在海岸边④,夜晚则在桑河⑤河畔的森林,乡村小酒馆里举杯喝酒的男人们犹如鬼魂,以未完成的姿势在我的目光中定格成幻影。我所记得的他们就是这个样子。但这个场景也有可能发生在一年之前或之后,在莱格尼察⑥附近或谢德来茨⑦东北四十公里的某个村庄里。我们点燃了篝火,乡村男孩们从黑暗中走了出来,这可能是他们这辈子头一回见到陌生人吧。我们对他们来说是不真实的,他们对我们而言亦是如

---

① 西非马里共和国城市,位于撒哈拉沙漠边缘、尼日尔河北岸,历史上曾为伊斯兰文化中心之一。
② 又称鳕鱼角,是美国马萨诸塞州南部巴恩斯特布尔县的钩状半岛。
③ 波兰华沙西南部城市。
④ 指波兰北部波罗的海海岸。
⑤ 波兰东南部河流,维斯瓦河分支。
⑥⑦ 波兰西部城镇。

此。他们站着,看着,饰有公牛首或交叉着左轮手枪的巨大皮带扣在黑暗中闪闪发光。最终他们在附近坐下了,但谈话充满了不真实的感觉,甚至他们带来的红酒也无法令我们重回地面。黎明时,他们起身离开了。一两天后,我也许在泽洛齐夫①站了十个小时,却没有人愿意捎我一程。我记得那里的树篱和小桥的石栏,虽然对于树篱我并不是很确定,它也有可能位于其他什么地方。正如我记忆里的大多数事物,我记得它们,我将它们从风景中攫取而来,又将它们拼凑成了我自己的地图、我自己的奇妙地理。

有一天,我碰到了一辆前往波兹南②的皮卡车。司机喊着:"跳上来吧!不过当心我的鱼!"我躺在装满水的巨大箔袋之间,那里面游动的成百上千条小鱼还没有指甲那么大。水是冰凉的,我不得不把自己裹在毯子里。那一车的鱼在弗热希尼亚③转向格涅兹诺④,黎明时分空荡荡的路上又只剩下我一个人。太阳还未升起,天气很冷。我有可能路过波兹南去了弗罗茨瓦夫⑤,一两天之后可能又去了海岸边或是贝斯基德山⑥。若是在前往贝斯基德山的路上,那么我在奥斯

---

① 乌克兰西部城市。
② 波兰西部大城市,展会之都。
③ 波兰西部城市,位于波兹南以东、格涅兹诺以南。
④ 波兰波兹南附近的城市,波兰第一个首都。
⑤ 波兰西部大城市。
⑥ 西喀尔巴阡山的一部分,系波兰南部以及波兰与捷克、斯洛伐克边境上一系列山岳的统称。

瓦瓦河①畔的某处森林中看到了一名赤身裸体的男子站在河里洗澡。他看到我后，只是背过了身去。而如果是前往海岸边的话，那么在亚斯琴比亚古拉②的某个晚上，我在荒凉的沙滩上朝卡尔维亚③的方向赤脚走去，在红色的天幕下，我看到了黑色的巨石阵。我无处可憩，那些废墟像是天外来物，由木板、胶合板和粗麻布构成。在那些年代里是会发生这样的事情的。有人建造了它们，又把它们遗留在这里，一定是哪个电视节目组吧。我从一处缝隙中爬上了其中一块竖立的巨石，陷入了沉睡。

---

① 波兰东南部河流，桑河分支。
②③ 波兰北部波罗的海边的乡村。

《斯洛伐克200》

　　我所拥有的最好的地图，莫过于《斯洛伐克200》了。它是如此翔实，曾帮助我走出了曾普伦山脚下某处无边无际的玉米地。在这张包罗了整个国度的巨大图纸上，连人行的路径都有标记。这幅地图已磨损破裂，在绘制着大片土地和零星水流的平面图像上，某些地方只余空白。我总是随身携带着它，尽管它笨重又占地方。这张地图似是有种魔力，因为没有看它我便循着记忆找到了前往科希策①的道路，然后抵达了沙托劳尔尧乌伊海伊②。而我之所以拿着它，是因为对它的折皱和磨损感到好奇。它最先在折皱处裂开，折痕和裂缝交会成了比浅蓝色交叉制图线更为清晰的崭新格线。在地图的折叠和展开之间，城市与村庄逐渐消失，被塞进了汽车的手套箱或背包里。米哈洛夫采③消失了，斯特罗普科夫④亦然，一个不存在的空洞侵占了乌日霍罗德⑤，不久以

---

①③④　斯洛伐克东部城市。
②　匈牙利东北部城市。
⑤　乌克兰西部城市，邻近斯洛伐克边境。

后胡门内①也将化归虚无,托普拉河畔的弗拉诺夫②流失不见,蒂萨河边的齐甘德③破碎湮灭。

直到几年前,我才开始对地图抱以这样的关注。在此之前,我把它们当作一种装饰,或是一种在我们这个地球各个角落都被全面披露的信息时代中幸存下来的过时的符号图像。我对地图的所有关注始于巴尔干半岛的战争。对我们而言,一切都以战争开始或结束,没什么奇怪的。我只是想知道,炮兵瞄准的是什么,飞行员又从他们的飞机上看到了什么。报纸上的示意图看起来都太优雅无害了,只有一个地区的名字,旁边是程式化的爆炸闪光。没有河流的踪迹,没有地形的模样,没有地势的起伏,没有自然或文明的痕迹,什么都没有,只有一个名字和一声爆炸。我必须去探寻伏伊伏丁那④,因为它离我最近。战争总能唤起男人们的斗志,即便它令他们感到恐惧。红色的战火沿着多瑙河蔓延,依次燃烧过贝尔格莱德、巴塔伊尼察⑤、诺维萨德⑥、武科瓦尔⑦、松博尔⑧。松博尔距匈牙利边境二十公里,离我的房子大约

---

①② 斯洛伐克东部城市。
③ 匈牙利东北部城镇,邻近斯洛伐克。
④ 塞尔维亚北部自治省。
⑤ 塞尔维亚首都贝尔格莱德西北部地区。
⑥ 塞尔维亚北部城市,邻近匈牙利。
⑦ 克罗地亚东部边境城市,邻近前南斯拉夫、今塞尔维亚伏伊伏丁那自治省。
⑧ 塞尔维亚北部城市,邻近匈牙利。

四百五十公里。只有真正的地图能够告诉我们,何时将听见远处的轰鸣。无论电视还是报纸,都不能模拟出距离这样具象的东西。

这可能就是为什么我的斯洛伐克地图的磨损如此轻易地令我联想到彻底的毁灭。红色的战火沿着多瑙河开始将纸张吞噬,它自伏伊伏丁那燃起,从巴纳特①蔓延至匈牙利平原,吞没了特兰西瓦尼亚,最后燃烧至喀尔巴阡山②的边缘。

这一切都将消失,如灯泡熄灭,只留下必须以新的形状来填满的球形真空,但我对此毫不在意,因为它们甚至会成为一个更为可悲的版本:把日常包装成节日,把贫穷美化成富有,充斥着自我夸大、自我美化的混乱喧嚣。就像无用的塑料,虽然立马开始降解的过程,但作为躺在垃圾填埋场里的废物几乎永远存在,直到被火燃烧殆尽,其他的元素都对它束手无策。这是当我们开车经过莱奥尔迪纳③、下维谢乌④、上维谢乌⑤,朝普里斯洛普山口⑥方向前行的时候我冒

---

① 中欧的地理和历史地域,现为三个国家的领土。其东部属于罗马尼亚(蒂米什县、卡拉什-塞维林县、阿拉德县和梅赫丁茨县),西部位于塞尔维亚(大部分位于伏伊伏丁那,其余位于中塞尔维亚),北部少量土地属于匈牙利(琼格拉德州)。

② 喀尔巴阡山脉是阿尔卑斯山脉的东部延伸,位于欧洲中部,全长1450千米,从斯洛伐克布拉迪斯拉发附近的多瑙河谷起,经波兰、乌克兰边境到罗马尼亚西南多瑙河畔的铁门,呈半环形横卧大地。

③④⑤ 罗马尼亚北部乡村。

⑥ 位于罗马尼亚。

出来的想法。那一路上几乎没有车，人却成百上千。他们或站或坐或行走，衣着光鲜而庄重。人群从自己瓦片覆盖之下的木屋中走出，犹如水滴汇入汩汩河水般聚集在一起，最终汇成宽广的波浪漫延到路肩上，流淌在沥青路上，延伸到谷底。到处都是白色的衬衣，深色的礼裙和外套，还有礼帽和手帕。樟脑丸的味道、节日的气息，还有廉价的香水味透过敞开的车窗飘来。上维谢乌人山人海，我们几乎停在原地，车的两侧都是汹涌的人潮。我们停了下来，但我们的旅程并没有停下。节日的氛围愈发浓厚，将我们笼罩其中，带我们逆当下的时光而上。没有人买卖东西，至少我们没有看到。皮特罗苏尔山①屹立在远方，山顶覆盖着皑皑白雪。那是东正教复活节的第三天，节日显示了事物轻微的惯性，人们的身体在此时屈服于重力，仿佛要回归到灵魂尚未被禁锢、尚未挣扎、尚未试图以相似的懒惰外壳包裹自己的初始状态。

  过了莫伊塞②以后，我们稍作停留。四位年老的村民坐在路边的荒野上，指着他们前方遥遥之处，引我们去看远处树林成荫的山坡之上。我们明白了，那里有一座修道院。我们可以看到林间的塔顶。村民们就这样坐着，往那个方向望去，姿态仿若是在参加庄严的仪式。他们极力劝说我们去那里参观，但我们着急赶路。当我们离开时，他们半躺着，一

---

① 乌克兰与罗马尼亚边境马拉穆列什山国家公园内山峰。
② 罗马尼亚北部马拉穆列什山下城镇。

动不动地凝视着，倾听着。也许是在等待钟声的响起，等待因节日而静止的天地之间有动静降临。

这一切都会消失。夜晚在古拉胡莫鲁卢伊①的主街上，十五岁的男孩们想向我们推销德国车牌，向我们保证，这些车牌是从宝马车上扒下来的。这一切都将湮灭，成为剩余世界的一部分。是的，在罗马尼亚的第一天，我就感受到了整个大陆的悲哀。举目所见皆是颓败，复兴遥不可期。肯普隆格②加油站的服务员在枪套里装着一把枪。他从黄昏中走来，打手势告诉我们，没有任何东西可以提供给我们。但再往前行驶一公里，另一个加油站灯火通明，犹如旧时夜晚里的狂欢节，他们那里什么都有。出油的喷嘴被装可乐的塑料瓶口挤满。男人们人手拿着一两个瓶子走来，然后钻进黑暗中去寻找他们死去的车辆。

马拉穆列什③就在我们身后。覆盖着坚硬积雪的山口亦是如此，还有挂着德国车牌的旧奥迪车里那名肤色黝黑的男子。他打开后备厢，从中取出一辆儿童摩托车，那是一辆小型的铃木或川崎牌的摩托车。他让一名两岁的男孩坐在上面，拍了一张又一张照片。一阵冰凉的风自山口吹过，除了我们，那里再无一人。除了这冰冷而美丽的旷野，天地间空

---

① 罗马尼亚东北部山间城镇。
② 罗马尼亚中南部城市。
③ 罗马尼亚北部区县，与乌克兰相邻。

无一物。阳光倾泻在卡雷①和萨图马雷②之间的沼泽湿地上，我听见了相机的咔嚓声，那小男孩面容严肃，脸颊通红。过了一会儿，父亲把玩具车收了起来，他们继续往山下向西行去，无疑是驶向家的方向。我们也离开了那里，因为在那寒风呼啸的高处，双手被吹到麻木，脸颊也被吹得疼痛。我们一路蜿蜒向下行驶，来到了比斯特里察河谷③，深入到了更加黑暗的空气里。

现在我知道了，我所记住的多么寥寥，所有发生过的事情都可能是在其他地方发生的。从乌布王④的国度到吸血鬼德古拉伯爵⑤领地的旅途，没能留下日后可以相信的，似巴黎、巨石阵、圣马可广场一般可靠的回忆。锡盖图-马尔马切伊⑥最终更像是一场梦境。我们开车迅速路过了它，中途不曾停留。我完全无法描述它的模样，只能说它看起来像一部复杂的小说。无论如何，它迅速地消失了，青翠的山脉又

---

① 罗马尼亚西北部城市，距萨图马雷33公里。
② 罗马尼亚北部特兰西瓦尼亚地区城市。
③ 罗马尼亚北部河流。
④ 又译作愚比王，是法国先锋戏剧家阿尔弗雷德·雅里戏剧中的人物。
⑤ 原型来自中世纪统治今罗马尼亚地区的瓦拉几亚大公弗拉德三世。弗拉德三世以残酷暴虐而闻名，在死后被人传为吸血鬼。尤其在小说家布莱姆·斯托克以其为原型创作了小说《德古拉》以后，"德古拉伯爵"渐渐成为吸血鬼的经典形象。
⑥ 罗马尼亚城市，位于该国西北部伊扎河畔。

一次从地平线上升起，我立即感到了遗憾和想念。就像一觉醒来以后，当我们为回到梦中世界的渴望所鞭策时，我们的自由意志被剥夺了，却被赋予了意料之外的绝对自由。这发生在人迹罕至，还未承载太多目光的那些地方。注视可以熨平事物与风景，但破坏和衰败也随之而来。太多的目光令这世界犹如一张磨损的破旧地图，变得疲惫不堪。

我们开车去了辛尼斯塔区①，这里的一切都属于山区的步枪兵团，属于普尤·博尔坎上校。上校去世后，又归属于伊佐达·马夫罗丹·马赫穆迪亚上校，人称可卡。透过巴巴罗图达山口，皮普伊万山②的风景在眼前展开，窄轨燃煤火车正向山谷驶去。辛尼斯塔区的居民胸膛上都挂着军用的名牌，每一个来到这里并长久留下的人都得到了一个新名字。有时，可卡会在皮普伊万山下组织针对穆斯塔法·穆克曼的伏击。穆克曼体重三百公斤，是土耳其和德国混血儿，用卡车将羊肉从乌克兰的某个地方运输到塞萨洛尼基③或更远的罗得岛④。除了羊肉以外，卡车的冰柜里有时也运送包裹严实的偷渡者。波兰方面的同盟会向可卡通报穆克曼的动态。在这里，稀释的工业酒精被用来浸泡干蘑菇，然后混合林间

---

① 匈牙利作家亚当·博多小说《辛尼斯塔区》中地名。
② 乌克兰与罗马尼亚边境山峰，属乔尔诺戈拉山脉一部分。
③ 希腊北部城市。
④ 希腊南部岛屿。

水果发酵而成的果汁一同饮用。加布里埃尔·邓卡在他的作坊里为辛尼斯塔监狱制作了磨砂玻璃。他将一块玻璃放在沙盒中，赤脚在上面踩了很久很久，从而磨出了一块磨砂玻璃。他三十七岁，是个侏儒。一个雨天，他在自己的送货车上捡到了赤身裸体的艾尔维拉·斯皮里登，这是他平生第一次闻到女人身体的香气，但忠诚战胜了欲望，他把她拒之门外，因为她只是出于意外才没有爬上穆克曼的卡车。

这一切大概都发生在锡盖图-马尔马切伊附近，并且真的发生过。然而我知道这些，是两年以后从亚当·博多的《辛尼斯塔区》这本书里。在此之后，它便一直在我的脑海里跟随着我。它跟随着我，化为了地图上存在的天地。肉眼所见的，又一次在娓娓道来的事情面前变得苍白，苍白但未完全消失，只是失去了它的清晰直白和令人难以忍受的确定性。这是附属国度、次等民族和二等公民的专长——那些闪烁的言辞，那些数倍夸大其词的虚构故事，那些扭曲的镜子、魔幻的灯笼、海市蜃楼、幻想与幻影，那些在实际情况和理想情形之间的游移，是对自我的嘲讽、对自身命运的嘲弄。他们嘲弄又仿照着自己的命运，把失败讲述成英雄般的传奇，把捏造的谎言包装成救赎。

我们最终停下来过夜的地方没有水。主人举着一支手电筒，引我们走过寒冷的走廊。他告诉我们，水泵坏了，技工在从苏恰瓦①或雅西②赶来的途中已经是第三周了。他解释说,住在这座房子里的男人是外国人,来自遥远的地方,喝当地便宜的伏特加聊慰孤独,所以他没有维护好这个地方,但技工肯定会很快到来的。

  天寒地冻。我们和衣躺下,把灯熄了。罗马尼亚的夜晚从窗棂流淌进来。我试图入睡,却并未随着时间推移而陷入睡梦,我的思绪溯回到了在皮提亚③穿越边境的那漫长一天。黑色的瞭望台伫立在炎热的平原上。不久之后,萨图马雷开始在眼前出现,它的墙壁因年代和高温而剥落,沿街绿树成荫,延伸的绿意远处是教堂的圆顶。匈牙利在我们身后,匈牙利大平原的悲伤也被遗留在了身后。尽管边境的另一侧同样平坦,但我感受到了一定的变化,嗅到了空气中不同的气息。喀尔巴阡山脉投射在天边的遥远阴影将天空框了起来,限制了它的亮度,使得天光每过一公里就变得愈发阴暗冷酷。我们驶过一片悬浮的光影。一路马车车轮滚动,动物满身汗水,老旧汽车的车顶上如金字塔般堆满了装满羊毛的麻袋,人们的身体闪烁着黝黑的光泽。狂风呼啸,也许正因如此,他们的房子在辽阔的平原之上看起来如此穷破而不牢固。

  我躺在没有暖气的房间里,回想着这一切,正如我正试

---

① 罗马尼亚东北部城市。
② 罗马尼亚东部偏北城市。
③ 位于罗马尼亚和匈牙利边境。

图记住这个寒冷的房间还有接下来的清晨——当我醒来起身去外面,我看到夜晚凝结的霜冻和白霜在阳光的抚摸下消失不见。人们提着水桶去井边打水,打量我又装作没有看我,假装在忙着自己的事情,假装渐亮的日光令他们难以睁眼。我铭记着这一切,看到了一个故事恰好从这里开始的可能性。比如:"那天,当我最后一次见到父亲时,三个男人正把他放到车里,要把他带去某个地方。那天,我摸了安德里亚·诺普里茨的乳房。"或者:"那天,吉兹拉·维什在众人的称赞声中踏上征途,就连伟大的奥加同志都深深凝视她说:'我知道,我们这位女同志志存高远。'"那一天,那个清晨,也许那个弄坏水泵的男人出现了,他也许走过了木栅栏间的狭窄村道,问我在他居住的房子门口做什么。他有些浮肿,眼睛布满血丝,穿着皱巴巴的衣服,以一种乡村版杰弗里·菲尔曼①的姿态漫不经心地斜倚在栏杆上,问到底是什么风把我吹到了这个叫下珀尔泰什蒂乡②或上珀尔泰什蒂乡③的地方,来到了他居住的房子,在清晨六点三十分碰上他。德国化的波兰人越过篱笆向这里看来,还有罗马尼亚化的德国人、波兰化的乌克兰人,所有并非本土的混杂人口,啊,这里是多元文化簇拥者们的天堂……接下来可能会进行

---

① 1984年上映的电影《在火山下》的主人公。电影讲述了一个酗酒的英国前领事在小镇的自我毁灭过程,一个孤独的酒鬼接连地遭受政治灾难和个人悲剧。

②③ 罗马尼亚东北部乡村。

愤世嫉俗的独白或神经质的对话，可能始于井边水桶的叮当作响，始于所有那些典型却被遗忘的清晨环境音——母鸡的咕咕声、柴火的霹雳声、牛背的晃动声和拍打牛背的声音，以及六点三十五分前往苏恰瓦的生锈火车向谷底驶去的轰鸣声。这将为故事的发展、命运的呈现、时光的回溯提供一个不错的开头，情节距此刻越遥远，则越发耀眼。然而，那个弄坏水泵的男人从来没有走近过我，他的生活仍然停留在我的猜测中、我完全自由的想象里。

于是我走向一个真实的男人，他正安静地站在他的篱笆旁抽烟。我们开始交谈。前往苏恰瓦的客运列车真的正驶越山谷。这个男人大约六十岁，身材矮胖，穿着褪色的牛仔工装，同我见过的大多数男人没有什么区别。他香烟的烟雾泛着蓝光，然后变灰又消散。他很健谈，我听他说着，点头附和。他抱怨如今太糟糕了，齐奥塞斯库①统治的时期比现在要好，那时有正义和平等，有工作可干，街上有秩序。我知道这番说辞，但又一次屏息聆听。因为我们已经离家如此遥远，变化却仍然不大，很是奇妙。他讲述了秘密警察的夜间搜查，又一口气说到现在倒闭的工厂。我问他是否听说过那些著名的安置点，七千个村庄消失了，它们的村民被搬到了混凝钢筋的公寓社区里。是的，他知道，甚至还看到过为协

---

① 尼古拉·齐奥塞斯库（1918—1989），罗马尼亚社会主义共和国党和国家最高领导人，曾任罗马尼亚共产党中央委员会总书记和罗马尼亚社会主义共和国总统。

助规划整个行动而进行航拍的飞机。他觉得，为了正义或平等，没有什么代价是高昂的。所以我什么也没有说，既然我来到了这里，来到了这些明显是不平等象征的栅栏边，我能说什么呢？我来，又在我想离开的时候离开，而这位穿着破旧衣服的老人只能留下，指尖夹着燃烧的廉价香烟，站在漂亮古老的木屋间的不平整道路上。这些房屋曾因某种历史原因幸免于难，尽管它们的居民并不是很希望它们能够留存下来。我不再说话了，听他讲述着对独裁者的怀念。权力必须通过具体的形象体现，一旦它有了真实的形式，就会超越善与恶。我们所有人都是某个皇帝或独裁者留下的弃儿。我把我的索别斯基超薄款香烟给了他。太阳爬上了山丘的绿线，我觉得我的来去自由在这里就像一坨狗屎，毫无价值。

我们道了再见，我去寻找水桶从井里抽水。

是夜，下雨了，不知是第几次，我又想起了这一切。亚当·博多和他的辛尼斯塔区缥缈地映射在真实的马拉穆列什和布科维纳上，无论前者后者，在我的思想、我的情感还有恐惧里都鲜明而生动。辛尼斯塔令我辗转难眠。书架上相邻排列着《乌克兰史》《保加利亚史》《匈牙利史》，还有许多小部头的历史书和历史故事，包括《斯洛伐克史记》和伊利亚德的《罗马尼亚人》①，但没有任何效果。所有这些书我都

---

① 指罗马尼亚作家米尔恰·伊利亚德《罗马尼亚人历史概要》。

在睡前阅读，最后我睡着了，却从未梦见过匈雅提·亚诺什①或卡尔·斐迪南②，抑或瓦西里·乌尔苏·尼古拉，也就是传说中的霍里亚③，还有弗拉德·采佩什④或赫林卡牧师⑤，又或是塔拉斯·谢甫琴科⑥。我最多只梦见过高度神秘的辛尼斯塔区，梦到了不存在的军队制服，以及没有人真正死去的古老战争。我梦到了白色的石灰石废墟和胡须满面的边防军人，越过他们驻守的边境以后，一切都会改变，又都不曾改变。我梦到了一面是英雄肖像，另一面是浪漫风景的纸币；我也梦到了硬币。我还梦到了我从未抽过的香烟的包装，梦到了平原上的加油站，所有加油站都和斯洛斯克诺维梅斯托⑦郊区的那个加油站一模一样。我还梦到了写有

---

① 匈雅提·亚诺什（1387—1456），特兰西瓦尼亚总督、匈牙利王国大将军和摄政、马加什一世之父，受国民赞誉的民族英雄。
② 斐迪南一世（1861—1948），保加利亚王国的首任沙皇。
③ 指瓦西里·乌尔苏·尼古拉（1731—1785），特兰西瓦尼亚农民，与伊恩·奥加领导了为期两个月的农民起义，是罗马尼亚的传奇人物和民间英雄。"霍里亚"是他年轻时的绰号，据传来自他演奏一种叫"霍里亚"的类似长笛的乐器。
④ 即弗拉德三世·采佩什（1431—1476），瓦拉几亚大公，他也是著名的吸血鬼传说"德古拉伯爵"的原型。
⑤ 安德烈·赫林卡（1864—1938），斯洛伐克天主教牧师、新闻记者、银行家和政治家，是第二次世界大战前捷克斯洛伐克最重要的公共活动家之一。他曾是赫林卡的斯洛伐克人民党领袖、罗马教皇的内阁成员、罗马教皇的原始代表、捷克斯洛伐克国民议会的成员，以及圣沃伊泰克研究会的主席。
⑥ 塔拉斯·谢甫琴科（1814—1861），乌克兰诗人、艺术家及人道主义者。他的文学作品被视为近代的乌克兰文学，甚至是现代乌克兰语的奠基者。
⑦ 斯洛伐克东部城镇，位于匈牙利边境。

"专为提神醒脑、补充体力而研制"的红牛。我梦到了在旷野腐烂的瞭望塔和骑着生锈自行车翻山越岭的人，他们的名字至少可以被以三种语言呼喊。我梦见了马车，梦见了人，梦见了食物，梦见了混杂融合的风光景致，以及其他所有的一切。

　　是的，那天的雨落在了所有这些地方，落在马拉穆列什，落在我的梦里，落在辛尼斯塔，也落在斯皮什斯凯波德赫拉杰①。那一天是七月二十一日，星期五，我们停靠在莫格雷川卡河边泥泞的停车场。一座单层的建筑沿着唯一的街道延伸，我们走过狭窄的人行道，发现了一座金色的犹太教堂。它的外立面饰有四个球形的锡制圆顶，拱形的窗户全是黑色的，已经年久失修，看起来像是从某个十九世纪的工厂搬来的。透过礼拜堂和房屋之间的落差，可以看到山丘和远处斯皮什卡皮图拉②的塔楼。小镇旁边的山坡上有一座白色的城堡废墟，它巨大而明亮，就像是一曲气象的随想曲、一处堆叠的积云，或一片来自早已不复存在的土地的海市蜃楼。一辆汽车驶过，又一辆驶过，然后复归沉寂。斯柯达灰色的尾部隐没在树木的绿影下，片刻过后彻底消失在视野中，驶入了山内的隧道。这条路如同贯穿山峰内部或是跨越

---

　　① 斯洛伐克东北城镇。
　　② 斯洛伐克城镇，有时也被称为"斯洛伐克的梵蒂冈"。斯皮什卡皮图拉最为重要的建筑是后罗马风格的圣马丁大教堂，是一座带有三个教堂中殿和两个塔楼的建筑，气势恢宏。

允许随意过境的异国领土一般横穿小镇。一个矮胖的女人从转弯处的低矮房屋内走了出来,将肥皂水泼在柏油路上,冲刷掉了所有车辆的痕迹。几步之后,我透过一扇低低打开的窗户看到了一个巨大房间的内部。有人开始干活儿,又停了下来。一道新砌的砖墙横跨房间中央,电视机在房间深处的某个地方播放着,屏幕的蓝光在昏暗中明灭不定。新砌的墙壁边放着一张台球桌,推杆玩乐间有几个球停止了滚动,可光线太暗,我看不到它们的颜色,只闻到了潮湿的石膏和发霉的气味。在墙壁之外,在黑暗之外,在电视的嘈杂之外,我听到了男人拔高的音色。我在房屋之间的狭窄空隙里看到了他们,他们正在一辆车轮朝天的推车旁争论着。一个人转动着辐条轮,另一个人则摇头表示那东西是破烂,什么用都没有,必须重新研究。这两个男人黝黑矮胖却富有活力,仿佛他们的身体没有感觉到周围的惯性,仿佛他们居住在另一个失重的空间中。一定是的。他们住在斯洛伐克城镇边缘、匈牙利城堡脚下的古犹太人区,因此,为了生存,为了不消失,他们必须制定自己的规则、自己的相对论、自己的引力定律,来确保自己停留在地球表面,而不掉入宇宙的缝隙和被遗忘的真空里。

我们回到车上继续前行。矮胖女人再次端着一盆肥皂水从她的房子里走了出来。莫格雷川卡河在我们的右手边向下奔流,德维尼克山脊则在左侧屹立。城外的斜坡上,他们的房屋顺着山坡蜿蜒的梯田坐落。不是别人的,也不是过去的，更不是从谁那里继承来的，而是他们自己的房子。它们犹如孩子的绘画，如此简单、狭小而脆弱，似是刚刚开始成形的想法。这些房子由几乎未剥皮的松树原木建成，根根原木还没有男人的手臂粗壮，房子的顶棚两侧以沥青浇制。它们是如此简陋，在里面最多只能枯坐着，等待一个与下一个故事之间的岁月间奏。这些房子相互依靠、比邻、错落，堆积成了一座木头小镇。树脂的烟雾从单薄的烟囱中卷曲飘散。那些乱七八糟的院子、零星的杂物、热热闹闹堆在一起的看上去没什么用和用尽报废的东西，仿若后工业时代的植被，爬满了整个地面。那也许正是他们到达的那一天，抑或是他们又踏上路途的那一天。谷底阴暗的道路旁，孩子们正在玩耍。大人们站着谈论大人的事情，也可能是在议论不时经过的外国人。这里的一切都属于他们。我不知道，原来一片空间可以如此清晰明确、不可撤销、不会造成伤害地被拥有。再远一些，一名穿着红色连衣裙的女孩无比孤独地站在那里。她非常漂亮，望着空无一人一物一事的方向。我凝视她良久，直到这道红色的火焰在后视镜中熄灭不见。

勒希纳里

> 我们应当寻求动物的陪伴,满身虱子而平静安详地,在它们身旁蹲守千年,呼吸马匹的气味而非实验室的空气,死于疾病而非药物,在我们的荒野里徘徊,缓缓地沉入其间。①

一整天,风自南方吹来。在犹如被蓝色釉料晕染过的天幕下,干燥的光线描摹着物体的黑色轮廓。在这样的日子里,世界被描摹成了一幅剪贴画。望着一个地方太久的话可能会失明。空气裹挟着日光,我们不习惯这里的炫目感。似非洲或地中海区域的阳光流淌过喀尔巴阡山脉,洒落在田野上。景观仿若透明,毫无遮掩地在眼前铺陈开来。没有叶子的树枝间,能够看到废弃的鸟巢。一群牛沿着高处铁锈色的草地边缘行走着,不一会儿便隐没在了树林间。那里寂静而黑暗,遍布着绿色的荆棘。这些动物将回溯数千年,放弃我们的陪伴,重新成为它们自己,直到一两天后有人找到它

---

① 本章引文均出自埃米尔·米歇尔·齐奥朗《历史与乌托邦》。

们，并将它们再赶回家。

"我们应当寻求动物的陪伴，蹲守在它们身旁。"我在七月读到了这篇文章。八月，我出发去寻找埃米尔·齐奥朗①出生的村庄。我总是无法接受思维停留在抽象中，因此我必须前往勒希纳里。穿过峡谷，路过乌克兰和罗马尼亚的布科维纳，经过克卢日②和锡比乌③，我抵达了特兰西瓦尼亚的南部边界。在村庄的最后一排房屋之后，喀尔巴阡山脉逐渐拔起。正如字面意思，山路一开始是平坦的，后来只能攀爬陡峭的牛行小路向上，每隔几步就需要停下来喘口气。特兰西瓦尼亚静静躺在北方灰色的薄雾中，勒希纳里上方地势陡峭的温暖草地散发着牛粪味。好多天没有下雨了，大地上飘散着积聚已久的气味。

几天后，我们目睹了牧场的晚归。数百头牛羊在夕阳的

---

① 埃米尔·米歇尔·齐奥朗（1911—1995），罗马尼亚裔旅法作家，20世纪著名怀疑论、虚无主义哲学家。1911年出生于罗马尼亚西北部特兰西瓦尼亚地区锡比乌城的一个乡村神父家庭，1937年获奖学金赴法国深造并定居法国。长期居于法国大学校园，在图书馆研读和写作，兼收并蓄各派学说，以不求闻达和甘居底层为傲。他先后用母语罗马尼亚语和法语写作，发表的作品集达20余种，大多为随笔、断想、冥思、格言、警句等短小精悍之作，以文笔简洁而含义深刻著称。齐奥朗在晚年和身后声名鹊起，获得了极高的国际声誉，短短数年间，他的作品被翻译成十几种文字，苏珊·桑塔格、卡尔维诺、米兰·昆德拉等人都深受其影响。

② 罗马尼亚西北部城市。

③ 罗马尼亚中部城市，位于特兰西瓦尼亚高原南部和南喀尔巴阡山脉北坡。

红色光影下自珀尔蒂尼什①沿途回来,散发着热气和臭气。头角向外弯曲的灰色奶牛群走在前面。人们站在围场敞开的大门中看着,等待着。一切在沉默中进行,没有呼喝,也没有驱赶。动物渐次脱离畜群,钻进自己的围栏,消失在深深院落的暮色之中,围栏的门在它们身后以非常人性化的方式关闭。巨大的水牛如黑色的金属般锃亮,它们迈的两步等于母牛的三步,它们是怪物,是恶魔,它们潮湿而刚硬的嘴令我想起一些遥远而淫荡的神话。队伍的最后,是山羊踩着一路小跑而来,纷杂的毛色令羊群看上去更为流动。山羊的臭味笼罩在绵延的牧群上,沥青在飞踏的牛蹄下闪闪发亮。

这里是勒希纳里,埃米尔·齐奥朗出生并度过人生头十年的小镇。阳光从山上垂落,洒在卵石街道上、粉彩的房屋上、屋顶的红色鳞片上,散发着最古老的气息。起初,我不知道那是什么,它悬浮在空气中,穿透了墙壁、路人的身体和旧车的底盘。几天后我才意识到,那是动物排泄物混杂而成的臭气。封闭的院子里飘出猪粪味,卵石间的土壤收集了一个世纪的马尿,无数的马橇驶过之后留下了马粪的污迹,田野里飘来令人窒息的牧场气味,猪圈和牛棚中的粪便通过排水沟流出。有一天,我还看到河里漂浮着内脏,乳白色的水流夹杂着血色朝锡比乌方向流去。风从山上吹来羊圈刺鼻的气息,混杂着被踩踏的草药、黏腻的羊毛、干瘪如石头的绿色排泄物的

---

① 罗马尼亚中部城镇,在辛德雷尔山的锡比乌西南35公里处。

气味。只有偶尔在这里或那里，还飘浮着一缕云杉木燃成的烟雾、一丝炸洋葱的香气或一朵汽油废气的气息。

……对我而言，或许从未离开这个村庄才是最好的安排。我永远不会忘记我父母让我坐上马车，把我送到城里中学的那一天。那是我美梦的终结，我世界的毁灭。

如今，勒希纳里和锡比乌之间通行着有轨电车，终点站位于村庄的边缘，等车时可以坐在酒吧和鞋匠之间的台阶上。酒吧出售尝起来有一股酵母味的伏特加酒，三十六度，价格便宜。在电车到来之前，有人会喝上一两杯，比如我们这几天在不同的地方都碰到过的那个吉卜赛人。有一回看见他时，他正在等前往珀尔蒂尼什的大巴，其余时候他都在锡比乌车站附近闲逛。他头上戴着黑色的毡帽，手中握着一把折叠镰刀的手柄，肩上背着一个旧背包。时值八月，正是割干草的季节。也可能他只是在找工作，却找不到或不想找到，所以他消磨着时间，等待所有时光逝去终结，他便可以回到他的来处，无论那是哪里。

清晨和夜晚，我们会去尼古拉·伯尔切斯库[①]大街上的酒吧。几步走入其间，里面苍蝇飞舞，男人们围坐一起。我

[①] 尼古拉·伯尔切斯库（1819—1852），罗马尼亚瓦拉几亚公国革命家、历史学家、新闻记者，也是1848年瓦拉几亚公国革命的领导人。

们在那里喝了咖啡和白兰地。同样的台阶还通往理发店，店里有一把陈旧的理发椅。理发店营业到很晚，到十或十一点，椅子上总是有人坐着。我们还喝了乌尔苏斯和席尔瓦牌啤酒。街上总是传来马蹄的踢踏声，有时在黑暗中，还会看到马蹄铁摩擦的火花。每辆马车后都有自己的车牌。商店营业至深夜，我们买了萨拉米香肠、葡萄酒、面包、辣椒和西瓜。在四周笼罩的黑暗里，商店的光亮就像温暖的洞穴一样闪耀着。我们的口袋里装满了印着米哈伊·爱明内斯库①的一千元列伊钞票，以及刻着勇敢的米哈伊②的一百元列伊硬币。

当下，此刻，我应当感觉自己是欧洲人、是西方的公民，但都没有。在我失意的年岁中，在走过许多国家、阅读过许多书籍之后，我得出了这样的结论：那位罗马尼亚农民是对的。他什么也不相信，他认为人类已经迷失，什么都做不了，他认为历史会压垮他。这种受害者心态也是我的想法、我的历史哲学。

---

① 米哈伊·爱明内斯库（1850—1889），浪漫主义诗人、小说家和记者，被认为是罗马尼亚最著名和最有影响力的诗人。
② 勇敢的米哈伊（1558—1601），罗马尼亚民族英雄。他毅然点燃了反抗奥斯曼帝国、争取民族独立斗争的火炬。首先在布加勒斯特烧死了那些作恶多端的土耳其高利贷债主，接着进攻土耳其人占领的多瑙河两岸城堡。1595年8月，土耳其首相率大军侵入瓦拉几亚，镇压米哈伊的独立斗争。在这重要关头，米哈伊不畏强暴，把三倍于己的敌人诱入沼泽地带，取得了军事上的辉煌胜利，名震欧洲。

一天晚上,我们下山去村子里。勒希纳里躺在充满热意的山谷之中。我感受到了它动物般的存在。村庄散发着温暖的金色光辉,但纵横交错的小巷之中几近无光。白天遮挡阳光的百叶窗,此时锁住了屋内微弱的光线。我想,过去便是这样,人们不制造不必要的东西,不浪费火和食物。漫无节制是国王的责任和特权。在圣帕拉斯基娃①教堂前的广场上,一群孩子聚在一起,自行车镀铬的部件在黑暗中锃锃发亮。八十年前,小埃米尔在这同一座教堂的阴影下度过了假期的最后一天。那也是八月的夜晚,男孩们调戏着女孩们。只是那时没有这么多自行车,空气中仍然弥漫着匈牙利统治的气息,还有些人依然以匈牙利语或德语的"勒希纳里"作为姓氏。第二天,埃米尔就将离开,再也不会回来。

今天,我的屋子对面有四名男子在采办木料,他们将云杉树干逐根拉到森林边缘,拉完三四根后再将木头装到推车上。他们如动物般劳作着,缓慢而单调地重复着一两百年前相同的动作和姿势。下坡路漫长而陡峭。他们用木桩卡住推车来刹车制动,可即便制动,车轮也会在潮湿的黏土上滑动。这些人将自己包裹在破烂的外套里,看上去仿若用土捏成的泥人。下雨了。使他们区别于他们父亲、祖父和曾祖父的物品,是瑞典链锯和一次性打火机。好吧,还有现在的推

---

① 即巴尔干半岛的圣帕拉斯基娃,10 世纪的一位禁欲女性圣人。

车用的是橡胶轮胎。其余一切，则两百年甚至三百年来都未改变。他们的气味、他们的辛劳、他们的号子，都遵循着自未被记载的时间以来就一直延续的形式。这些人就像那两匹披着马具的海湾马一样原始。他们周围所流动的当下，恰似世界一般古老。黄昏时，他们干完了活儿，离开了，他们的衣服犹如动物的背部，冒着热气。

我走到阳台上，再次向南方望去，那里真实笼罩着的，是十一月的黑暗，而我却透过那里望回了去年八月。我的视线掠过巴尔代约夫①、泌罗什保陶克②、大卡洛③、比霍尔山峰④、锡比乌，最终抵达那天下午三点的勒希纳里。当我们下山的时候，身后乌云密布。我们不停地往山下走啊走，终于走到了那片无情地布满了粪便的高地上，那里或站或躺着数十头黄褐色、灰色和带斑点的奶牛。在地势低一些的地方，村庄开始延伸。村头的房屋是临时的，比较分散，更像是一个营地而非定居点。道路和河流上方耸立着长满桦木的岩石峭壁，那些树木奇迹般地存活于峭壁之上。在我们头顶数十米处，一名孤零零的男子正用斧头砍下单薄的树苗，然

---

① 斯洛伐克的城镇，位于该国东北部的托普拉河平原。
②③ 匈牙利东北部城镇。
④ 阿普塞尼山脉是位于罗马尼亚特兰西瓦尼亚的一系列连绵起伏的山脉，属于西北部西喀尔巴阡山的支脉，在穆列什河以北。罗马尼亚语意为"西山"，亦称"西罗马尼亚山地"或"西山"。其最高山峰为比霍尔山峰，海拔1849米。

后用带子把它们捆成一束丢下来。树捆一路碰撞摩擦着岩石滑落，坠落的回声在山谷中回荡。女人和孩子们在谷底等待，等待着把所有的树捆都拉过河，堆到独轮车上。他们不慌不忙，路边铺了毯子，生了篝火，躺着一个残破的洋娃娃。他们的家在几十米外，但他们在这里为自己搭建了另一个容身之所。火旁有些残羹冷炙和装着饮料的塑料瓶、杯子，还有一些其他东西，但我们不想窥探得太过仔细。一捆树苗卡在了悬崖半山的石头间，男人缓缓向下探身，想将它拨落。

我们回到屋里后，开始下雨了。我坐在阁楼一扇敞开的窗户边，听着雨滴落在屋顶上、打在窗下爬满院子上空的葡萄藤叶上的声音。南方褪色的山脉如同被浸泡的织物般渐渐变暗。一群白山羊在灌木丛中寻找躲雨的荫蔽。我想象着，如果埃米尔还在的话，现在应该八十九岁了，可能会恰好坐在我坐的地方，毕竟这座房子属于他的家人。接待我们的主人名叫彼得·齐奥朗。他的书架上有埃米尔的书，但我怀疑他并没有打开过。其余的书都是法语和英语的。他和他的妻子向我们展示了褪色的照片，有八岁的埃米尔，还有埃米尔的弟弟雷鲁。这位五十多岁的矮个男人很是自豪。他每天都在经营商铺，起得很早，把箱子装到货车上，驱车到城里进货。早餐时，我们喝了一杯斯利沃威茨[①]。它闻起来像俄罗

[①] 斯利沃威茨是一种水果白兰地，以布拉斯李为原料，又称李白兰地。斯利沃威茨主要出产于中欧和东欧地区。在巴尔干地区，斯利沃威茨是拉基亚的一种；在匈牙利，则是帕林卡的一种。

斯的月光酒①,浓烈类似纯粹的酒精,与烟熏猪肉、山羊奶酪和辣椒很配。

因此,埃米尔也许会代替我坐在这里,看着雨水打湿停泊在街上的货车车厢里堆积的水泥袋,看着人行道折射着水光,看着烟囱的烟雾消失在灰色的阴霾之中,看着水槽中的水位上升、垃圾堆集。而他回来了,就好像他从未离开,他仅仅是一位只有自己的思绪为伴的孤单老人。他不再有力气去山间徒步,也不再渴盼与牧羊人聊天。他看着,听着。哲学慢慢呈现出一种实体的形态,进入并摧毁他的身体。巴黎和旅行毫无用处,若没有它们,这个过程或许本可以更长、更慢一些,而无聊也不会变得太过复杂、难以消磨。底层的厨房飘来了油脂蒸腾的味道和女人聒噪的声音。葡萄藤在雨中闪闪发亮,沙沙作响。然后,从东方开始,黄昏降临了。男人们聚集在商店旁的棚子里,经过漫长的一天后,他们又累又脏。他们会要上一瓶酵母伏特加酒。女售货员会递给他们厚实的玻璃杯,他们会在十五分钟内就把瓶子倒光。埃米尔将听到他们声音越来越大、语速越来越快的交谈,透过树叶闻到他们身体的气味。第一个人身上有柏油味,第二个有烟雾味,第三个则散发着初秋羊圈的气味——那是一股尿味,以及动物散发出的麝香和发情的味道。第三个人最先喝醉了,他的朋友们将他扶起来,让他靠在墙上,他们不会中

---

① 传统的俄罗斯自制酒,较烈。

断交谈。一包喀尔巴阡牌香烟①在一个小时内就被抽光,他们喝着绿色瓶子中的黄色啤酒。商店敞开的门里流淌出的黄灰色光辉与炙热的呼吸、闷热的黑夜混杂在一起,令他们的身影变得轻柔并半隐藏在黑暗中,洗去了他们的污垢与疲惫。一对男女走了进来。男人皮肤黝黑,留着胡须,穿着千鸟格外套,充满英勇的魅力,套着锃亮的鞋子和黑色西裤,整个人耀眼而健谈。女人则有点心事重重,不知所措,好像在想着什么重要的事情。她害羞地微笑着,整理着自己染过的头发。男人一边围着她手舞足蹈、吹牛、献殷勤,一边买了巧克力、伏特加酒、啤酒并装进一个塑料袋里,一刻都没有停下他的求偶之舞。他们在店里喝了一瓶啤酒,站立着彼此凝视,女人就着杯子喝,男人则直接用瓶子喝。片刻过后,他们环抱着彼此离开了这里,走入了黑暗中,女人的高跟鞋在人行道上嗒嗒作响。

因此,让我们假设,假设埃米尔听到了所有这些声音,并透过树叶的缝隙闻到了香水的香气。夜色填满了阁楼上的木房间,他可以毫无阻碍地回忆起自己的生活,因为就如多年前在锡比乌一样,无眠再次为他取代了永恒。巴西路、布拉图神父街、教区路、安德烈·阿古纳街和伊拉里·米特里亚路②旁,到处都是正在睡觉的动物。奶牛躺在昏暗密闭的

---

① 罗马尼亚本地香烟。
② 均为勒希纳里本地路名。

谷仓里,在睡梦中咀嚼着;马儿垂着头立在空空的马槽前。一切本该如此,一切正是如此。热量从他身上永远地散发出去,在勒希纳里上方与牲畜的热量交汇在一起,然后升入喀尔巴阡山脉之上的黑色天空,如同灵魂的幻象向冰冷的恒星滑去。他无法忍受这样的幻想,因为它令他久久不能入眠。

三个月后,我在黄昏时开车路过了斯沃内山①脚下的罗兹普西②村庄。牛群自牧场归来,占据了整条路的宽度。我不得不减速,最后完全停了下来。它们犹如懒洋洋的红色波浪在车前散开,鼻孔在霜冻的空气里呼出热气。这些牛群温暖而臃肿,漫不经心地望着前方远处,因为事、物和风景对它们而言没有任何意义。它们只是抬眼扫过这一切。

在罗兹普西村庄,我感受到了周围世界庞大而不间断的连续性。同一时刻,在同样渐暗的夕光中,牛群正在归家——从基辅到斯普利特③,从我的罗兹普西到斯科普里④,再到比如斯塔拉扎戈拉⑤,都在上演同样的场景。风景和建筑、牛的品种、牛角的形状和鬃毛的颜色会略微变化,然而除此以外,画面都保持不变:一群牛在两排房屋之间的道路

---

① 波兰南部山脉。
② 波兰东南部村庄。
③ 位于地中海畔、亚得里亚海东岸的克罗地亚南部港口城市。
④ 北马其顿首都。
⑤ 保加利亚中部城市。

上移动着,包着方巾、穿着破旧靴子的妇女或儿童陪伴着它们。没有工业化的孤岛,没有零落的无眠都市,也没有蜘蛛网一样密布的道路和铁路来掩盖这如世界一般古老的画面。人与动物在一起共同等待着夜晚的降临,他们在一起,尽管他们从未分离。

我想,不会有任何奇迹出现的,把车挂了一挡。在后视镜中,我看到了摇曳的牛尾,当没有苍蝇时,尾巴就会垂下。为了以哪怕最基本的形式延存,这一切都必须消亡。"相对弱小"的国度与自己的动物一起生活,并盼望和它们一起延存。他们希望和他们的牲畜一起得到认可,因为他们别无所有。牛眼眸中的蓝色深渊就像一面镜子,我们在其中看到自己不过是有生命的、被赐予恩典的一团肉体。

我开到公路上并向左转,想在太阳下山之前通过斯沃内山主峰上的连续弯道。路上一辆车都没有,空旷而凄冷。在泰拉瓦①,薄雾与烟囱冒出的烟相融飘散。这里夜色已浓,但开过五分钟的路程后,天空突然破裂,从中倾泻出红色的霞光。我把车停在了一个简陋的路边停车场,走到悬崖的边缘。通往萨诺克②的公路如灰烬般灰蒙蒙的,扎武日③已亮起了第一盏灯,仿若针孔般微弱,几不可见。山谷中的雾气

---

① 波兰东南部喀尔巴阡山省的一个村镇。
② 波兰喀尔巴阡山省南部桑河畔城镇。
③ 波兰东南部喀尔巴阡山省一个村庄。

掩住了房屋和农场的轮廓，好像那里从未有过人烟。喀尔巴阡山背后的一切都陷在火焰中，西方的伤口沿着地平线延伸。而整个南部看起来就像一块鲜切的肉，一个令人眼花的屠宰场。

　　我想起了从克卢日到斯哥莎拉①的旅程。我们搭乘火车，车厢里还有一位日本民间服饰收藏家和他的罗马尼亚女翻译。经过阿帕希达②以后，荒草覆盖的旷野开始蔓延，我从未见过如此裸露的土地。和缓的山丘延伸向地平线。当火车爬得更高一点时，会看见地平线外还有一座同样的山丘，然后还有下一座。没有树木也无人居住的广阔土地是灰黄色的，干旱的颜色，它正等待着一场大火、一根火柴。那里一无所有。有时会掠过一栋遥远的建筑、一间带猪圈的小屋或一处干草棚，接着便又是茫茫的空气和龟裂的土地。小群的羊群偶尔出现，和它们在一起的总是一个大不过一根针的人影。在燃烧的天空之下，在被热浪烘烤的土地之上，他们似乎误入了阳光炫目的冥界，不知从何而来，不知何处可去。脆弱的草丛中只生活着苍蝇、鸟类和蜥蜴。土地散发着热意和尘埃。

　　现在是潮湿未雪的十二月，气象图显示，十二月也抵达了那个地方。天空像一块浸满水的幕布，悬挂在特兰西瓦尼

---

① 罗马尼亚中部城市。
② 罗马尼亚特兰西瓦尼亚地区市镇。

亚之上。山丘上覆盖的不是尘土，而是污泥和腐烂的草丛。我想去那里重复我夏季的路线，便在博卡顿村①下了车，尽管我脑海里只剩十个罗马尼亚语单词和五个匈牙利语单词。我甚至不记得这个车站了，它如此渺小无望，也许铁轨边的一块金属标牌便是它的全部了。但十二月十四日，我乐意漫无计划地探索这里，因为我早已不在乎未来，也越来越被那些讲述着起源又或是悲情在此拥有宿命之力的地方所吸引。简而言之，我不在乎我们去往哪里，我只对我们的来源之地感兴趣。因此，带着十个罗马尼亚语单词、五个匈牙利语单词，还有一百万列伊的小额钞票，在博卡顿车站，我就要去看天地之间黑水牛流浪的那片荒野了。这里距维也纳五百公里，距慕尼黑八百公里，距布鲁塞尔一千八百公里，或近或远，大约都在一条线上。但空气在途中某处裂开了，就像大陆板块一样割裂。有点钱，有双好鞋，有防雨之物，有一塑料瓶的比霍尔帕林卡酒②，我就安然无恙，因为这些山丘的景象令我久久不能平静，它在我最近看到过的所有景观中熠熠生辉；因为在瓦拉弗洛里勒村③和普洛斯科④之间某处，我再次相信了人是由泥土做成的。在这片风景之中，其他任何事都无法发生，而它的悲伤仅仅源于造物永不可能重来。

---

① 罗马尼亚特兰西瓦尼亚克卢日地区村庄。
② 帕林卡是一种出产于喀尔巴阡盆地的传统水果白兰地。
③④ 罗马尼亚特兰西瓦尼亚克卢日地区村庄。

我的国家啊！我不惜一切代价渴望与它紧密相连，但我却和它没有任何联系。无论是在它的现在还是过去，我都找不到任何真实的东西……我热烈而疯狂的仇恨没有任何对象，因为我的国家在我的凝视下崩溃瓦解了。我希望它像邪恶的力量一样强大、放肆和狂野，令世界为之战栗；但它却渺小而谦卑，没有任何掌控命运的品质。

埃米尔·齐奥朗一九四九年回想在铁卫团①中的经历时这样写道。

牛隐入森林不见。它们在十二月的晦暗中哞叫着。大罗马尼亚、大塞尔维亚、从海边延伸到另一岸海边的波兰……这是这些国家愚蠢荒唐的杜撰，是对过去未曾发生、未来也绝不可能发生之事无望而悲伤的渴望，是对事实本来模样的遗憾与愤懑。去年，我在旧柳博夫尼亚②城堡脚下听到了一个波兰旅游团的闲谈。领队是一个穿着戈尔特斯③冲锋衣、戴着太阳镜的四十岁傻瓜。他重重拍着那个时间已经闭馆的博物馆大门，最后踢了大门一脚，对同行的人说："这个地

---

① 1927 年至 1941 年间罗马尼亚的法西斯组织。
② 斯洛伐克城镇，位于该国东北部，靠近波兰边境。
③ 戈尔特斯是美国 W. L. Gore & Associates 公司的注册商标，是一种防水透气性布料。此种布料被广泛用在登山及御寒等户外衣着上。

方应该重新变成我们或匈牙利的领土,才会有点规矩!"

没错。在世界的这个角落,一切都不该是现在的模样。当地图这一发明传到这里,不是为时过早,就是已然太晚了。

我喝着浓郁的咖啡,不停想着埃米尔·齐奥朗在二十世纪三十年代的心碎与疯狂,还有他的罗马尼亚版陀思妥耶夫斯基主义。"科德里亚努①实际上是一个斯拉夫人,与乌克兰阿塔曼②有些渊源。"四十年后,他会这么说。啊,这些残酷的想法。它们好似大火或地震毁灭了整个世界,当一切被焚毁、被撕裂成碎片,当它们周围只余沙漠、旷野和创世前的深渊,它们抛弃了刚刚获得的自由,沉浸在对那些无望而衰败的事与物的狂热之中,仿佛试图用无私的爱来救赎疑虑。解放的思想之孤独就如特兰西瓦尼亚上方的天空般恢宏,它就像寻找树荫或水源的牛儿一样流浪着。

最后,埃米尔确实回到了勒希纳里——他出生的房子前立着他的半身像。房屋是褪色的玫瑰色,面向街道的墙壁上有两扇百叶窗,外墙饰有白色的飞檐和壁柱。他的半身像立在低矮的基座上,脸很写实,雕工粗陋。这可能是一位民间艺术家模仿沙龙里的艺术品雕刻而成的。除了与原作品的相

---

① 科诺留·泽列亚·科德里亚努(1899—1938),罗马尼亚政治人物,铁卫团领导人。

② 乌克兰哥萨克人军事长官的名称。

似以外，这雕像"渺小、谦卑且没有任何品质"，但它适合这个乡村广场。每天，成群的牛羊会路过它，留下它们的温暖和气息。广阔的世界还有巴黎都没有在那张脸上留下任何痕迹，它悲伤而疲惫。同样悲伤而疲惫的男人们坐在理发店旁的酒吧里，坐在葡萄藤下的商店中。一切看起来，就像有人实现了他的梦想，完成了他的遗愿。

那该死的、灿烂的勒希纳里。

我们的领袖

就是如此——每当跌跌撞撞迷失方向的时候，单纯的地理无济于事。忘记事物客观的模样吧，没有任何事物是它最初看上去的样子。灵感的碎片四处散落，而思想似带刺的铁丝网般捕捉着它们。通常而言，不能仅仅写道：夜晚，我们徒步穿过锡雷特①的边境。罗马尼亚边警正在检查整个车道，以及五辆装有数十吨走私品的大巴，他们粗鲁却友善地笑着，直接放我们通行了。边境的另一边只有黑夜。我们等待着，等待自乌克兰而来的某种交通工具到来并将我们带走，但什么都没有到来，没有旧拉达②，也没有达契亚③。午夜过后，当周围的风景仅余黑暗时，身处异国他乡的感觉有些奇

---

① 罗马尼亚北部城市，位于与乌克兰交界边境。
② 拉达，是俄罗斯生产商 AvtoVAZ 拥有的汽车品牌。车厂位于俄罗斯萨马拉州陶里亚蒂，自 20 世纪 70 年代的苏联时期开始投产，最初只在国内销售。往后 20 年，品牌于苏联、东欧国家及中国得到极大知名度，亦于当时成为城市生活的一种象征。
③ 达契亚是罗马尼亚一家汽车公司，名称源自罗马尼亚古称"达基亚"。该公司成立于 1966 年，1999 年被法国雷诺汽车收购。

怪。某个方向的玻璃后面有影子晃动，我们便朝那个方向走去，因为在这个时间点，人就像飞蛾，会被任何光线所吸引。那是座边境旁的小酒馆，里面有两名男子正围坐在桌旁玩着类似多米诺骨牌的游戏。我们点了咖啡。酒保用电炉上的锅煮咖啡。咖啡不错，非常浓郁。他听到我们说波兰语，尝试着用波兰语和我们交流，但我们只能听懂"祖母"和"弗罗茨瓦夫"两个词。我们询问了有关大巴和一些其他的问题，他摊开手，说了类似"苏恰瓦蒂米娜广场"的字眼。在那被呼吸润湿的幽蓝光线下，我第一次品尝了比霍尔帕林卡酒。它比匈牙利的所有酒都要难喝，但它令我暖和了。而且这个人的祖母来自弗罗茨瓦夫，所以我不想只点一杯咖啡。

我们回到了路上，但一切都未改变。探照灯照亮了边境线，而南方的黑暗犹如渐干的黑色墨水。黎明破晓前的一个小时，小酒馆附近开始有车辆聚集。它们停在那里，等待着那些在边关候检的大巴和大巴上的货物。一辆车尾剐蹭了沥青的达契亚驶来，车里坐着四个人。司机下车招揽道："去苏恰瓦十美元。"他抓起我们的背包丢到车顶上，试图将它们绑紧。我指着挤在里面的人问他，他是怎么想的，这他妈的怎么可能挤得下。他笑了，拍了拍膝盖，说可以让一个人坐在另一个人的膝盖上，没问题的。他心情很好，身上隐隐传来酒味。M大喊"不要"，她还没有看到布科维纳哪怕一点青翠的影子，才不想在途中就先挂掉。于是我们解开了绳子,将行李从车顶取了下来。司机摆出一副悲伤的表情对我们说:"五美元。"M回答"不要",然后我们被孤零零地留在了从切尔诺夫策①刮来的寒风之中。

当天空变成深蓝色时,一辆红色的帕萨特康比②驶来,司机说:"十五美元。"我们没有反对,因为这辆车很空,宽敞又暖和,何况这十五美元是用来在一夜未眠后的清晨乘坐五十公里的路途。我们出发了,似乎身后有魔鬼穷追不舍,眼前则是茫茫雾气。司机喋喋不休,夹杂说着罗马尼亚语、俄语和德语,他还试着说波兰语。他曾走遍欧洲,也去过华沙。他说他送完我们之后还要再回到边境那里,因为装着货物的大巴最终会被放行,过了边境后就会开始货物交易,还从来没有发生过不被放行的情况。夏季中旬,他会把自行车车轮、轮胎、盒装洗衣粉、巧克力棒和耳罩帽子装到自己的帕萨特车顶上,因为它们这时候更为便宜。他也会买些其他五花八门的乌克兰商品。他送完我们,回边境那里,然后再从边境回到苏恰瓦。在苏恰瓦散发着硫酸味的工厂的不远处有一个巨大的市场,密密麻麻布满了撑着帐篷的摊位。他不停地说着话,在他的车灯下,我们一次又一次地看到马儿亮晶晶的眼睛,它们拉着隐匿在黑暗中的马车和熟睡中的马车夫。他说着话,而我一直打着瞌睡。T转头提醒他"看着方

---

① 乌克兰西南部切尔诺夫策州首府,位于普鲁特河上游,布科维纳北部地区。

② 大众汽车旗下的一款中型车。

向盘"。我们再次路过了一驾神秘的载具,这名司机在汽车反应过来之前将方向盘打满了整整半圈。我们的速度表坏了,但我确定他已经把油门踏板踩到了底。所以我睁开了眼睛,听他讲述欧洲奇闻:柏林、法兰克福、基辅、布达佩斯、维也纳……

苏恰瓦看上去仿若群青中的一道阴影。我们匆匆穿过高架桥。主火车站正在维修中,所以我们去了苏恰瓦北火车站,想沿着锡雷特河①继续向南,不作停留,直接在阿德茹德②某个地方拐弯向西,离开摩尔多瓦,抵达特兰西瓦尼亚——这是我们的计划。我们将不停地赶路,在火车上过夜,而火车会按照我们的想法带我们抵达想去的地方。

苏恰瓦北火车站庞大如一座山坡,黑漆漆的,走入里面像是进了一个山洞,黄色的灯光几乎没有驱散昏暗。我们穿过人群。凌晨四点的人群很是奇怪,似是梦游者们的集会。那些或站立或走动的人们睁着眼睛,看起来却像是睡着了;他们还活着,但着了魔。这是不知从哪里散发出来的令人失眠的光线所造成的。它也许来自无形的穹顶,也许来自墙壁,也许来自人们的身体。无论如何,它都不足以令人相信车站内这半割裂的慢动作场景是真实的。这里有人并不存在,不是我们,就是他们。

---

① 乌克兰和罗马尼亚河流,为多瑙河支流。
② 罗马尼亚东部城镇。

不管怎样，这个时间点没有向南行驶的火车，我们没有等待的力气了。我们走到车站门前，出租车在那里排着队，司机们抽着烟，聊着天。车大多是达契亚，也有两辆陈旧的奔驰。我不想坐火车了，想坐汽车穿越佩特鲁沃达山口①、比卡兹②峡谷、比卡兹和布钦山隘，越过喀尔巴阡山脉的主要山脊，最终抵达特兰西瓦尼亚的心脏地带。但是，当听到"特尔古穆列什③"时，司机们瞪大了眼睛；听到"斯哥莎拉"时，他们摇了摇头。我们说，只有三百公里，但他们摊开手，抱歉地踢了踢自己的车轮，不相信他们中有谁的车能够攀爬那样的高度然后全须全尾地回来。只有一个开绿色旧奔驰的司机把手插在口袋里，吐了口口水开价："两百美元。"我们这才意识到他们把我们当成了疯子。一个年轻瘦削的男孩说，他可以开车送我们去旅馆睡觉。我们像孩子一样被打包塞进了红色的达契亚。我们筋疲力尽，说"去索契姆酒店"。他没有提什么异议。我们愚蠢而固执地觉得这个家伙想宰我们。他笑了笑，好像想说"耶稣已经抛弃了你们"。但他帮我们装好了行李，开车把我们带到了破晓的城市中，只收了计价器上显示的金额，并承诺如果我们打电话，他会来接我们。

让·巴特街二十四号是多么令人清醒啊……天花板如此

---

① 位于罗马尼亚东部喀尔巴阡山脉，有一座较为闻名的修道院。
② 罗马尼亚城镇，位于该国喀尔巴阡山脉。
③ 罗马尼亚特兰西瓦尼亚地区城市，位于穆列什河畔。

之低，连坐在床上都很困难。安全起见，我没有起来，就这么躺着，听窗下一辆接一辆卡车驶过的声音。它们如火车般轰隆隆地驶过，不曾停歇。窗户没法关上，因为屋里就像是一个烤箱，敞开的窗户边也是一样。房间里只有床和柜子，我不敢打开柜子。走廊里有奇怪的声音传来，我不敢出去。但我最终还是走了出去，去寻找浴室。透过走廊的窗户，我看到外面晾衣绳上晾着的衣物、公寓楼、棚子，还有一匹吃草的白马。浴室里，清洁女工在看到我时大惊失色地大叫出声，泼倒了一桶脏水。没关系，因为地上有木格栅，就和营房和监狱一样。浴室里凉爽而安静。

我们睡了不超过三个小时。街上像室内一样闷热，灰尘悬浮在静止的空气中。年幼的孩子们坐在水泥楼梯的阴影下看着我们路过。拐角处的餐吧飘来食物的香气。我们喝了酸蒜牛肚汤，配以面包和青椒，大汗淋漓。我们打了电话，那名小伙子真的来接我们了。他还是那么充满活力、乐于助人。我们问他有没有睡觉，他说没有。他看了看索契姆酒店的大门，但体贴地什么都没有说。我们告诉他，我们需要买火车票和换钱，以及晚上要抵达克卢日，他对所有要求都回答说"没问题"。他把我们的背包放进了后备厢，后备厢关不上，他将它绑了起来。我们出发了，永远地离开了让·巴特街二十四号。真的，对他来说，一切都没有问题。他找了一个汇率最好的换汇点，在窗口从我手中接过换好的钞票，仔细地清点过才带我离开。罗马尼亚奥比斯①售票点的队伍已经排了两个小时,几乎没有动过。售票窗的电脑屏幕暗着,当有人预订座位时,售票员要打电话给途经的所有车站进行预订。我们不想等了。我们的火车将在半小时后发车,只要能离开烈日炙烤中的苏恰瓦,拿着票还是逃票上车对我们来说都无所谓。然而,我们的出租车司机用罗马尼亚语说了句类似"放宽心"的话,直接走到了队伍最前面,对那里的人发表了一通演讲。十分钟后,我们口袋里装满了棕绿色硬纸材质的老式车票。我们赶路穿过这座城市,一路上所有人都对我们鸣笛,我们也对所有人鸣笛。红色的达契亚如消防车般转弯,我们的新朋友一只手开车,另一只手还调着收音机找音乐听。我们在火车发车前五分钟赶到了北火车站。我们本打算跑去赶火车,但他说行程很长,我们却没有任何食物、饮品。车站售货亭前排的队也很长,有售票点队伍的一半长,而他直接走进了售货亭里面,从窗户里问我们想要多少啤酒和矿泉水,以及三明治要什么夹心,同时他还拥抱亲吻了戴着白帽子的年轻女售货员。就是这样,我没有编造。女孩收了我们的钱,找给我们零钱,然后我们准时到达了站台。我们握手道别,他只收取了计价器上显示的金额。

于是我们坐火车往西南方向而去,一路经过古拉胡莫鲁

---

① 东欧最大的酒店资产投资集团之一,在该地区的 6 个国家(包括捷克、立陶宛、波兰、罗马尼亚、斯洛伐克和匈牙利)中拥有数十家酒店。

卢伊、摩尔多瓦地区肯普隆格①、瓦特拉多尔内②，行驶在绿意盎然的布科维纳腹地、遍布森林的群山之间。这趟旅程我确实什么都不记得了，所以我必须从头杜撰。我们隔间里有一个胖子占了一个半座位，他一点也不喜欢我们。他大约六十岁，体型肥胖，毫无疑问还记得他的国家秩序井然的美好过去，那时没有外国渣滓随意游荡并在火车上喝乌尔苏斯啤酒。无论如何，他做出了这样的表情。现在我必须回忆这一切，凭空想象出他的灰色西服和他在瓦特拉多尔内脱下的紫红色衬衫，还有他挂在脖子上的蓝色毛巾。他穿了一件白色汗衫去洗手间，手臂肥壮松弛且没有毛发。我必须从头编造这一切，因为在抵达和今天一样下着雨的克卢日之前的那漫长一天里一定发生了些什么。我必须从头编造这一切，因为日子不能陷入仅仅被风景填满的过去和一成不变的事物中去，它们最终会令我们脱离我们的肉体，抹去所有这些惊鸿一瞥的微小事件、面孔和存在。无论如何，这位老人回到了车厢，开始午睡。我们本来指望着，他洗漱是因为要下车了，而不是要睡觉了。也许有人旅行就是为了保存事实，维持它们短暂而微弱的闪光。

克卢日下着雨。车站旁的一家比萨店前，穿着皮夹克的男孩们在处理自己的事，女孩们则在围观，一如全世界到处都在发生的相同场景。最后，两名男孩架住了另一个男孩的

---

①② 罗马尼亚北部城镇。

手臂,将他拖入了黑暗中。克卢日车站又是人群、昏黄的灯光、体味和香烟味。我们要给第二天的车票打戳。人群中有个男孩观察着我们,发现我们不是当地人,犹如懵懂的小牛站在那里不确定往哪里走。他从我们手中拿走了我们的老式硬纸车票,并在五分钟内就打完了戳,与我们道别后便消失在了人群中,像是穿着破旧阿迪达斯的守护天使。

第二天清晨,霍里亚街在阳光下熠熠生辉。索梅什桥不远处的犹太教堂的镀金圆顶上有四座塔楼,看上去和斯皮什斯凯波德赫拉杰吉卜赛区的教堂有些相像,但它更大一些。早餐我们像往常一样喝了罗马尼亚牛肚汤,配以面包和辣椒。就在附近的某个地方,匈牙利领主们将乔治·多沙[①]烧死在了火刑柱上,然后将他的尸骨挂在布达、佩斯、阿尔巴尤利亚[②]和拉迪亚[③]的城门上,头骨挂在塞格德[④]。这就是"农民国王"通常的结局,尽管当时他们身后统领着千军万马,教皇也为他们最终未曾实现的对抗土耳其人的征伐给予

---

① 乔治·多沙(约1470—1514),1514年匈牙利伟大的农民反封建起义的领袖。7月,多沙因寡不敌众,身受重伤后被贵族俘虏。残忍的贵族们认为多沙起义是为了当国王,就把多沙绑在一个铁座椅上,给他戴上铁王冠,让他手里拿着铁权杖,对他施以火刑。

② 今罗马尼亚城市,在罗马尼亚和匈牙利两国的历史上都有非常重要的地位。

③ 今罗马尼亚城市,位于特兰西瓦尼亚,是罗马尼亚最繁华的城市之一。

④ 匈牙利东南部的中心城市,位于毛罗什河河口以南的蒂萨河畔,接近匈牙利南部边境。

祝福。我坐在以他的名字"乔治·多沙"命名的大街上的一家酒吧里喝着咖啡，大约两小时后，我将坐在火车上，透过车窗望见特兰西瓦尼亚杂草丛生的荒原，近五百年前他的农民部队就在那里行进。火车车厢里，有一位收集妇女民族服饰的日本男子，据T说，他收集这些服饰，然后摆放在他东京或京都家里的镜子前。

他的导游说，齐奥塞斯库团结了罗马尼亚人民，令每个人同样有罪，如果有人自称无辜，那就是在撒谎。而我凝视着枯黄的山丘，试图想象轻骑兵部队的画面，他们如地平线上运动的黑点，随着山丘的起伏出现和消失，然后再出现。我试图想象这场穷人们赌上身家性命的狂欢。他们第一次也是最后一次以自由人的身份丈量自己的土地，穿着从他们主人那里抢来的衣服，拿着从主人那里夺来的武器，骑着从主人那里掠来的马匹，一路打到克卢日，再到蒂米什瓦拉①，最终在七月的阳光下遭遇最后的失败。五万人被砍杀或被绞死，尸体被留给鸟儿啃食或被扔去喂狗。乌鸦从喀尔巴阡山、匈牙利大平原②、摩尔多瓦和瓦拉几亚③飞来。炎热加速

---

① 罗马尼亚西部主要城市，巴纳特地区原首府。

② 匈牙利大平原是东欧的平原，北面和东面是喀尔巴阡山脉，面积约10万平方公里，其中约56%面积由匈牙利管辖，最高点海拔高度183米。蒂萨河是该地区最重要的河流。在匈牙利语中，这个平原被称为低地。

③ 瓦拉几亚，是一个曾存在于1290年—1859年的大公国，也是一个历史与地理上的概念。瓦拉几亚地处下多瑙河以北、南喀尔巴阡山脉以南，传统上可划分为蒙特尼亚与奥尔特尼亚两个区域。瓦拉几亚地区是现代罗马尼亚的一部分。

了腐烂,抹去了痕迹,这些叛逆者什么都没有留下。相传,多沙被执行火刑时手中拿着仿制的权杖,被烧死在了仿制的宝座上——裴多菲·山陀尔①如是写道。

我坐在火车上望着窗外,想象着由牧羊人、养猪人和农民们组成的衣衫褴褛却欣喜若狂的军队。他们试图为自己攫取主人们的命运,也就是掌控自己的生活、拥有他人的财富、以暴力进行统治的命运,哪怕只是片刻。几个月前,我在布科维纳寻找雅库布·舍拉②的墓地。我四处询问,因为我需要一个借口环游到世界尽头。有人说他长眠在科里特③,还有人则说,在乌克兰边境附近的维克沙尼④。

这两种说法我都相信。我甚至开始认为奥地利人对待他的方式与匈牙利领主对待多沙的方式有些类似——消除对他的记忆,因为这种记忆在任何时候都可能被证实是有威胁的。最后,用路德维克·德比茨基⑤的话来说,舍拉是"假装披着农民斗笠的神秘主义者和宗派主义者"。在所有可能的埋骨之处中,我最喜欢维克沙尼,尽管不太可能。它迷失

---

① 裴多菲·山陀尔(1823—1849),匈牙利爱国诗人,被认为是匈牙利民族文学的奠基人。

② 雅库布·舍拉(1787—1860),1846年加利西亚(中欧历史上的一个地区名,原来被称为加利西亚的地区现在分别属于乌克兰和波兰。该地区为奥匈帝国最为贫困的省份)的农民起义领导人,反对庄园经济和压迫,反对农奴制。

③ 罗马尼亚北部城镇。

④ 罗马尼亚北部城镇,靠近乌克兰。

⑤ 路德维克·德比茨基(1843—1908),波兰作家、出版家。

在田野间，远离天地万物，被上帝所遗弃。它的村外一无所有，各个方向都一无所有。广阔的土地上没有树木生长，有人在它上面的某些地方进行了耕种，与除一辆自行车以外不见其他任何机器的可怜小村庄构成了惊人的矛盾。我们的汽车在这里就像一只怪兽、一种挑战。这是勒德乌齐①和苏恰瓦之间高地的一隅，小型的马车在纵横交错的无尽田野间移动着。刚犁过的黑色大地与天空相连。那些细小的人影和瘦弱的马匹因为本身的渺小而几不可见，就好像如果停止动作，就不再有存在的理由，只有动起来才能赋予其一些意义。一切看上去就像是一时兴起的恶作剧——是谁将孩子的小玩具摆在了广阔的风景间，欣赏着这些圣诞布景里的微小雕像的无助？

村里飘散着一股肥料和春天的气息。篱笆后的果园繁花似锦。合作社位于一幢砖瓦建筑中。一位黑衣农民告诉我们，那里有啤酒。我们在隔壁的农场找到了一名有钥匙的女孩，她为我们打开了门。我们问起据说被埋葬在附近的舍拉，她一无所知，甚至似乎没有听过这个名字，尽管她是波兰人。屋子里面有几张小桌子和一堆奇怪的杂物，像是有人在为电影布景。屋里的色调为灰绿色，地板上的木箱曾被用来运输玻璃瓶装的苏打水，现在则都被装满了一升半的葡萄酒瓶。这里有两种啤酒和两种香烟。烟灰缸里装满烟头，好

---

① 罗马尼亚北部城镇，位于苏恰瓦附近。

像刚刚接待过谁。墙上贴着宣传海报，一扇窗户开向院子，粉色的小猪在院子里游荡。这就是全部了，就这几样东西、几件家具和几种商品共同组成了无比的混乱，所有东西都似是被使用了一半就被遗弃在这里。世界的能量在这个地方耗尽了。我们每个人都喝了瓶啤酒。

女孩一直沉默着，最后她说要带我们去村外的古墓地，也许舍拉就葬在那里。然而那里只有一丛刺棘，没有任何墓碑、祭台或是十字架，也没有任何死者的标记。我想，如果他真的长眠在这里，有一天在这里复活，那真是遗憾。不需要太多想象力，我就能想象出他走进合作社的样子，而他也不会对合作社里面的景象感到诧异，因为静止、悲情和遗弃不会随时间或空间而变化。

一八四六年二月二十日的锡德利斯卡，犹太人塞米克的小酒馆里一定是相同的模样。田野覆盖着积雪，天寒地冻，屋子里光线昏暗，充斥着脏污的身体暖和后散发的恶臭。"弟兄们，快点干活儿，时不我待啊！"舍拉穿着黑色的大衣，手里拿着在博古舍①得到的军刀，把它当作手杖敲打地面。院子里，鲜血渗入雪中，空气中飘散着破桶中的伏特加味。奥地利人只让他当了二十四小时农民的国王，而这一天慢慢临近尾声了。"弟兄们快点，我们赶时间！"贵族们被诅咒的鲜血渗入了雪中，他们的军刀被拿走，他们的财宝在农

---

① 位于今波兰境内。

民们的口袋里叮当作响,而屋里的昏暗和臭味丝毫没有消散。塔尔努夫①市长布雷因②告诉他:"斐迪南国王是加利西亚第一大掌权人,而您就是第二大掌权人。"有人说,舍拉计划娶十岁的佐西亚·博古舒夫娜为妻。农民的血液将与贵族的血脉融合在一起,产生一个新部族来继承这片重生的土地。可能他对自己的力量不抱有信心,可能他的新世界蓝图就是在空洞而抽象的现实中复制贵族的姿态,而这一次,不会再有人抵抗。

因此,他可能会从坟墓中爬起来,走进维克沙尼村里的合作社,就好像他从未死去,毕竟毫无疑问,那家合作社与犹太人塞米克的小酒馆几乎没有区别。他可以在一个半世纪以后重新出发,但这一次没有奥地利人的庇佑了。我站在正午的阳光下这样想着。穿越几百公里后,我才有这样想的权利,毕竟我来自他家乡的方向。我望着摩尔多瓦的方向,想知道今天的他想让谁流血,又想和谁的血脉融合在一起。苍蝇在合作社里沉重而缓慢地来回飞舞。架子上有两种最便宜的香烟。附近没有贵族,而空气中弥漫着同样穷困而忧郁的气息。我想象着:舍拉,你坐在这里,喝着乌尔苏斯或席尔瓦啤酒,没有可以追杀的对象了。甚至如果你尝试一下,世界将如同幻影在你面前消失,而你的手中只剩虚无。你在这

---

① 今波兰东南部城市。
② 约瑟夫·布雷因,生卒年不详,1835年起担任奥匈帝国塔尔努夫市市长。

里什么都做不了，你最多只能去苏恰瓦，像两百多年前的内德·卢德①砸毁第一台工业机器一样，在这个后工业时代砸毁蓝色的 ATM 机。如今已经无法通过简单的物品转让就成为另一个人，也无法通过杀人去进入受害者的身体和生活。财富已经变得难以捉摸，它飘浮在空中，时不时在某处点石成金。贫穷、遗弃和毁灭则是有形的，并且无疑会一直存在下去。如今，世界上所有的珍宝都不再属于某个人，没有任何掠夺会被歌颂，没有任何暴力会被尊重。留给你的只有苏恰瓦的 ATM 机，它就似万恶之源，永远不会允许最后一名成为第一名。

我对欧洲边缘的维克沙尼村巷陌间的雅库布·舍拉之灵如是说道。我充满了左派想法，但我对革命毫无兴趣。一公里外，一名男子坐在路边的一块空地上看报纸。他几乎没有抬起头看一眼我们的车，视线就又回到了报纸上，仿佛他的目光所过之处空无一物。我们向南行驶，前往科里特村，寻访舍拉另一个可能的长眠之地。它是有可能的，因为科里特距索尔卡②不过几公里，而奥地利人在一切终了后将舍拉送到了索尔卡。过了勒德乌齐之后的一个十字路口，有一名罗

---

① 1779 年英国莱斯特一带一名叫内德·卢德的织布工曾怒砸两台织布机，后世将 19 世纪英国民间对抗工业革命、反对纺织工业化的社会运动者称为卢德主义者。在这种运动中，常常发生毁坏纺织机的事件。这是因为工业革命运用机器大量取代人力劳作，使许多手工工人失业。后世也将反对任何新科技的人称作卢德主义者。

② 罗马尼亚东北部城镇。

马尼亚警察。他就站在十字路口中间，在看到我们的车时，他刻意转过了身望向远方。这看起来像是一种友好的姿态。他假装没有看到我们，因为我们的出现对这里而言明显是一种挑战。他习惯性地不想让我们停车，尽管几乎可以肯定，他本该让我们停下的。

科里特的人们说着奇怪的语言，听起来有点像乌克兰语，但我只听懂了五分之一。我问一位扎着方巾的女人，这里是否是乌克兰村庄。她回答我："我们是罗斯人。"我们问起了舍拉，问她是否在这里或者周围地区听到过这个名字。她摇了摇头，说要带我们去见村里最年长的长者。道路干燥而布满灰尘。木屋的墙壁是白绿色的，装有百叶窗。苹果树上花团锦簇，飘落的粉色和白色花瓣静静躺在地上。远处的池塘波光粼粼，无人驱赶的鹅群自发往那个方向走去。一名穿着褪色牛仔装的男人从阴影和灰尘中走了出来，他看起来并不是非常年老。他沉思许久，让我们重复那个名字，然后问我们这个叫舍拉的人是不是我们的什么"之父或者领袖"①，我们模棱两可地回答"差不多吧"。最终他放弃了，告诉我们他们这里有个人，年纪不是太大，但见多识广，不久前刚刚从德国回来，也许可以提供帮助。老人将他从路边的酒吧喊了过来。这名男子大约四十岁，穿着印有"Esso"

---

① 原文 bat'ko 意为"父亲"，指主人或领袖，如庄园的族长、农奴的主人、牧师、地区或国家的统治者。领袖被当作父亲，要求其他人对他服从、忠诚和爱。

字样的工作服。P说Esso实际是指埃克森美孚公司旗下的埃索连锁加油站，我们也许会一见如故。我们尝试用俄语、乌克兰语、德语和波兰语交流，但最后发现他们能做的只有指引我们村子的墓地的方位。他们带我们去了那里，祝我们好运、旅途愉快、身体健康，把我们留在墓地树林的凉爽之中。老人缓慢而谨慎地走下山坡，年轻人时不时搀扶他的胳膊。他们本不必陪我们过来，他们本可以从远处为我们指一下小山的方向，但在世界的这个角落，寻找某人的墓地比寻常的旅游重要得多，人们对此予以尊重。就好像，通过走入他们的墓地，我们成为他们的座上宾。

  是的，舍拉也可能长眠在科里特。从山上，可以看到白色圆顶的东正教教堂和新哥特式的天主教教堂。他的故乡斯马若瓦①也坐落在山脉之中，只是那里的山谷更为狭窄，山峰被森林覆盖。而这里的一切都是裸露的，不是耕地，就是草场。蓝色的热量氤氲在地平线上。没有我们"领袖"的踪迹。

  不会有踪迹的。因为在旅途中，历史不断地变成传奇。在这太过广阔的天地中，发生的事情实在太多了。没有人能记住一切，更不用说记录下来了。人不能将注意力集中在不知来龙去脉、目的和意义到最后也不清晰的事件上。没有人

---

① 今波兰东南部喀尔巴阡山省的一个村庄。

能将它拼凑完整，成为完结的故事。忽略是这些地区的本质。历史、事件、后果、想法和计划都渐渐融入了风景，成为比所有努力都更为古老而广阔的存在。时间美化了记忆。没有任何事可以被确定地铭记，因为行为并不会依据因果关系简单排列。在这个地方，关于时代精神的长篇叙述像是自命不凡又可悲可怜的想法，像是以上帝视角写的小说。骤然发生和平平无奇交替统治着这个地区，这就是这里如此人性化的原因。"他是你们的什么之父或者领袖吗？"我想，为什么不是呢？从某种意义而言，是我们的，也是你们的。最终，舍拉身上对自身命运发生剧变的渴望，同时又突然变为了对命运所带来的一切的接受。

穿越匈牙利东部前往乌克兰的旅程描述

　　我无法忘记我们在黄昏时分从大卡洛前往马泰绍尔考①时的那片天空。整列火车只有一节车厢，是必须提前预订座位的快车。售票窗口的胖女人笑着在她的座椅上重复了几次坐下的动作，来向我们解释预订座位的概念。
　　匈牙利的火车票很漂亮，有点像小型的钞票。在开往赛伦奇②的火车上，吉卜赛年轻人将它们折成手风琴，或者把它们当作纸牌和扇子。他们的耳朵上戴着金耳坠。但这是两天前的事了。
　　此时，一根深红色的羽毛在西面展开。燃烧的天空悬垂在平原上方，而下方的玉米田和果园间，幽蓝色的黑暗已然开始弥漫。我们就着瓶子喝着阿苏酒③，背对火车行驶方向而坐，所以整个西方如血色四散的光辉一直流淌在我们眼前，我们看到黑夜慢慢从大地升起，一点一点爬升，夜晚的

---

①② 匈牙利东北部城镇。
③ 贵腐葡萄酒托考伊阿苏，是匈牙利人的骄傲、匈牙利的国宝。

寒意一点一点蔓延,直到最后所有的灯都熄灭了,只余我们这列红色火车车厢里的灯还亮着。

时间才过去了不到半个小时,而我们的思绪已经飞回了大卡洛。回想着我们在午后明媚的阳光里漫步在市中心的黄色房屋间;回想着我们发现了一座巨大的教堂,音乐家们坐在入口边的长椅上,他们中的一位举起闪闪发亮的长号向我们致以问候。我想看看匈牙利教堂的样子,于是走入了前厅。教堂里有一群人,一对年轻夫妇站在前面,祭坛上站着一位神父。没有管风琴,也没有神父服,只有单纯的话语——就像最初时一样,最终也应如此,摒弃人类为自我慰藉而发明创造的所有奇迹。然后,游行队伍极其缓慢而庄重地从教堂里走了出来,那三位穿着白衬衫的、等待着他们的长号手、手风琴手和吉他手则如同天主教徒,穿着显得有些繁复而轻浮。他们演奏着柔和的乐曲,人群伴着音乐向广场的方向行进。

我们之所以前往大卡洛,是因为我们的《旅游指南》记载道,"在幽灵般空旷的长广场尽头"有一家精神病院。我认为,这可能是某种现实的隐喻、对东欧的暗喻。在我的想象中,那是一个尘土飞扬的巨大空间,四周都是倒塌的建筑物。穿着各种制服的士兵有时会穿过广场,但他们从不停留超过强奸和抢劫所需的时长。在他们策马离开后,平原上炽热的尘土立即掩盖他们的身影。而精神病人们则透过医院的窗户凝视他们留下的痕迹，想念着他们。因为在这些东欧地区，权力、暴力和疯狂永远息息相关，有时甚至是完全合法的组合。

但我所想象的画面丝毫没有出现。广场并不是荒无人烟，它背阴且凉爽。几个穿着睡袍的精神病人在医院门前抽着烟。这里的氛围更像疗养院，因此被诱惑而来却失望而归的游客可以让自己的想象力歇下来喘口气。

我们坐着火车，喝着阿苏酒向东行去。实际上，我们正逃离西方，逃离毫无希望的布达佩斯。在布达佩斯拉科齐街品质最差而布置精美的酒吧里，一杯梨味帕林卡酒的价格是大卡洛的三倍，咖啡还要贵上更多。我们也在逃离雨水，因为在多瑙河上、格列尔特山①上、桥上、一切之上，都被密布的乌云和倾盆的大雨所笼罩。但那是八月二十日，圣史蒂芬节②，因此即便大雨瓢泼，跳伞者也从老式的安-24飞机上跳了下来，在身后拉开代表国家颜色的绿、红、白三色烟雾带。警察在议会周围值守着，确保没有人离得太近。雨水也同样洒落在巨大的豪华轿车上，因为大自然是个民主主义者。在靠近室内集市的佐尔坦街上，我们不得不绕行，因为

---

① 匈牙利首都布达佩斯的一座山峰，高235米。在山上可俯瞰布达佩斯的景色。山顶上有一座城堡。

② 每年的8月20日是匈牙利的国庆日，也是圣史蒂芬国王的加冕纪念日，因此匈牙利人亦称之为圣史蒂芬节。

整个人行道被大约五百名踩着轮滑的人挤满了,他们振臂高呼,看上去像是即将踏上征途的外族部落。"这就是城市正在变成的模样。"M说,"要生存下去,就必须归顺于这样的人和事。和从前一样,独行侠是没有出路的。"我接道:"除非你是《纽约大逃亡》①里的蛇王。"所有的交通工具在拥堵中都无法行驶。一个公交车站下,有两名黑人在用匈牙利语交谈。我们的口袋和鞋子里都淌着水。美人鱼流着泪,警笛和喇叭轰鸣着,城市的眩光成倍放大,我们慢慢变成了幻象,不再相信自我的存在。在犹太大教堂对面的烟草街上,我找到了一家小酒吧。一年前,一位来自以色列的制片人在那里给我讲述了狮子吃掉驯兽师的手从而导致电影泡汤的故事,因为没有头脑正常的人会拍以吃人的狮子为主角的喜剧。酒馆里现在没有座位。贴满弗兰茨·约瑟夫②时代报纸的墙壁之间,实在太拥挤了,母亲不得不将孩子抱在身上,孩子们在缭绕的烟雾和呼吸的热气中昏昏睡去。疲倦的女服

---

① 由约翰·卡朋特执导,欧内斯特·博格宁、艾萨克·海耶斯等主演的科幻电影。电影讲述在未来世界里的纽约市已成为一所被隔离的大型监狱,美国政府将犯人丢进这所超大监狱中,只能进不能出,让他们自生自灭。一天,载着美国总统的空军一号意外迫降坠毁于纽约市中心,乘坐逃生舱逃出的美国总统被监狱中的犯人首领公爵俘虏。由于总统身上带有一卷关于世界和平的非常重要的录音带,美国政府利用一名曾是战时英雄的囚犯——蛇王,威胁他进入纽约救出总统。蛇王为了换得自由身,不得已决定身入险境。

② 弗兰茨·约瑟夫一世(1830—1916),奥地利皇帝兼任匈牙利国王,德意志邦联主席。他在近68年的统治中获得大多数国民的敬爱,因此在晚年被尊称为奥匈帝国"国父"。

务员从我眼中意会了我想要什么，从顾客们的头顶上递给我两杯梨味帕林卡酒和两杯咖啡。我们坐在了室外一把漏雨的伞下，雨水打入了杯中。

片刻过后，当我们终于从拉科齐街走到火车站时，我们碰上了巨大的人流。货币兑换商、出租车司机、年轻女子、铁路员工、投机者、摊贩……总之，所有人都站在那里，所有人都凝视着远方黑夜深处。见此，我们也转过了身。数千朵紫色火花、数百只猩红蜘蛛和数十亿颗金色星星在多瑙河上方的黑色浓郁天空中炸裂。爆炸的声音被大雨和距离所掩盖，延迟而来，画面也因此变得更加不真实。青瓷色和胆黄，松石绿和紫色，宝石蓝和银色，祖母绿和晶莹的——那些虚拟的、芳华一刹的宝石在雨中迅速熄灭，并没有照亮黑暗。似是古老的奥匈帝国正又一次从坟墓中努力发出某些信号。潮湿的夜晚如同一个狂热的舞厅，其中布满闪闪发光的黑色镜子、闪耀色彩光谱的枝形吊灯、虚幻的巨大烛台和壁灯。街上的土耳其人挥舞着长刀片着土耳其烤肉。一名拖着滚轮行李箱的德国人迷了路，用德语碎碎骂着脏话。地下通道中，一对吉卜赛夫妇裹着毯子沉沉睡去，丈夫头边放着黑色礼帽，妻子头边则是一条折叠整齐的花朵图案围巾。

我们登上了前往尼赖吉哈佐①的火车，那是遥远的最东

---

① 匈牙利东北部重要城市之一。

端，火车要一直行驶到早上。这样挺好，毕竟我们本来也要找个地方过夜。是的，去南方和东方，这就是我们未定型的计划。查票员在豪特万①附近某个地方出现了。我试图向他解释我们没有车票。他身高两米，始终微笑着用德语重复"没关系"。他借助纸和笔，告诉我们安心坐车，他会晚点再过来，大概到菲泽绍博尼②或蒂萨菲赖德③再来要求我们补票，那样车票会便宜一些。他走开了，半个小时后又重新出现，向我们道歉，告诉我们现在必须买票了，因为车上可能会有比他更具话语权的人员前来检查。他用漂亮的花体字为我们写了收据。

我们又带了一些阿苏酒，但没有开瓶器。查票员看了看玻璃酒瓶修长的瓶颈，束手无策。他随即走开，不一会儿又带着一个用来锁定车厢和给车票打孔的奇怪工具重新出现。我们试了试，但工具太短，软木塞被推到一半就卡住了，查票员表情非常失望。他再一次消失，我们只能听到他大步走过空荡过道的回音。几分钟后，他喜气洋洋地走了回来，拉住我的袖子。他如此上心，我开始感到有些愧疚，因为那瓶酒只有半升。他兴奋地解释着，把我拉到了厕所，指着装卫生纸的纸钉：它足够细，足够长，也足够坚硬，我们用它把瓶塞推进了瓶子里。我松了口气，把瓶子递给他，用波兰语

---

① 匈牙利北部城镇。
②③ 匈牙利东北部城镇。

说:"喝吧,兄弟。"他立正站好,庄严地指着自己的制服、帽子和整个装扮,拍了拍我的肩膀说了些什么,一定是"祝健康"的意思。他在黎明时再次出现,满含困意地重复着"尼赖吉哈佐,尼赖吉哈佐"。他检查确保我们没有落下任何东西,然后从车窗里向我们挥手告别。

到处都是如此。距科希策车程半小时的边境车站希道什奈迈蒂①也发生了同样的情况。我们在一个被烘烤炽热的站台上下了车,太阳如同被切下的公鸡头在西方坠落,身后拉出一条红色的缎带。目之所及,空无一物。黑色的铁轨隐没在茫茫旱野和呼啸狂风里。穿着斯洛伐克和匈牙利制服的边警在车站楼周围巡逻。古老欧洲边缘的国界一定就是这般空空荡荡,狂风大作,还有等待中的驻防部队——也许是在等待敌人,但敌人却多年不曾出现,因而他们无聊至极。一个骑着生锈自行车的男人路过,但我只知道一个匈牙利语单词"根茨"②,所以我一遍又一遍地重复着它,直到他终于蹲下来,用手指在沙子上写下火车出发的时间。他指着我的背包告诉我火车是红色的,伸出一根手指让我明白它只有一节车厢。他身上有红酒味、啤酒味和烟味。他骑着自行车消失了,又在两个小时后回来,确保我们坐上了那趟红色火车。

---

① 匈牙利东北部边境村庄。
② 匈牙利东北部城镇。

在根茨也是一样。一个戴着金耳环的吉卜赛人深夜带领我们穿过菜地之间四处狗吠的黑暗小巷，走了几公里，因为他听不懂我们的问题。我们跟着他，最后到了一个嘈杂的酒吧，附近唯一会说英语的男子坐在一张桌子旁。他告诉我们，当地的民宿关闭了，因为女主人三天前去世了。"但没有关系。"他补充说道，并让我们坐进他的拉达车，载我们拐过曾普伦山深处的数百个折弯。时不时地，斯洛伐克那面的水银灯在远处和下方一闪而过。死气沉沉的工业光辉在维卡艾德①上空徐徐升起。但在这里，在通往泰尔基巴尼奥②的路上，除翠绿的云杉林外别无所有。加博尔开车把我们送到了山间的一家旅馆。

是的，泰尔基巴尼奥什么都没有，除了百年前就已经坐落在那里的村庄。零散的房屋被果树的树荫所掩盖。硫黄色的墙壁、深褐色的木雕、雕花的门框、百叶窗和阳台，与欣欣向荣的巴洛克式花园完美地融为一体。在这里，关于定居和扎根的隐喻似乎已经以理想化的方式成形。这里没有一间新房子，但没有一间老房子需要维修或翻新。尽管只有我们是外国人，我们也没有被任何人侧目。车站一天有四趟大巴发车。时间在阳光下融化，中午前后几乎静止。旅馆里的男

---

① 斯洛伐克东部城镇，靠近匈牙利。
② 匈牙利东北部村庄。

人们从清晨就开始坐着,不慌不忙地轮番喝着帕林卡酒和啤酒。酒保一看到我就认出我是斯拉夫人,一边倒着酒一边学着斯拉夫语言对我说"好的"和"祝健康"。这是令人无缘无故便会想要停留的地方之一。一切都恰如其分,没有人发出不必要的声音或进行突然的动作。白色的墓地静静长眠在村庄上方的斜坡之上。房屋的窗户里飘出炖洋葱的香气。市场摊位上摞着成堆的西瓜和辣椒。一个女人拎着满装红酒的玻璃酒壶从酒窖中走了出来。但我们最终离开了泰尔基巴尼奥,因为对乌托邦永久延续的渴望,只会令它以最快的速度被破坏和终结。

返回根茨的道路穿越了森林和无边无际的向日葵田。白色货车的司机不停地说着话,完全不介意我们听不懂。我们也聊了会儿天,他用心听着,用自己的语言回答。到了根茨后,他把车停在了胡斯之家①前面,但我们对名胜古迹不是很感兴趣。我们更想观察主街上坐在房屋前的老太太们。她们犹如晒着太阳的蜥蜴,黑色的衣服吸收着午后的热意,双眼一动不动、毫无波澜地注视着整个世界,因为她们已经看

---

① 扬·胡斯(约1370—1415),捷克基督教思想家、哲学家、改革家。胡斯是宗教改革的先驱,认为一切应该以《圣经》为唯一的依归,否定教皇的权威性,更反对赎罪券,故被天主教会视为异端,将他处以破门律,又将他诱捕,以火刑烧死。他的追随者被称为胡斯信徒。胡斯信徒导致了胡斯战争的爆发。胡斯因殉道留名于世,也是捷克民族主义的标杆。1999年,罗马天主教会正式为胡斯之死道歉。

过了一切。她们三三两两成群坐着，在彻底的沉默中观察着时间的流逝。

一辆闪亮的斯柯达明锐驶来，车牌来自斯洛伐克，车里下来了一家人。他们不确定地四处张望，父亲如同一只护崽的母鸡将孩子们聚在一起，不停向两侧投去怀疑的目光。众所周知，斯洛伐克人与匈牙利人互相抵触，但这一次，可能并非源于历史，而是出于直觉和本能，因为这些外来者就像白腻又丰满的生面团，像穿着短裤、白色及膝袜、凉鞋等时髦游客装的圆滚面包。而根茨的主街则是黑黝黝、阴沉沉的，尽管沉浸在宁静的午休中，它也并未松弛，依然紧绷。这就是我们想要看到的，而不是胡斯之家和它如旅游指南所记录的"似是从桌子里拉出的抽屉般的奇特木床"。根茨大街上发生的事情，比已然成为历史的过去更为有趣。我们被它所吸引，因为生活是由留在记忆中的一点一滴的当下所构成的，我们的世界实际上也只是由它所构成的。

斯洛伐克人开车离开了，而我走进了一家商店，因为那天是八月十八日，弗兰茨·约瑟夫皇帝诞辰一百六十九周年，我想要庆祝。当我出来再次坐到店前的矮墙上时，旁边出现了一个只穿了一件人字纹外套的大胡子男人。他一言不发地从内袋里掏出一个搪瓷杯，向我伸来。在这样的一天，在陛下的生日，我怎能拒绝他呢？我在这里环游着他的土地，而他甚至会接见普通的农民，并对塞尔维亚人和斯洛伐克人、波兰人和罗马尼亚人一视同仁。于是我拿出我刚买的那瓶梨味帕林卡酒，与我的同伴分享。他沉默地喝着酒，指了指我的科苏特香烟盒，我递给他一根烟。有些市民路过，用国际通用的手语向我解释我正在和一个疯子打交道。我想，哪怕是疯子，在帝国中也有一席之地，我又给他把杯子倒满。我们为弗兰茨·约瑟夫干杯。我告诉我的新朋友，我一直对国王和皇帝心存偏好，在这悲惨的时代里，我特别想念他们，因为民主不能满足对美学或神话的渴望，而人们感觉被抛弃了。我的朋友热切地点点头，又伸来了杯子。我给他倒酒，告诉他民主的思想包含着一个基本矛盾，因为真正的权力从本质上而言不可能是内发的，所以它会状似最普通的无政府状态，但没有无政府状态的所有娱乐和乐趣。权力必须来自外部，只有这样我们才能热爱它并反抗它。我的新朋友点着头，用匈牙利语说"对的"。一小群人围在我们周围，听着我们的讨论。人们也点头，用匈牙利语重复着"对的，对的"。之后，我的朋友提议我们来掰手腕。他赢了两次，我赢了两次。围观的人群为我们加油鼓劲，呐喊助威。一切结束后，男人们走近我，拍着我的背说着"弗兰茨·约瑟夫、弗兰茨·约瑟夫"。

根茨以南，平原开始了。无边无际的玉米田一直延伸至蓝色的地平线。绿金色的海洋冲刷着曾普伦山麓，然后又如一阵被风吹过的温暖海浪倒退回来。田间的道路上停着旧私家车，车上挂着收割第一批庄稼的拖车。阳光从山上直泻而下，我们的影子大不过脚边的狗。道路会合交纵又分道扬镳，假如从山上俯瞰，一定仿若一张下着巨大棋局的棋盘。我们不清楚规则，走错了路。或者说，我们从一开始就走错了路，因为我们旅行的意义便是如此。但这一次，我们只是在不停绕圈。到处狂风呼啸，到处空空如也，只有被烘干的树叶沙沙作响。玉米和玉米没有任何不同，我们就像身处迷宫之中。三个小时后，走过三公里的直线距离，我们才成功逃脱。

根茨鲁斯考①的人行道被李子染成了紫色，成群的黄蜂盘旋在果实上。周围没有生灵的迹象。我们穿过村庄，院子里没有任何声响，百叶窗都已关闭。只有吉卜赛人没有午休，如庆祝节日般在路边的酒吧前、在充足的阳光里喝着啤酒。一位年迈的吉卜赛妇人正以埃拉·菲茨杰拉德②的神态劝她的男人站起来跟她走。她双手叉腰，音调越来越高，几近尖叫。而男人坐着，右手撑着头，无比淡定而漫不经心地应付着她。显然，这对夫妻重复这个场景已经经年累月。女人跺了跺脚，在地面上扬起一阵灰尘。

我们继续前行，走出了村子。路边的柱子是浅蓝色的，

---

① 匈牙利东北部村庄。

② 埃拉·简·菲茨杰拉德（1917—1996），美国歌手，被公认为20世纪最重要的爵士乐歌手之一，有着横跨三个八度音阶的歌喉，她的音乐以纯洁的音色、近乎完美无缺的分节和音准著称。她的拟声吟唱显示了像喇叭声一样的即兴表演的才华。

每根柱子上都画了一个白色的无限符号。它们两两相隔五十米，以相等的间距一直随着山势的起伏延伸到天边，我们以为这也许是强烈的高温所引起的幻觉。但在终于有一辆斯洛伐克面包车接我们上车后，它们也并未消失，继续在窗外闪过，直到我们在维尔马尼①下车。我们下车在向日葵田中寻找火车站。车站只有一条铁轨和一块被踏平的田地，没有提示板，没有建筑物，也没有标志或信号灯。而我们之所以能找到它，是因为有人聚集在那里。几个孩子从干草堆里爬起来，无精打采，手中拿着一瓶几乎见底的矿泉水，背上背着一个小背包。没有屋顶或树荫可以遮阴，这里一棵树都没有，西面则有一片紫丁香摇曳的壮阔风景。又长又平的山脊在高温中变得模糊，看起来都有些相似，但可以辨认出海尔纳德采采、法伊、高劳德瑙、诺沃伊德拉尼、维若伊②的教堂尖顶。谁知道呢，炎热的风可能将米什科尔茨和埃格尔③的鬼魂一路吹来这里，一直吹至霍尔纳德河谷④。是的，那天，一切皆有可能发生。布达佩斯也可能航行而来，飘浮在我们头顶，而我们不会对此感到惊讶。

但最后，布达佩斯并未出现，只有火车行驶而来。埃

---

① 匈牙利东北部村庄。
② 均为匈牙利东北部村庄。
③ 均为匈牙利东北部城市。
④ 中欧河流，属于绍约河的支流，流经斯洛伐克东部和匈牙利东北部。

拉·菲茨杰拉德带着三个孩子坐在车厢里，显然，她没能说服她丈夫。我们乘着火车慢慢晃悠着。在陌生的国度，没有比普通的慢车更好的旅行方式了。人们上车、下车，上演着慢节奏的生活，令我们开始想起自己的生活。一切突然变得熟悉。下班回来的伙计们身上的气味就和在华沙热兰①站上车前往纳谢尔斯克②的人们一样。一位母亲送她十六岁的女儿乘车，递给她一塑料袋糖果。女孩给了母亲一个敷衍的吻，有些闷闷不乐。女孩上了车，当火车开动时，母亲无助地微笑着挥手，而她的孩子已经神游别处，没有注意到她。那也许是在博尔多格瓦劳尔尧③……不，一定是，因为左边的山上有一座中世纪城堡。女孩穿着蓝色牛仔裤和带有银扣的黑色靴子。查票员来了，向吉卜赛女人要了什么，而她用一连串的话语淹没了他，于是他挥了挥手接着往前走。车上可以打开窗户，可以抽烟，可以懒洋洋地想象一小时或半小时后会发生什么——比如，那位涂着红色指甲的金发美女是去赛伦奇，还是会在更加荒郊野岭的地方下车。火车每小时行驶四十公里，固定而规律的节奏使人得以与空间达成某种秩序，得以掌控它却不造成特别的伤害。

赛伦奇的火车站弥漫着巧克力的味道，因为隔壁就是匈

---

① 波兰首都华沙北部郊区。
② 波兰中部城镇，位于首都华沙附近。
③ 匈牙利东北部村庄。

牙利最大的巧克力工厂。我们喝着啤酒、帕林卡酒和咖啡，思考接下来的安排。火车时刻表简直蕴含了太多的可能性，而直觉暂时失灵。到处可去意味着无处可去。我们决定什么也不做，听天由命。这个决定完全正确，一个小时后，一辆挂着托考伊①标志的大巴停了下来，几乎就停在我们在夏日酒吧里的桌子旁边。

  我一早醒来，走到阳台上。夜间的雨水使红色的屋顶颜色变得更深。街道的路面闪烁着水光，冒着水汽。整个小镇都陷在完全的沉寂中。所能听到的，只有楼下花园里水滴从树叶间滴落的声音。只有鹳鸟鼓噪着，一只接一只从蒂萨河②飞来，停在烟囱上。我数到了大约五个鸟巢。鸟儿鸣叫着，发出回响，抚平自己的羽毛，飞回到老白杨树间的河流之上。托考伊一动不动地躺在这里，犹如鱼鳞闪闪发亮。我站在这片超越自然的寂静中抽着烟，觉得世间的所有清晨都应如此——我们在一个无人的陌生城市里、在彻底的宁静中醒来，而时间静止了，四周的一切看起来都像梦境的延续。粉彩房屋的大门前，用德语和匈牙利语写着"有空房间""房间出租"的锻铁招牌在风中摇曳。紫罗兰色

---

  ① 匈牙利东北部城镇。
  ② 蒂萨河全长 1358 公里，流域面积 157183 平方公里，为多瑙河最大支流。起源于乌克兰喀尔巴阡山脉，流经罗马尼亚、斯洛伐克、匈牙利和塞尔维亚，最后于伏伊伏丁那汇入多瑙河。

的云层在东方重重叠垂,几缕阳光照射下来又立马沉没其间。一切如此美丽,我甚至不知道我是否已经死去。为了求证,我回到房间。M还在睡觉,所以我想一切都还正常,因为我们从未想过我们会死在一起,最多只是争论谁会比谁活得更久。

不要指望在清晨八点的托考伊能够吃上东西。在科苏特街的酒吧玻璃房里,可以一边一杯接一杯地喝着咖啡,一边看着雨落在空旷的广场上。这时,有趣的想法会涌入脑中。比如,是否应该效仿邻桌两人点两瓶三百毫升的阿苏酒?或者还是悄悄问自己一个问题吧:"我到底在这里做什么?"——这是每个游客最基本的口头禅或者说祈祷词。因为恰恰是在旅行中,在清晨的陌生城市间,在第二杯咖啡开始奏效前,会最深刻地意识到自己看似平庸的存在是多么奇妙。旅行其实是一种相对健康的毒品。再喝一杯咖啡就够了,待雨势止住片刻,走到河岸边,走到青翠蜿蜒的蒂萨河畔,想象力就会像生理性的饥饿一样与你对话。此刻正流淌在脚下的河水,几天前还在黑山奔流,几天后将在诺维萨德附近汇入多瑙河。世事就是如此——地理排布空间,而令人头脑混乱,人将宁愿成为一条鱼溯流而上,而不是只能在精神上跨越东西南北。

我们固执而曲折地一路向东而去,有些类似好兵帅克向捷克布杰约维采坎坷而去①。我们从托考伊离开是为了逃离雨水,却又陷入了布达佩斯的倾盆瓢泼。我们从布达佩斯离开是为了逃离人群、混乱和无处可归,却在凌晨四点的时间里、在身高两米的查票员目送下,在一个不出名的大城市尼赖吉哈佐的火车站下了车。凌晨四点是如此尴尬的一个时间点,要么只能坐在那里哭,要么只能继续乘火车。片刻之后,一辆如古董般古老的窄轨列车驶入了那个站台,所以我们毫不犹豫跳上了它。车上有一个真正的煤炉,它的烟囱管道直直穿透天花板。我们摇摇晃晃到了盐湖休闲区②,青翠的河岸在那里结束了。休闲区仍在沉睡中。凌晨五点的疗养胜地有非常奇妙的景象,和普通的城市不太一样。树木之间,盐湖湖面波光粼粼。老式的水塔,印有"约翰·布尔酒吧"的大伞,屹立在匈牙利大平原东部边界的瑞士风格的精致酒店,清晨阳光下闪闪发亮的豪华轿车,令人联想到中国

---

① 引自捷克作家雅洛斯拉夫·哈谢克未完成的长篇小说《好兵帅克》。主人翁帅克是一个参加了第一次世界大战的奥匈帝国捷克籍普通士兵,他出身市民,看似愚蠢而实际上极为机智并带有痞气。小说深刻地揭露了走向末路的奥匈帝国的种种弊病,并对当时社会和军队中所存在的腐败、丑恶的现象,以及天主教士们的虚伪进行了深刻的讽刺。本书笔法幽默,对白常常令人啼笑皆非。帅克乐观、幽默的态度也使他成为捷克民族的象征。在第二部中,为了奔赴前线,帅克随卢卡什上尉乘火车前往布杰约维采,但在半路上却因为被认为无故拉动紧急刹车而被迫下车。之后帅克打算徒步前往布杰约维采,却弄错方向走到了皮塞克。当地的警察局长把他当成了俄国派来的间谍,派人把他押送到了布杰约维采以向总局邀功。在那里帅克表明了身份并回到卢卡什上尉身边,之后一同随部队开赴俄国前线。

② 匈牙利尼赖吉哈佐地区的疗养胜地。

的度假村，不再用德语而是用波兰语写着"有空房间"的招牌。除了黎明的鸟鸣声以外，没有任何动静或声音。只有一条不知从哪里冒出来的狗闻了闻我们，然后继续沿自己的轨迹前行。是的，无人的度假胜地看起来总是像舞台的布景。我们在一条沙道上找到了一家民宿。一个穿着围裙的女人正在打扫台阶。我们说我们只想睡觉，仅此而已。她用英语夹杂着德语告诉我们，我们可以睡到下午五点，因为之后迪斯科就开始了。

我们是被我们的母语惊醒的。民宿前面，三名穿着及膝大裤衩的男孩正催促着他们的女同伴："安德丽卡，该死的，快拍啊！""你们摆好姿势啊。"安德丽卡回答道，试图让摇摆不定的模特进入她的镜头。"我们都站好了，拍吧！"男生们喊着，彼此支撑着。

我们的旅程变得有些太不洋气了。吃过一顿简单的午餐后，我们告别了盐湖休闲区。餐吧前的广场上正举办着雪碧促销活动。扬声器里播放着匪帮说唱①，匈牙利男孩们在巨大的绿色瓶子间滑着滑板跳跃回旋，想象自己是黑人兄弟。旁边一张餐桌上，一家人中的父亲用波兰语对服务员重复着："炸猪排配薯条！炸猪排配薯条！炸猪猪猪猪排！"但无论他拔高几度嗓门，蠢笨的匈牙利服务生都听不懂一个词。到离开的时间了。我在任何售货亭或商店里都找不着科苏特

---

① Hip-Hop（嘻哈）下属的一种风格，表现城市中年轻人的暴力生活。

香烟。我越来越依赖它了,依赖这扁平包装内的二十五支香烟。根据我的观察,这种橙色的包装标志着乡下与城市,或更确切地说是与大都市之间的鸿沟。在任何人口规模的村庄或曾普伦山脉的城镇中,到处都可以买到它,但在托考伊却买不到,在布达佩斯也买不到。

这差不多就是我们旅途的情况。我们没有沿循科苏特·拉约什①的路线,而是选择了最廉价的烟草之路。科苏特·拉约什仍然存在,在街道、广场和林荫大道的名字中反复出现,而橙色包装的香烟已随抽它们的那个世界一起消失了,就像令我感到分外熟悉,仿佛我从未远行的破旧乡村小旅馆也消失了一样。我想,我的欧洲是这样一个地方,无论穿越多远距离、跨越多少边界,无论语言如何不断变化,人们都只会觉得自己仅仅是从戈尔利采②来到了萨诺克。这是我为这个越来越没有人情味的世界里的伤痕累累和无家可归所幻想的最后的体面。当然,这是我的黄粱美梦。尽管如此,我还是满怀愉悦地沉浸其中,在紫色的西方天空下,在大卡洛和马泰绍尔考间的某个地方。我想象着,这紫色是维也纳燃

---

① 科苏特·拉约什(1802—1894),匈牙利革命家、政治家,匈牙利民族英雄,1848年革命领导人,担任革命中独立的匈牙利共和国元首。革命失败后,被迫流亡海外。

② 波兰城市,位于该国东南部,距离克拉科夫140公里,毗邻斯洛伐克。

烧的光芒，它在巨大的迷惘①之中牺牲自己精致明亮的商店、格拉本大街②的陈列橱窗、清晨遛狗的本地居民，以及像风一样吹过霍夫堡③和玛丽亚·特蕾西亚广场之间的记忆和无尽悲伤，为周边地区献上最后的奇观；幸存的最多只有哈维卡咖啡馆④和圣斯蒂芬广场上的一个夜间香肠摊。在大卡洛和马泰绍尔考间，我这样感伤地想着，试图为正在自然衰老并迈向死亡的世界设计一个令人印象深刻的英雄般的结局。

"这条路线以抢劫和盗窃闻名。连乌克兰的海关官员都会向旅客勒索钱财或没收他们想要的物品。"《旅游指南》这样写道。显然，这就是我们立马选择的路线，更多也是因为匈牙利扎霍尼⑤和乌克兰之间并没有其他路线。

在扎霍尼车站等待跨境火车时，我们采取了所有必要的预防措施。首先，我们将"他们可能想要的物品"——一部十五年前的百佳相机藏到了背包底部。然后，我们为"勒索"做了准备，将携带的所有钱币根据面值塞进不同的口袋

---

① 此处引用诺贝尔奖获得者埃利亚斯·卡内蒂的代表作之一、长篇小说《迷惘》的书名，该小说原名《康德着火了》，在小说结尾，主人公基恩放了一把火，坐在书上自焚。
② 维也纳内城区的一条著名街道，是繁华的购物街。
③ 奥地利哈布斯堡王朝的宫苑，坐落在首都维也纳的市中心。
④ 维也纳著名咖啡馆，位于内城区多萝西巷6号。哈维卡咖啡馆由利奥波德·哈维卡始创于1939年。
⑤ 匈牙利东北部城镇，毗邻乌克兰。

里，这里一美元，那里两美元，另一个地方放十美元以防需要增加贿赂的数额。还有斯洛伐克克朗①、匈牙利福林，甚至是罗马尼亚列伊，谁知道这些家伙到底会想要什么。为了壮胆，我们喝光了剩下的梨味帕林卡酒，撇开了这也许是我们此生能喝上的最后一口酒这样不愉快的想法。

火车来了，一共只有两节车厢加火车头。年轻的男女向第一节车厢里装载货物，有洗衣机、冰箱、炊具、轮胎、汽车半成品，以及其他日常使用的杂物。第二节车厢则供我们和其他上百名乘客乘坐。除我们说波兰语外，人们还说匈牙利语、乌克兰语、俄语、吉卜赛语和罗马尼亚语，如果我没有听错的话。坐在我们对面的女人只带了护照和一瓶五升的油。火车穿过蒂萨河上的边界桥时，匈牙利人检查了我们的证件。然后两辆车之间的通道那里好像出了什么事，一个光头男孩打了另一个光头男孩，接着女孩们也加入其中，动静之大使人什么都看不到。肯定有人在这场架里输了，因为有个女孩来到我们车厢，要了一瓶水去安慰受伤的一方。看来，这完全是一场内部冲突，所以我们继续淡定地乘车并欣赏风景。一名乌克兰警卫同海关人员出现了，他漠不关心地查看着护照，随意地盖着章。我疯狂地努力回忆哪个口袋放着哪些面值的钞票，但恐惧抹去了我脑中

---

① 斯洛伐克1993年在2008年间的法定货币。2009年1月1日起，斯洛伐克正式加入欧元区。

的一切，我怕我会像个傻瓜一样掏出五十美金来。警卫越来越近了。我有些恐慌，手中攥着五百罗马尼亚列伊，这是在布加勒斯特①购买一盒火柴的数额。他终于来到了我们面前，我把护照交给了他。他几乎看都没看就把它们放进了口袋，用乌克兰语说："到乔普②车站来找我。"

到达乔普车站后，火车开始卸货。洗衣机、冰箱、汽车半成品从人们的头顶上方被依次抬下。那两个打架的光头现在同心协力地搬运着电视机。我们在人群中看到了我们的警卫。他看上去困倦又无聊，向我示意。我们跟着他，现在我想起了我那一百美元藏在哪里。他像带领囚犯一样带领我们穿过到达口岸的大厅，不时向别人点头致意。我们经过了海关窗口、护照窗口，穿过人群，突然就到达了另一侧。然后我们的向导递给我们盖章的护照，说："我不想让你们排那些队。你们有格里夫纳③吗？""只有美元。"我脱口而出，如同一个笨蛋。他环顾大厅，向一名拿着塑料袋的矮个子男孩招了招手，男孩走了过来。警卫说："以合理的汇率给他们换钱。"男孩的塑料袋里装满了用橡皮筋捆好的一沓沓格里夫纳。警卫问我们是否还有其他需要，祝我们旅途愉快，然后又只剩我们自己了。

---

① 罗马尼亚首都。
② 乌克兰城市，位于该国西部蒂萨河畔，毗邻斯洛伐克和匈牙利。
③ 乌克兰现行流通货币，于1996年开始发行。

巴亚马雷*

是的,我在向匈牙利大平原西沉而去的夕光中看到了巴亚马雷。空气中还悬荡着雨水残存的湿意,彩虹在勒普什①河谷上空升起。潮湿的金色尘土从平原、道路、桥梁、牧场、花团盛开如白色云朵的树木,从整个世界、整个马拉穆列什涌出,在它们上方飘浮着。只有在暴风雨之后,当天地间充满超自然的电力时,这样的光才会出现。但也有可能,这种光是隐藏在大地深处山脉中的矿石散发出来的。巴亚马雷,匈牙利语称其为纳吉班亚,波兰语称之为大矿山,它是含金的矿床,是特兰西瓦尼亚地区的黄金国②,距离我家二百五十公里——这是我跨越勒普什河时的所思所想。伊格尼什山③耸立在北方的阴影之中,峰顶是湿润的宝蓝色。风暴

---

*　罗马尼亚特兰西瓦尼亚地区的一个城市,位于罗马尼亚西北部。
①　罗马尼亚索梅什河的右支流。源自马拉穆列什县的拉普伊山脉,流入巴亚马雷以西布格的索梅什河。
②　印第安人与加勒比海盗关于"黄金国"的传说流传了好几个世纪,吸引无数探险家前去寻宝。
③　罗马尼亚巴亚马雷地区山脉。

领先我们一步，现在正沿黑色的蒂萨河在乔尔诺戈拉和斯维多韦茨①之上移动着。

我远远地望着巴亚马雷，不想开车进城。在这座城市前，我发现了穿越工业郊区前往锡盖图和克卢日的道路。没有一辆汽车，也没有一个人。平坦的土地被生锈的金属、破碎的混凝土和废弃的塑料所阻塞。昏昏欲睡的垃圾场散发着臭气。太阳照耀在生锈的横梁上、工厂破损的玻璃幕墙上、内部毁坏的仓库上、死气沉沉的起重机上、锈蚀的钢铁，以及被侵蚀的砖块上。塔架、筒仓、起重机和烟囱投射下长长的黑色阴影。目之所及，是空中纠缠的电线和地面蛛网般交错的铁轨。大概是某种化学废料的成堆黑色污泥，让位于聚合物、纸板和碎玻璃堆成的小山。锡罐、橡胶软管、放射性泥浆、金矿中的氰化物、铅和锌、抹布和尼龙、酸和碱、沥青、油池、烟灰、烟，工业最后的衰落在明亮的天空之下上演。

在这些废墟和垃圾场间，奶牛在备受蹂躏的青翠草地上吃草，小羊在大钢烟囱的阴影下蹒跚奔跑。巴亚马雷的时间循环着。动物游走在废弃的机器之间。这些看似脆弱、柔软且没有防御能力的生物自世界之初便开始存在并繁衍至今，悄悄地取得了胜利。拉迪亚也是如此，牛群在铁路枢纽上晒着太阳，岔线铁轨上的火车车厢是与牛身一样的红褐色，但

---

① 均为乌克兰西南部山脉，靠近罗马尼亚。

已冰冷死去。萨图马雷市郊亦无不同，羊群在十九号公路中央徘徊。苏恰瓦也是一样，一匹白马在市中心吃草。拉迪亚的马儿亦然，在铁轨和车道上游荡，在没有尽头的机库、坡道，以及各式各样的卡车间毫无怨言地啃食着毒草，仿佛它们亘古经年一直如此。

几天后在巴纳特，瓦留向我们介绍了罗马尼亚第一个火车头。它一八七二年建造于雷希察①，因为环球博览会即将来临，人们想将它展示给维也纳皇帝。但这个地区周围还没有火车轨道或铁路线。因此，他们用十二对牛运输蒸汽火车头，将它拉往多瑙河的方向，穿过铁门②，前往德罗贝塔－塞维林堡③或奥尔绍瓦④的港口。无论如何，他们都要穿越数百公里青翠的巴纳特山脉。牛的身上一定被炙烤得大汗淋漓，汗水闪闪发光，像火车头一样锃亮。皮带、链条、牛脖上的木轭、泥泞、嘎吱声、咒骂，山谷中弥漫着人与兽的体味和黄色牛尿的臭味。苍蝇盘旋在队伍间，寻找着伤口和鲜血。黑色镀油的机器缓慢而端庄地移动着，红色的腹部熠熠生辉，令沿途路过的塞尔维亚和罗马尼亚村民目眩神迷。村

---

① 罗马尼亚西部城市，属巴纳特地区。
② 多瑙河上的一个峡谷，构成罗马尼亚和塞尔维亚边界的一部分。
③ 罗马尼亚的一个城市，位于该国西南部多瑙河畔。距离名胜地铁门颇近。
④ 罗马尼亚城镇，位于该国西南部多瑙河畔，距离德罗贝塔－塞维林堡23公里。

民们站在路边又厌恶又恐惧又敬畏地目送着它,在胸口画着十字架并向地上啐吐口水。他们之前从未见过这样的东西,现在则开始坚信末日即将来临。满身铆钉的恶魔在鞭子的缝隙下穿越乡间,载着怪物的板车车轮在地上划开的车辙是那么深,留下的痕迹再也不会愈合。夜幕降临时,篝火被点燃,士兵们站着岗,车夫们因为内心的不安而喝得烂醉。火焰在牛儿深蓝色的眼眸中跳跃着。

那趟旅程花费了多长时间?瓦留对巴纳特无所不知,却对此一无所知。可能两个礼拜或三个礼拜吧。车夫们在河岸边解开了牛的缰绳,领取了他们的报酬,松了口气,回到林谷深处。

是的,我的欧洲到处都是动物。蒂萨厄尔什①和大伊万②间道路上满身泥泞的肥猪,布加勒斯特酒吧花园中的狗,勒希纳里的野牛,乔尔诺戈拉松缰的马匹。我在清晨五点醒来,听到羊铃声声。外面下着雨,奶牛的哞叫听起来扁平而沉闷,没有回响。我曾问过一位农妇,要是没有人买牛奶的话,为什么她的农场还要养那么多奶牛。她回答我:"什么为什么?"好像完全无法理解我的问题。"我们总得养点什么,不是吗?"她从来没有想过人类可以切断与动物之间古老的纽带。"如果没有动物,那我们人类要怎么办?"她的回

---

①② 匈牙利东部村庄。

答或多或少有些我们人类害怕孤独的意味。动物是将我们与剩余世界联结在一起的必不可缺的纽带。它们是我们的古老祖先，我们照顾它们，又以它们为食。

  这里可以很清楚地看到：在巴亚马雷，工业世界维持了不到一个世纪，即便有人对它的废墟进行了重建，它也携带着自我毁灭的基因。机器犹如僵尸，以我们的欲望、贪婪，我们对尘世不朽的渴望为食。我们需要它们存在多久，它们就存活多久。当我们将视线从它们身上移开，它们立刻就开始崩溃、凋零，似被抽去血液的吸血鬼蠕动。它们只有少数会体面地老去，比如蒂绍陶尔多什①的轮渡——小型柴油发动机驱动着吱呀作响的木制甲板，缓慢而勉强地横渡青翠的蒂萨河。河的两岸栽满柳树和杨树，除却供应梨味帕林卡酒和浓咖啡的锡制棚屋外，没有任何其他建筑。高温使鱼浮上水面，鱼腥味从河底升起。一群黑白相间的牛儿腹部淹没在水中，在河里奔跑。蜂蜜般黏稠的阳光放慢了所有的动作和声音。在这样的光线里，那艘旧船看起来就像是一片从某个遥远秋天吹来的干燥树叶。船工和船一样，也上了年纪。他千百次望向风景深处，凝视着翠绿平缓如同镜面的河水。马达轰鸣着，散发出油味，又消散在风中。我怎么都无法想象，这里没有它的话会是什么模样。当秋日的寒意来临，船工老人可以就着它散发的热量取暖。在更长的停靠期里，当

------

  ① 匈牙利东北部村庄。

两岸都没有乘客时,他一定会照料它,检查它,擦拭它的底盘,确保没有燃油或机油泄漏。我想,在这段无尽的旅程中,他们俩都是孤独的,他们既未彼此靠近,也未互相远离。他们就像钟摆,随着时光而晃动。

第二天,我必须前往巴亚马雷,那里曾名为纳吉班亚。我要去探寻过去,寻找那不断变为曾经的"曾经",它对我而言其实是"现在",因为"明天"实际上从未到来,它仍然停留在遥远的国度,被它们的魅力或贿赂所征服,或者也有可能仅仅是累了。即将发生的事永远不会到达这里,因为它会在途中被耗尽,犹如远方灯塔的光辉在山水迢迢后隐灭不见。永恒的衰落占领了这里,孩子天生就无精打采。在深秋的倾斜日光下,人们越是毫无意义的姿态手势与身体语言才越清晰。男人们站在街角,凝视着白日的空虚,在人行道上吐痰,抽烟。这就是现在的模样;这就是萨比诺夫①、戈尔利采、根茨、卡兰塞贝什②,著名的黑海和波罗的海之间整个地区的模样。他们站着数着盒中的香烟和口袋里的零钱。时间远道而来,就像别人已经呼吸过的空气。

---

① 斯洛伐克东部城镇。
② 罗马尼亚西南部城市。

塞凯伊地*

这一回，我不得不把我的旧地图用胶带拼贴起来。它一次又一次被我放在膝盖和汽车引擎盖上，在风中折叠和展开，因此日积月累磨损破裂。很久以前，我在此处向东一百五十公里的米耶尔库雷亚克①买下了它。尽管萨斯帕塔克②、切尔格乌乡③和罗希亚德塞卡什乡④之间的这片土地就像是最古老地理的冥思遐想，这里也没有任何地图出售。土地裸

---

* 罗马尼亚的一个历史和民族地区，主要居民为匈牙利人。它的文化中心是特尔古穆列什，也是该地区最大的定居点。塞凯伊人是匈牙利人的一个分支。最初，塞凯伊地的名称表示特兰西瓦尼亚境内一些塞凯伊人自治领土。自治区有自己的管理制度，从中世纪到19世纪70年代一直作为法律实体存在。1876年，塞凯伊人和萨克森人自治区的特权被废除，自治区被县取代。

根据1920年的《特里亚农条约》，塞凯伊地随着特兰西瓦尼亚和匈牙利东部领土一起成为罗马尼亚的一部分。1940年8月，在纳粹德国的主持下进行了第二次维也纳裁定，北特兰西瓦尼亚，包括塞凯伊地被割让给匈牙利。1944年，北特兰西瓦尼亚被苏联和罗马尼亚军队控制，第二次世界大战结束后于1947年签署的《巴黎和约》将此地确认为罗马尼亚的一部分。1952年—1968年，在马扎尔自治区治下，塞凯伊人享有一定的自治权。

① 罗马尼亚中部城市。
②③④ 罗马尼亚中部乡村。

露在外，没有树木生长，如波浪连绵起伏。山丘在自重的作用下塌陷，被巨大的天空吞没。在这无限单调的景观中，羊群几不可见，因为它们与被太阳曝晒过的草地颜色相近。

每当我来到这里，都如同置身无比炎热的烤炉。在查阅地图的时候，我注意到延伸自切尔格乌乡的野外小路上有两个男人正推着自行车。直到到达沥青路上，他们才坐上自行车并沿着荒芜的山谷骑行，似黑色鹅卵石般在天空和被烈日漂白的枯草之间的边缘滚动。很快，我就可以看清他们被风鼓起的敞开的外套了。当道路稍微下坡时，他们便不需要踩脚踏板。第一个人路过了我，转弯罗希亚德塞卡什的方向骑去。第二个人刹住了车，在我身旁停下了。他衣衫褴褛，破旧肮脏。衣衫在他身上宽松欲坠，老旧的自行车也摇摇欲坠。从他说的话里，我只听懂了"火"和"烟"，所以当他翻了翻口袋掏出一包喀尔巴阡牌香烟时，我拿出打火机给他点了火。他吸了口烟，向我道了谢，又再次踩着吱吱作响的自行车离开，脚踏车的锈迹早已腐蚀了所有机械部件的机油。他留下的烟云和浓重体味在空气中飘浮着，无处不在的羊粪和被踩踏的草药味也在弥漫。风又吹起他的黑色外套，那个男人很快就不见了，再也看不见了。我查阅地图，试图猜测他是前往罗希亚德塞卡什乡、道沃①还是奥哈巴②。这些村庄犹如被丢入山谷深处的几个沾满烂泥的龟壳，俯视所

---

①② 罗马尼亚中部乡村。

见，墙壁是脏兮兮的黄色黏土，屋顶像是覆盖着深褐色的鳞片，到处都是尘土。

什普林①也是这般模样。村庄的房屋都只有一层，如墙壁般沿着道路两侧延伸。房屋矮胖而笨重，篷顶遮蔽的半圆大门通向狭窄的庭院。但这只是我的猜想，因为没有一扇门是打开的，所有的门都像是因为对光秃山脉之上的无垠空旷感到恐惧而永久锁闭了。

当贝拉三世国王②命令佛兰德③地区和莱茵河、摩泽尔河④流域的居民迁来此地定居时，人们称这里为"荒漠之地"。在那个年代，一千五百公里的直线距离对普通人而言，基本意味着再也无力返回。牛群拉着巨大车轮上的笨重推车跨越布拉班特⑤，溯莱茵河而上。牛儿在泥泞中咆哮着，穿过美因茨⑥，沿着黑林山⑦的狭窄山谷前行。接着，到了弗莱堡⑧附近，他们不

---

① 罗马尼亚中部乡村。
② 贝拉三世（1148—1196），阿尔帕德王朝匈牙利及克罗地亚国王（1172年—1196年在位）。
③ 今比利时西部地区，亦包括今法国北部和荷兰南部的一部分。
④ 莱茵河在德国境内第二大支流。
⑤ 欧洲中世纪时低地地区的公国之一。959年，布拉班特作为洛林公国的附庸出现，同时也是神圣罗马帝国成员之一。1183年，布拉班特被腓特烈一世提升为公国，其后该公国不断扩张，13世纪后形成以鲁汶和布鲁塞尔为中心的一个强大领主。1430年，该公国绝嗣，被勃艮第公国的菲利普三世并吞。1477年，其统治权转入哈布斯堡王朝。
⑥ 今德国城市，位于莱茵河左岸，正对美因河注入莱茵河的入口处。
⑦ 今德国西南部山脉。
⑧ 今德国西南部城市。

得不寻找横跨多瑙河的最窄河宽。他们在奥格斯堡和雷根斯堡①之间的歇脚点淋着雨，用潮湿的树木燃起篝火，熏黑的土锅冒着热气。大陆缓缓向东倾斜，令河流向东流淌，但这样的地势对这些陷入泥沼并且对迁往"辽阔天地"的未来充满忧惧的人们而言，只是微不足道的安慰。

我在什普林稍作停留喝咖啡，但也可能是在昂古雷②。酒馆里的桌椅是铁制的，室内炎热而肮脏。两名男子坐在角落里，身上散发着羊臊味，看上去像是从原始时期而来：浓密的黑色胡须肆意生长，和乱蓬蓬的头发纠缠在一起。他们旁边是一台破旧的弹球机。这两名男子显然刚刚离开他们的动物，裤子膝盖部分还沾着羊毛和羊脂。虽然很热，他们还是穿着毛衣和斗篷。他们一言不发地喝着自己的啤酒，四处张望。也许酒吧里的空间对他们来说太狭小、太封闭了，所以他们沉默着，被这方狭隘局限着，大口大口喝着丘克啤酒，以便尽快回到室外。

酒保面色苍白而浮肿。我用罗马尼亚语对他说了几句话，而他一言不发，只收了我的钱并找给我零钱，就又回到他的沉闷王国中——那里只有几瓶比霍尔帕林卡酒，喀尔巴阡牌香烟，装在带盖的球形烧瓶里的、比可乐和芬达还要便宜的葡萄酒，还有一口搪瓷锅和一个布满数百次咖啡沸腾留

---

① 均为今德国南部城市。
② 罗马尼亚中部村庄。

下的褐色焦痕的渗滤器。

我坐在窗边喝咖啡，凝视着特兰西瓦尼亚的烈日炎炎。那两名男子不知从哪里弄来了一个一点五升的塑料瓶，正在柜台前等待啤酒将它灌满。然后我看到他们沿着被炙烤的街道渐渐走远，他们的轮廓恰似他们的影子一般深沉，他们的动作如同动物一样敏捷高效而目标明确。

没有其他人进入酒吧。柜台后面的那个家伙借一些零碎的杂活打发着时间，但总是做着做着动作就慢了下来或停了下来。他苍白而魁伟，似一块海绵吸水般吸收着时间。挪动些东西，擦一擦，再调整一下，但未来从未到来。八百年前，他的祖先乘着牛车来到这里，在山上建造了城市、村庄和坚固的教堂，建立了医院和养老院，推选了自己的神父和法官。他们直隶于国王，被免除了税务，只需向匈牙利皇家军队提供五百名骑兵。他们来到这里，脑海中铭记着他们遗留在莱茵河畔某处的房屋和神龛的图像，又在这里以相同的形状和比例将它们重新建设起来。砖石的哥特式建筑在这片荒漠之地的山间建成。随着四面塔上的时钟转动，时间开始被切割，而在这以前的时间则如涓涓细流从未中断。

窗外什么也没有发生。热意从干燥的山丘顶部散发出来，通过敞开的大门飘散进来，填满了酒吧内部，也填满了所有的垃圾和杂物、污垢、缺口的玻璃杯、油腻的啤酒杯、浑浊的瓶子，以及塑料残骸。热浪散落在破旧的家具上、墙壁上、苍蝇飞舞的窗户上,席卷了这个布满残余物的垃圾场——这些残余物假装自己还有用处,不屈不挠地上演着生存类的闹剧。特兰西瓦尼亚的沉闷荒凉飘入了昂古雷的酒吧,就像回到了自己的家中。

我把杯子拿到柜台,那个男人甚至都没有抬头。直到当我用德语说"谢谢,再见"时,他才看了看我,像是刚刚才注意到我的存在。他试图用自己沉重的面孔做出些回应,但我已经不在那里了。

同一天,我开车前往东南四十公里以外的罗希亚乡。我想看看那位著书立说的监狱牧师所居之处。为我打开教堂门的那个男人告诉我,牧师不在家,去了布达佩斯。教堂内部空间局促,布置原始。长椅上铺着垫子。这方石头空间里的所有配饰看起来都随意而脆弱,就像有人试图用旧物和家具填满一个古老的洞穴。至于黑色三角旗上的德语铭文,我只想得起半句"……我将赐予你生命的冠冕"[1]。六臂烛台上燃烧着红色蜡烛,长椅只能容纳十来个人。我从某处读到,这个教区的居民大多是吉卜赛人。上古的神圣气息弥漫着,它一定是在当时渗入了墙壁,现在又从墙壁中飘散出来。只是在多年寒冷和潮湿的侵蚀下,它已变得微弱而悲伤。这里闻起来仿若无人探访的老人所居住的房屋,或是主人已经长大、不再去玩耍的娃娃屋。之后,我前往村庄的边缘,探访

---

[1] 出自《圣经》。

奥尔特河①谷。内戈伊峰和摩尔多韦亚努峰②的北坡上覆盖着皑皑白雪，土黄的石头小路上，肤色黝黑的小家庭坐在一辆小推车上摇摇欲坠，孩子们用罗马尼亚语对我喊叫着问候："你好！你好！"

　　在回车里的路上，我注意到了那家小商店。几步走入其中，里面只有站立转身的狭小空间。一方狭窄的柜台将狭小的区域一分为二，柜台后面的墙上钉着几个架子。这里出售的商品和罗马尼亚其他的乡间商店一样：一点点这个，一点点那个，全都褪了色，变得不起眼。罐子、袋子、瓶子看起来像是自古便存在于此，并会一直待到自己寿终正寝，最后慢慢降解完毕。而这些微不足道的可怜事物却都是生活必需品——糖、米、火柴、喀尔巴阡牌香烟，在那黑暗而封闭的室内营造出一种英雄气概。一切都井井有条，整洁不染。架子上衬有干净的纸，各种物品以精确测量的距离排列。是的，这是一个已经消逝的世界，但将它考虑周到、目的明确的风格带入了坟墓之中。

　　通往备货间的窄门里走出了一位矮小的老妇人。我别的都不需要，只要了些喝的。她如一道虚幻的鬼魂般动作着，缓慢、无声而谨慎，仿佛不想打破店里的寂静。她笑着说，

---

① 罗马尼亚中部的一条河流，多瑙河的支流。
② 罗马尼亚中部山峰，属喀尔巴阡山脉。

她必须去趟地下室,她的冰柜在那里。她带着一瓶冰爽的果汁回来了,动作迟缓而小心翼翼地数着钱找给我。

我走出小店,坐在外面的台阶上,下午的空气里飘浮着肥料的味道和颓废的气息。房屋周围的高墙之后没有任何声音传出。午休永无止境,它炽热的阴影填满了小巷,稀释了罗希亚乡的时间。家家户户一定都有时钟,但它们零件和指针的转动皆是徒劳。

第二天,我去了东北四十公里以外的雅各贝尼乡①。我无法从特兰西瓦尼亚的迷宫中解脱出来:离开*科尔讷采尔*②后,我又抵达了*科尔讷采尔*③的收费站;驶出了*阿尔策纳乡*④,我又进入了*阿尔策纳乡*⑤;*阿格尼塔*⑥结束了,*阿格尼塔*⑦又开始了。所有路程花费的时间远远超出标示的公里和小时数,我以两三倍的时间穿越了一片数倍辽阔的土地。

雅各贝尼乡空空荡荡。一个大广场的中央生长着几棵老树。一片长满青草的阅兵场被紧密的建筑物包围着。大部分房屋看上去都废弃了,村庄其他地方也有这种荒无人烟的感觉。太阳正值顶峰,所以也许人们还在午休。但即便如此,

---

① 罗马尼亚中部乡村。
②⑥ 原文为匈牙利语。
③④ 原文为德语。
⑤ 原文为罗马尼亚语。
⑦ 原文为罗马尼亚语。以上科尔讷采尔、阿尔策纳乡、阿格尼塔均为罗马尼亚中部乡镇。

人也不可能疲惫到完全无力打理房屋和广场,任由它们自生自灭,变成这般杂草丛生、破碎歪斜、布满裂缝、塌进土壤的模样。油漆从木板上剥落,石膏从墙壁上坠落。无人过问之物在自身的重量下坍塌了。

我站在树荫下,不知道从哪里冒出了五个孩子,最大的大概十岁。他们在这片死寂的午后风景中显得异常活跃而朝气蓬勃,就好像太阳给予了他们力量。他们在我身边围成一圈,一个接一个试图与我搭话,他们尝试了罗马尼亚语、德语,可能是俄语也可能是斯洛伐克语的某种斯拉夫语,偶尔蹦出几个英语或可能是匈牙利语的单词。身处这个喋喋不休的语言旋涡中心,我能做的只有微笑。最后我终于明白了,他们想向我这个无知的过客展示他们的村庄,展示撒克逊人①的遗迹——防卫教堂②的废墟。我显然不是第一个,也不是最后一个。我跟随他们一同前往,但我对古老的遗迹丝毫不感兴趣。我看着这些年轻的吉卜赛人。整个村庄都属于他们,即便他们很有可能并非出生在这里。他们的父母占据

---

① 撒克逊人,日耳曼人的一支,最早居于波罗的海沿岸和石勒苏益格地区,后内迁至德国境内的下萨克森州一带,被称为萨克森人。公元5世纪初,一部分萨克森人北上渡海,在高卢海岸和不列颠海岸登陆入侵,最终大部分定居在英格兰。史学界为了区分,把在英格兰定居的萨克森人称为撒克逊人,与英格兰的盎格鲁人合称为盎格鲁-撒克逊人,为现在英国人的主体。

② 在罗马尼亚的世界文化遗产名录中,特兰西瓦尼亚地区的乡村防卫教堂特别值得一提,它是罗马尼亚日耳曼民族独特文明和建筑的再现。

了回到故土的德国人所留下的房屋，现在，这里的一切都归吉卜赛人所有。这个有数百年历史的村庄已经变成了一个营地。那些本来永恒的、坚不可摧的一切如今变为了临时的、不长久的，甚至不存在的。孩子们向我展示了他们没有参与建设的中世纪教堂，递给我他们没有参与种植的路边果树上的李子，说着不是他们的语言。在撒克逊人抵达这里两百年以后，他们不请自来，没有带来脑海中可以复制的家园、住所或神殿的图像。他们的记忆没有历史，只有故事、童话和传说，而根据我们的标准，这些形式都属于儿童意识的范畴，完全不值得留存。至于其他，他们所拥有的只有那些分分秒秒会随他们的消失而一起消逝，并且不会留下任何痕迹的东西。

接着，他们带我参观了当地神父或牧师居住的房屋。他们一直称他为父亲。透过紧闭的格栅大门看不到太多东西，只能看到料理得当的庭院、掩映房屋的葡萄藤，还有一个类似小游泳池的池子。与村庄其他地方相比，这里看起来有些荒谬。我按了门铃，但无人回应，我试图用罗马尼亚语问牧师是否还好。"好，父亲？"他们摇了摇头，"不好，不……"

我凝视着这个正在腐烂的村庄、广场中心的垃圾，还有出于恐惧而紧闭上锁的带有游泳池的教区，我觉得这是吉卜赛人的胜利。自一三二二年①，欧洲首次注意到他们在伯罗奔尼撒半岛②的存在以来，他们从未改变。欧洲出现了公国、王国、帝国和国家，兴衰轮替，专注于进步、扩张和发展，无法想象停留于时间和历史之外的生活，但与此同时，吉卜赛人却实现了这个奇迹。他们讽刺地笑看着我们的文明崛起更迭，如果他们从中撷取了些什么，那就是垃圾、废物、废弃的房屋，还有施舍。就好像其他的一切对他们而言，都一文不值。

现在，撒克逊人的雅各贝尼乡被他们偷走了。在凝结了数百年努力、勤俭、传统等所有使得文明经久不衰的美德的城墙之中，他们只是像在旷野上一样简单地建立了一个营地，就似在他们之前从未有人到过这里。

我们平静地离开了大门紧闭的教区。孩子们拉我穿过重重小巷，一直说着话，哼着歌，绕着我转悠，最后我们这支如同布鲁日游行的队伍到达了一家小商店，这就是他们本来的目的。这家商店与罗希亚乡的完全不一样，完全就是一个黑暗的仓库棚。黑市商品、肥皂、果酱，所有东西都乱七八糟，被丢在这里，被遗忘，上面布满了灰尘，等待着买主大发慈悲将它们买下。我买了几瓶碳酸饮料和一袋糖果，然后

---

① 1322年前后，5名弗朗西斯科教会的修士朝圣时，在希腊岛屿上发现了一群住在洞里的吉卜赛人。

② 希腊南部岛屿。

我们走了出来。我把所有东西都给了他们,他们立马就以闪电般的速度按照一个复杂的规则瓜分了战利品,遵循了最强者和最长者收益最大的基本原则。他们忙着吃东西和把东西塞进口袋,不再管我了。他们回到了自己的世界,而我则留在了自己的世界里。理应如此,自一三二二年来也一直如此。

在我破旧拼贴的地图上,地名被以罗马尼亚语、匈牙利语和德语三种语言标记,比如"塞凯伊地"。没人想过加上吉卜赛语。我想,吉卜赛人本身对此最不在意,他们的地理是移动的、难以界定的——很有可能,会比我们的更为长久。

战争开始的国度

清晨五点三十分，天还完全黑着。我出门前往普雷雪伦海滨步道①，然后从那里右拐朝西北方向而去。黑蓝色的海水平滑无波。海滩的岩石在路灯的照耀下闪烁着昨夜的雨水光泽。我来到这里，是为了参观斯拉夫欧洲的西部边缘。

石头间的狭隘缝隙飘出猫尿的臊味。岬角上的海洋灯塔将最后的闪光发送到黑暗中，半小时后就将熄灭。一辆红色雷诺车孤零零地停在灯塔脚下，这辆车已经破败不堪，看来这里的守塔人财务状况堪忧。路过它后，我抵达了半岛的另一端。这里的海浪更为厚重，浪声更为响亮汹涌。海水在距离岸边几十米处与黑暗融为一体，但在无限远的黑暗深处，我看到了白色的云朵，那里更为明亮。

海滨步道已至尽头，而我继续前行，从一块石头跳到另一块石头。我的右侧便是石板松动的笔直悬崖。有人在那里竖立了告示牌，告知人们深入其中须自担风险。我在这里仅

---

① 位于斯洛文尼亚西南隅城市皮兰。

仅停留三天，并已准备好应对一切可能发生的事。此地东北方向不到二十公里坐落着的里雅斯特①，西边八十公里则是威尼斯。我脑海中唯一的想法便是，那里的空气是同样的寒冷潮湿。港口方向传来柴油发动机的轰鸣，片刻过后我便看到了第一艘渔船，它在漆黑如镜的水波背景之下显得渺小而模糊。马达熄灭了，船尾的男人一动不动地坐着，仿佛在等待黎明的开始。

那原来不是云。一个小时后，我来到了圣乔治大教堂的院中。站在那几十米的高度上，可以俯瞰海湾和朱利安阿尔卑斯山脉的白色山峰——甚至那也许就是特里格拉夫峰②。在这样的清晨，这样阳光似七月的午后般明亮耀眼，而事物被拉长的厚重阴影如同最浓郁的黑夜的清晨，一百公里的距离又算什么？当日光顺着山脊和山谷渐次滑落，山体被烧成红色、橙色，然后渐淡至紫色，最后变得灰暗。晶状的空气模糊了距离，远方的渔船像是漂浮在海湾之中，一小时或半小时后就会被围困在山麓之间。我不得不放弃这样的视野，因为它太过虚幻。

---

① 意大利东北部靠近斯洛文尼亚边境的一个港口城市，位于亚得里亚海的里雅斯特湾的最深处。
② 朱利安阿尔卑斯山主峰，位于斯洛文尼亚西北部。海拔 2684 米，为该国最高峰。

圣史蒂芬教堂、圣弗朗西斯教堂和圣母大殿的钟声响起。砖红屋顶错落有致,烟囱里飘出柱状的蓝色烟雾,树脂和熏香,还有炉火燃烧木材的气味在空气中飘散开来。一定是一种错觉,但我可以发誓,我还闻到了大地的气息,以及煮咖啡的香气。在瓷砖表面的几何形状间,绿意生长,欣欣向荣。这个镇上没有丁点多余的空间;没有野生的、被遗弃的、疏于照料的痕迹;没有仅仅是一个地方的地方。这就是这里狗并不多的原因,尽管偶尔也会出现一些为它们准备的印有费多①照片的便便容器。这里是猫的王国。从高处俯瞰,我看到它们从角落和缝隙中走出,寻找温暖的阳光。数十只色调混杂的汤姆猫和虎斑猫或独来独往,或成双成对,互相追逐着,彼此舔舐着:有的激情求爱;有的冷眼旁观;有的竖起尾巴,警惕地巡逻着自己的领地;有的四处张望,在清晨的暖意中舒展身体。它们体形或小或中,最大的也仅仅与未发育完全的狗差不多大小。我在一个地方半小时内就数到有五十只猫。它们蹭着烟囱,舔舐着皮毛,从自己的地盘跳到别人的,又再回到原来的位置。这个地方是名副其实的猫的王国,我从圣乔治大教堂高墙上所看到的唯一动静,便是圣母大殿钟声下的猫来猫往。

---

① 意大利的一只狗,由于对已故主人的坚定忠诚,于20世纪40-50年代引起了公众的注意。

来到一个自己对其几乎一无所知的国家是件好事。思绪变得沉默，变得毫无用处，一切必须从零开始。在完全陌生的国度中，记忆失去了意义，只能将色彩和气味与某些模糊的印象拼凑联结。这种生活有点像小孩或者动物。事物和事件可能会令人有所联想，但最终，它们都不过是实际存在的样子而已。一切在我们注意到时才会开始，又在我们的注意力移开时立马消失，确确实实无足轻重。一切都由原始的物质构成，这些物质能够触及我们的感官，但它们太过轻微弱小，无法教给我们任何东西。

当我回到海滨时，已经到了一天中最好的时候。酒吧开门了，狭窄的林荫道上有车驶过，穿着工作服的汉子们熟练地吊起脚手架上的吊桶，垃圾工们搬运着被丢弃但看起来还不错的家具，穿着高跟鞋的女人们躲避着地上的水坑，空气中飘满了炖洋葱的香气。一名穿着毛衣、运动裤和拖鞋的男子走到水边，抛下钓竿。在第五次或第六次抛竿后，他钓上了一条鱼。他把鱼甩到一块石板上，然后提着自己的战利品消失于巷尾。背着背包的孩子们去上学了，年长的妇人们两两相伴散着步。港口的码头边，戴着羊毛帽的渔民在船上劳作。他们中有人把鱼肠扔到岸上，一只黑猫立刻出现。片刻之后，一条狗跑了过来，但猫直接把它赶走了。港口对面是一片开放的市集，满脸疲惫的男人们站在拱廊之下，一如传统般等待着日子带来某个机遇或是惊喜。

这一切都发生在大陆最边缘的刺眼日光之下。城镇内部阴暗而潮湿，像是一座迷宫。房屋如雨后春笋接连冒出，彼此支撑着，互相只间隔一个胳膊的宽度。肮脏的卵石街道不合常理地排布着，邻里只相隔头发丝的距离。时不时，有正对街道的大门敞开着，可以看到一排排整齐的拖鞋、挂在衣架上的衣服，还有供出门前迅速整理仪容的镜子。即便在无人时，游荡在这城镇中也像是处于看不见的人群之间。墙壁另一侧的声音和交谈、亮着的灯下摆放的桌子、食物的香气、浴室的水声、争论和动作、生活中的所有亲密关系，都在视觉、听觉、嗅觉所能感知的范围之内。这座城镇似是一栋大房子，里面有千百间被寒冷阴暗的走廊串起的房间；或者如同一座舒适的监狱，每个囚犯都可以在里面从事自己喜欢的活动。皮兰①，似是世间俗人的修道院。

我觉得，这样的城市仅仅可能存在于海边或沙漠。若是处于封闭的地理环境之中，居民可能会发疯。在这里，只需步行几十步便可从这半建造而成、半地质形成的人间白蚁场中解脱出来，去到只有模糊的地平线作为边界的无限海洋与空气之间。

清晨八点，我喝着咖啡，看着白色的渡轮离开普拉②前

---

① 位于斯洛文尼亚西南隅的都市，临亚得里亚海的皮兰湾。南部接克罗地亚国界，北部则和意大利的海域相接邻。皮兰是斯洛文尼亚重要的观光都市，其巷弄间独特的风情吸引不少观光客前来。

② 位于克罗地亚伊斯特拉半岛的南端，是该半岛上最大的城市。

往威尼斯。女服务员擦干了我桌上残留的雨滴。酒吧挂着"远景俱乐部"①的招牌。一只小狗跑了进来,在椅子脚下抬腿撒了泡尿,又淡定地跑了出去。屋子里面光线昏暗,家具是木制的,像是一艘旧船。我更喜欢坐在外面,看着空气一点一点变得明亮起来。送货车在码头附近忙碌着,游艇的桅杆似表盘上逡巡的指针摆动。附近有几位老妇人在用意大利语聊天。越来越多的猫出现了,在海滩的巨石上取暖。这是一个宁静而不真实的地方,不会令人有所联想,也不会勾起除却笼统抽象的和谐理念以外其他的思绪。清晨八点,太阳、咖啡、白色渡轮和古巴音乐,共同实现了某个折中②的梦想。

而我来到这里,其实是为了看一看巴尔干半岛最近一场战争③爆发的国度。那场战争持续了十天,夺去了六十六条生命。也许南斯拉夫军队匆匆撤退,是因为塞尔维亚人觉得自己的确踏在异国的土地之上。他们在这里没有坟墓,也没

---

① 远景俱乐部是一个位于古巴哈瓦那的俱乐部,举办舞蹈跟音乐活动。在20世纪40年代成为音乐家聚会和演奏的热门地点,1990年关闭。这个俱乐部启发古巴音乐家胡安·德·马科斯·冈萨雷斯和美国吉他手瑞库德制作了一张音乐专辑。参与这张专辑的传统古巴音乐家们有些是在俱乐部全盛时期在此演奏的。

② 此处指折中主义,指在艺术、文学、哲学或科学研究中,将不同风格或学说的异质元素组合成一个整体。

③ 指十日战争,又称斯洛文尼亚独立战争,是1991年斯洛文尼亚发表脱离南斯拉夫的独立宣言之后,由于边界关卡问题与南斯拉夫政府之间爆发的武力冲突。这场战争从1991年6月27日开始,历时10天左右就结束,但是所引发的南斯拉夫各国宣布独立和内战的连锁效应却相当大。

有回忆，所以他们接受了这片领土的剥离。边缘小国的扩张必须是地方性的，所吞噬的领土会以某种方式使征服者联想到自己的家乡或长大的村庄。对征服者而言，差异和陌生是太大的挑战，因为它们威胁到了他的身份认同感。小小的斯洛文尼亚对于大塞尔维亚而言太过庞大了。塞尔维亚人在这片整洁有序的土地上到底能做些什么呢，像哈布斯堡王朝一样完成传播帝国文明使命的梦想吗？战争毕竟还是需要具备共同的语言、拥有共同的意义，血腥的行为就和其他所有行为一样，无法存在于真空里。

"我不想为巴尔干人民辩护，也不想无视他们的功绩。他们热爱破坏和内乱，他们的世界如同烈火中的妓院，对已经过去的或即将来临的巨大灾难都讽刺看待，他们性情乖僻，借口失眠成疾或自杀先例而理所当然地无所事事、懒惰成性……他们是欧洲仅存的原始人类，给予欧洲它所需要的刺激，但欧洲始终视之为最大的耻辱。要不是东南欧除却面目可憎外一无是处，欧洲为什么要放弃它而转向这片土地，就好像欧洲正在大规模地堕落并将堕落成荒芜之地？"八点十五分，我对着见底的咖啡杯坐着，沉思着埃米尔·齐奥朗的这段话，试图区分哪里是东南欧，哪里是巴尔干。

我从克罗地亚边境附近的一家路边旅馆拿回了一本宣传手册。彩色的小册子里除了酒吧、旅馆和露营地的广告以外，还包含一张小小的欧洲地图，西班牙的马德里、法国的巴黎、瑞士的苏黎世、奥地利的维也纳等都有标记，但布拉格和布达佩斯东边和南边的国家都没有在地图上被标记出首都，有些甚至连国家都不存在。没有斯洛伐克，也没有摩尔多瓦，乌克兰和白俄罗斯都溶解在了古老帝国干涸的海洋之中。但地图非常新，因为它仔细地标记了后南斯拉夫时代国家的边界。在这片神秘的东南欧地区，唯一被保留下来的城市是雅典，大概是因为它的年岁足以担起历史化石的角色。索非亚①、布加勒斯特、贝尔格莱德、华沙和布拉迪斯拉发②都不见了，被一片没有命名也没有描述的原始空白吞没了。这是完全可以理解的，因为除混乱喧嚣和天气预报之外，这个地区还能出产什么呢？标上名字也并不能改变任何事，因为它们缺乏古老经久、可经证实的内涵。

下午晚些时候，我在霍多什③跨越边境。冬日的阳光令事物愈发清晰。海关官员问我有多少第纳尔④，尽管这里从十多年前就开始使用托拉尔⑤支付。他还看了一眼我的后备厢，用塞尔维亚语对我说"谢谢"。接着，我驶入了普雷克

---

① 保加利亚首都。
② 斯洛伐克首都。
③ 斯洛文尼亚东北部城镇。
④ 前南斯拉夫货币。
⑤ 1991年斯洛文尼亚独立后发行托拉尔以取代南斯拉夫第纳尔。2007年1月1日，斯洛文尼亚正式成为第13个欧元区国家，托拉尔停止使用。

穆列①土黄的山间。在一年之中的这个时节,总是能够看到更多东西,因为裸露的景观会集了人们丢弃的一切,并展示了残留下来的物质的脆弱性。但这一次,完全不是如此。这个国家似乎做好了万全准备,精心地打磨过,完美地呈现着。我无法在风景之中发现任何可以让想象力滑入的裂缝。这里完全没有令我联想到我的来处。一切都被使用过,但又是全新的。目之所及,没有衰落,也没有发展的迹象,没有任何虚饰的表象。坚固的灰墙、人字的屋顶、零落的花园和葡萄园都以最佳状态迎接着冬日,一眼望去一览无余,但没什么会令目光驻足。这个国家是仿照完美的国度建立的。它蜷缩在欧洲的角落,在日耳曼人的奥地利、罗马人的意大利、芬兰－乌戈尔人②的匈牙利和斯拉夫人的克罗地亚之间,通过模仿普世通用的理想典范而绵延至今。当我准备来到这里时,我的朋友告诉我:"去吧,那是欧洲大陆最美的地方之一。"这片"欧洲的绿洲"第一眼望去便令人赏心悦目,任何地方都没有任何多余。宁静的村庄躺在山谷的底部,山顶上的白色教堂凝视着它们的繁荣。在城镇中,哈布斯堡的巴洛克风格在黑暗的天幕之上描绘出精致的形状。穆尔斯卡

---

① 斯洛文尼亚最东北部的一个地区。曾是匈牙利王国内斯洛文尼亚语使用者聚居地区,在《特里亚农条约》签订后被割让给塞尔维亚-克罗地亚-斯洛文尼亚王国。
② 指说芬兰-乌戈尔语的东北欧、北亚和喀尔巴阡盆地的人民。

索博塔、柳托梅尔、普图伊、马伊什佩克①、罗加泰茨、罗加什卡斯拉蒂纳②，我无法停下脚步，始终觉得会发生突然的扭转，这个国家会特地为我孤注一掷。但并未如此，它始终怡然自洽。我感觉自己就像是来自始终未开化、未开发的东欧的野蛮人，我想念对比，想念混乱，想念考验我的智慧的陷阱。我习惯了无法持久，习惯了失去线索，习惯了如梦般曲折的情节和不佳的品位，我习惯不了以如此不可逆转的方式布置的天地。

我夜宿在普雷拉斯科③。客栈空空荡荡，小酒吧里坐着两名当地人。他们看上去和我们当地较好的农场里的劳工没有什么特别的不同。他们喝着拉斯科啤酒和某种白伏特加酒，抽着烟，低声交谈。他们的衣服脏兮兮的，还有破洞，胡子拉碴，凌乱邋遢。他们显然并不在意工作和休息时间的划分，看起来就会这样穿着衣服直接上床睡觉。他们又喝了一轮酒，但举止并未出现变化。他们平静地喝着酒，就像在履行着某种义务，无论言语还是姿态，都没有像我们那里的人一样流露出不耐烦的迹象。在喝酒的过程中，他们无动于衷、严肃庄重，没有醉酒的痕迹，也没有男性耍酒疯的行

---

① 穆尔斯卡索博塔、柳托梅尔、普图伊、马伊什佩克均为斯洛文尼亚东北部城镇。
② 罗加泰茨、罗加什卡斯拉蒂纳均为斯洛文尼亚东部城镇。
③ 斯洛文尼亚东部乡村。

径，很是内敛。他们淡定而忧郁，彼此聊着天，完全不像在一个或一个半小时之内喝了四五杯五十度的烈酒，还不包括所有的啤酒。最后，他们站了起来，套上橡胶靴，和老板告别。老板甚至没有从吧台后走出来，检查他们在桌上留下了多少酒钱。酒吧里只余我独自喝着红酒，老板也坐入一辆双排气管的黑色奔驰离开了。我走到室外，凝望斯洛文尼亚的夜晚。霜冻落在去年的草木之上，圆圆的月亮将长长的山脊染成了银色。远处，有一只孤单的狗正在吠叫。

他感觉到了，同时也知道：这里是失意抑郁的恶魔们的真实故土……它们在阿尔卑斯山谷之间，以及更远处的潘诺尼亚①平原之上。它们在风中，在空气里，无从躲避。它们在湖中，在山间，在树枝上，在沼泽中，在岩石峭壁间，在乡村小酒馆里，在周日空荡的城市街道上，在孩子、男人、老人身上……这里的每个人都沉浸在死亡之中。在这里，死亡像一道美丽的风景，有时带着秋日的寒意，有时如春天般温暖；秋天它是哥特式的，春季则是巴洛克式的。它们似教堂一般散布全国各地，似坟墓一般厚重。这里的人们喜欢用鲜花、蜡烛和天使来装饰坟墓……周日下午，当外国人和外来移民们

---

① 潘诺尼亚是中欧的一个历史地名，大致相当于现在的匈牙利西部、奥地利东部、斯洛文尼亚、克罗地亚、波黑和塞尔维亚北部。

漫步在街道上时，会惊讶于它的空荡。周日下午，当其他窗户都紧闭时，若是一个男人打开三楼的窗户，脖子套着绳索跳出窗外，似乎也并不违和。①

第二天，我开车穿越科切夫斯基罗格②，它是南部靠近克罗地亚边境的一条山带。行驶了三十五公里，我都没有遇见其他车辆。碎石路穿过一片森林，爬上了主峰维索基罗格。我在落雪结冰的弯道里开着车，时速不超过三十公里。四周没有生灵。阳光闪耀。这是我一生所见过的最美丽的道路之一。阳光像金色的雾气在杉树间飘浮，冰雪在暖意中融化。有时当我停下来，我可以听见高处森林的寂静之中，有千万滴水汇成了溪流。光与影无尽地交缠着，尽管那是晴天，但一切似乎都被绿水淹没了。山峰的南侧氤氲着蒸汽。我看到了我无法叫出名字的鸟儿。这里既不是哥特式的，也不是巴洛克式的。科切夫斯基罗格犹如一座永远无法建成的建筑，因为它的美简单而朴素，会令想象的意义受到质疑。

黑暗的山谷中安息着万具枯骨。我开车穿过斯洛文尼亚最大的无名墓地。一九四五年夏天，铁托党人在此处未经审判也毫无证据地谋杀了盟军移交给他们的囚犯。囚犯们是站错队的游击队员，也就是克罗地亚独立国军③和斯洛文尼亚

---

① 引自德拉戈·扬恰尔《嘲弄的欲望》。
② 斯洛文尼亚东南部新梅斯托山谷上方科切维高地的一个岩溶高原。
③ 第二次世界大战期间存在的克罗地亚独立国武装部队的陆军部分。

国民警卫队①。铁托无法容忍竞争。那时比如今数量更多的狼、山猫和熊也许负责了葬礼。后来，元帅②来到这里打猎。不知道他是否会想，他杀死的是动物体内的叛徒之魂。

九点，我离开了蓝色海岸，前往塔蒂尼广场③参观十五世纪的威尼斯哥特式建筑和塔蒂尼纪念碑。塔蒂尼戴着假发站在基座上，放低的手上举着小提琴，可能正向观众鞠躬致意。我本想像游客一样去感受，但我实际上却似一个侦察四周的间谍。我可以触摸事物，但不理解它们对需要它们的人们意味着什么。我想起了科切夫斯基罗格的金色阳光，无法摆脱这样的想法——有些地方、整个城市、整个国家，它们的形式、内容与命运的描述并不相符。空虚的头脑由于害怕空旷的空间而构思出来的理念，被应用在了这片没有改变可能的土地之上。身穿白色制服的铁托元帅在附近波尔托罗④海滨长廊的棕榈树间，看上去一定就如一名非洲酋长。毕竟在漫长而绝望的冬天，人们由于无聊和对自我的恐惧而发了

---

① 斯洛文尼亚反党派军事组织，活跃于1943年—1945年德国占领前意大利卢布尔雅那省期间。

② 指铁托。

③ 斯洛文尼亚城市皮兰的中心和最大的广场，得名于著名的小提琴家和作曲家朱塞佩·塔蒂尼（1692—1770）。

④ 斯洛文尼亚西南部毗邻皮兰市的一座滨海城市。自19世纪后期开始，波尔托罗开始发展为一座度假城市。20世纪初期时，波尔托罗已经发展为欧洲最重要的疗养都市之一。现在波尔托罗仍然是斯洛文尼亚的主要观光都市。

疯。他的理念只有在一片无尽平坦、毫无特点的原野之上，在一片什么都未发生又都有可能发生的空间之中，才有意义，才行得通。

小国应当取消历史课，它们应该如同孤岛漂浮在滚滚历史潮流的边缘——这是两天以后，我在前往卢布尔雅那①的高速公路上时的想法。到了波斯托伊纳②附近，天气突然变得寒冷，起了雾。在我超过克罗地亚的卡车时，想到了这个童话般的乌托邦变体。小国应当像孩童一样受到保护。实力雄厚的实体和强国的公民应当来到小国访问参观并学习道理。这也许是徒劳，但人们需要被给予机会、被创造可能，去反思实现最美好世界的诸多不同方式。中庸小国的存在，正是对类似扩张、力量、规模、使命，以及其他所有陈词滥调的普世理念的挑战。于我而言，我一直想要生活在一个较小的国家，而绝对不要居住在一个较大的国家。渺小变得夸大而荒谬，要比伟大困难得多。无论如何，它对周边世界的危害更小。

---

① 斯洛文尼亚首都。
② 斯洛文尼亚西南部城镇。

斯洛文尼亚作家爱德华·哥拜克①在《巴黎笔记》中写道:"我们的历史没有伟大的激情,它的贫瘠使它无法承担任何重任。我们没有任何原创的信仰宣言或任何公共的品格可以依托。我们国家天生凸而不凹,没有地理上的重心,也没有能够从道德层面指定的真正中心,因此我们缺乏具有向心能量的思想家,缺乏见证我们身份存在的灵魂、经受命运锤炼的灵魂……我们从未将国界视为对品质的考验、可信赖的通道、解决方案或灵感源泉,我们也没有把它视为诱惑、耻辱或走私的机会。"

又是这种缺乏,这种无法实现,这种对别处生活的渴望。它们都与伟大毫不沾边。罗马尼亚的两千万人口、波兰的四千万人口中一定有人也写过类似的话语。

我绕着卢布尔雅那拥挤的市区转着圈,寻找着停车位,最后在国会广场上设法挤入了一辆路虎和一辆宝马之间。孩子们和一名灰白胡子老人正在挂着灯笼、放着音乐的溜冰场上溜冰。这里有点维也纳的风情,但更加欢乐。我听到笑声和街上的大声交谈,看到女孩子们的穿着随意又精致。我是第一次来到这座城市,却觉得自己对它早已熟悉。它生机勃勃,鲜活迷人,使人感觉一切都刚刚好。它没有思考自己的

---

① 爱德华·哥拜克(1904—1981),斯洛文尼亚诗人、作家、散文家、翻译家,还是斯洛文尼亚民族解放阵线的基督教社会主义者和斯洛文尼亚游击队成员。他被认为是用斯洛文尼亚语写作的最佳作家之一,也是继普雷舍伦之后斯洛文尼亚的最佳诗人之一。

命运，没有考问自己棘手的问题，它也许对世界其他地区漠不关心。薄雾笼罩着教堂的塔楼，我在离鱼市不远的酒吧里吃了一个三明治，喝了一点啤酒。

晚上，在马里博尔①城外的某个地方，我因为在居民区里开车时速达八十公里而被警察拦住了。他们身穿黑色皮衣，彬彬有礼。我问如果我不付钱会怎样，他们告诉我，他们会没收我的护照，让我离开，然后在巡逻站等待我带钱出现，但罚款将是我现在支付的两倍。他们看起来难以收买。他们开给我一张以印章装饰的漂亮收据，几乎拿走了我所有的当地货币，并祝我旅途愉快。

为了报复，我决定去匈牙利过夜。

---

① 斯洛文尼亚东北部城市。

阿尔巴尼亚

清晨五点三十分的戈里察①大酒店前，已经有几个男人站在那里了。白天时，尤其在通往露天市场的宽阔街道上，会有更多的男人出现。也有男人会站在邮局前面或报亭掩蔽的小巷里。到下午时，已经有相当规模的一群人聚集，全都是男人。他们或三三两两，或独自一人；或互相交谈，或凝视某处。有时他们会漫无方向地前行几步再折回，作为原地久站不动之后的短暂休息。一些人手里握着几捆阿尔巴尼亚钞票，试图将它们换成欧元或美元。但大多数人只是站着，抽着单盒价钱不超过四分之三美元的细长形卡累利阿香烟。他们像在等待，等待一条重要的新闻、一则公告或一起事件，但没有任何消息传来。他们在每个黎明时再次聚集，人群随着时间的推移越来越密集，在午睡时稍微变得稀疏。在下午冷却的热浪中，大街上再次变得人头攒动，宛若海浪，但始终静止不动。女人会时不时出现一下，悄悄侧身走过，

---

① 阿尔巴尼亚东南部城市。

几乎不会引起注意。她们提着包和袋子，却如同隐形人被这群男人无视。这些男人待在自己的角落里，等待着某些变化发生，凝视着时间的巨大空虚，被判处囚禁在自己的静止状态之中。这是我在地拉那①的斯坎德培广场②和吉诺卡斯特③的主街上所看到的相同景象，从清真寺一直蔓延到城镇中。清晨六点三十分，我在萨兰达④的莉莉酒店下楼吃早餐，发现餐吧里挤满了男人。他们一共十五人，也许二十人，坐在那里喝着晨间咖啡和拉克酒⑤，沉浸在香烟的烟雾缭绕中。他们看着街道，有时一人会与另一人说些什么，但这一天显然没有给他们带来任何惊喜。他们从这一天的开始就被囚禁于其中，无处可去，因为无论他们走到哪里，都无所事事。

帕图斯⑥附近的土地开始变得平坦，山脉被留在了我们身后。这里距亚得里亚海只有十几公里，左手边的地平线呈

---

① 阿尔巴尼亚的首都和第一大城市，位于阿尔巴尼亚中部达埃蒂山和埃尔曾河西侧的内陆盆地，是阿尔巴尼亚全国的政治、经济、文化中心。阿尔巴尼亚著名的拉纳河流经地拉那市中心地带。

② 阿尔巴尼亚首都地拉那市中心的重要地标之一。广场在1968年被以阿尔巴尼亚民族英雄斯坎德培命名。

③ 阿尔巴尼亚南部城镇。

④ 阿尔巴尼亚南部的一个沿海城市，是阿尔巴尼亚全国最重要的旅游城市之一，也是阿尔巴尼亚的重要港口。

⑤ 土耳其和巴尔干地区畅销的茴香味开胃酒。有时，南欧和巴尔干地区出产的果渣蒸馏酒也被称为拉克酒。

⑥ 阿尔巴尼亚西南部城市。

灰蓝色。大巴又热又闷。人们把可乐和啤酒罐扔出窗外。费里①郊区的道路两侧都是废弃的汽车,其中大部分是报废程度不一的奔驰和奥迪。这些汽车有十几二十年的车龄,共有上百辆之多,以或大或小的规模成群停放着。

到了都拉斯②附近,在大片烧焦的草丛之中,在被烈日炙烤的光秃土地之上,上百辆车变成了上千辆。有些车掉了漆,剥落了金属皮,车轴、底盘、传动轴、制动鼓,生锈的残骸全部赤裸裸地暴露在外;有些车仍然还有被烘烤着的底盘,顽强地立在泄了气皱巴巴的轮胎上。在这无尽的车辆"遗体"之间,肤色黝黑的男人们带着角磨机穿梭其中,切割仍然健康的金属片。白色的火花比阳光还要耀眼。这里看上去像是一个处理机械的屠宰场,其他人则等待着收取所需的零件。车辆的残余部分已经四散在地,扎根于土壤之中:断裂的连杆、弯曲的活塞、不亮的大灯、破碎的散热器、被侵蚀的挡泥板、满是破孔的气罐、破烂的滤油器、内部零件散落的变速箱,还有如同起了坏疽的刹车软管、患了癌症的地板、染了梅毒的垫片、得了白内障的破裂窗户。都拉斯郊区如同德国汽车的野战医院,而这个医院只进行截肢手术。

都拉斯是一座港口,因此这数千具"尸体"一定是经船

---

① 阿尔巴尼亚西南部城市。
② 阿尔巴尼亚西部亚得里亚海畔城市,距首都地拉那31公里,是阿尔巴尼亚第二大城市,阿尔巴尼亚最为重要的经济与文化古城。

运来此处的。我记得著名的一九九二年①阿尔巴尼亚人"出埃及记"②的照片——绝望的人群如葡萄串悬挂在甲板和索具之上，渔船、渡船，甚至连驳船上都挤满了人，似乎整个国家都想要逃离，想要漂过大海，抵达亚得里亚海另一岸的意大利，去向那个仿佛是救赎的世界——那是一个完全不一样的世界，一个阿尔巴尼亚这个被诅咒之地难以想象的童话般的世界。而如今，满载残骸、废料，以及柴油和汽油"尸体"的船只从那个广阔的世界航行而来。

当道路转往地拉那方向时，地堡出现了。灰色的水泥头骨突出地面上方一米，透过黑色的水平缝隙可以向外窥视。每个地堡都可以容纳机枪操作员。它们就像被竖直掩埋的尸体，散布在长长的、低矮而平坦的山丘上，俯瞰着死气沉沉的汽车垃圾场。垃圾场和地堡都坚不可摧。阿斯特里特说，整个国家极有可能没有一家工厂在运转，因此无处熔化所有这些德国垃圾；也没有足够的炸药可以炸平这六十万个用来抵御全世界入侵的地堡。

从科孚岛③乘船至阿尔巴尼亚时长为一个半小时，水翼

---

① 阿尔巴尼亚原为社会主义国家，1992年发生剧变。
② 《出埃及记》是摩西五经的第二本经书，讲述以色列人在埃及受到虐待，所受的苦难蒙神垂听，神命先知摩西带领他们走出埃及到应许之地迦南，使他们脱离苦境的故事。
③ 希腊的伊奥尼亚海岛屿，面积580平方公里，隔科孚海峡与阿尔巴尼亚相望。

艇则为半小时。希腊港口的建筑又长又矮。意大利、英国和德国的游客或是坐在堆放的行李上，或是拖着带轮子的旅行袋。人群如海浪溢出海岸，分成不同的溪流，形成在踏板处等待登上轮渡的队伍。有些轮渡看上去仿似七层的百货商店。观光巴士将整个欧洲的人口运来送往。累积成堆的密码锁行李等待着它们的搬运工。五名穿着黑色皮衣的伙计被他们肩上沉重的本田和川崎①压弯了腰。码头上停靠着一艘暗绿色的"冯·洪堡②"号三桅帆船，以及一艘挂有英国国旗的桃花心木游艇。穿着白色长裤的年轻男子们在甲板上忙碌着。汽车宛若闪闪发光的蛇，缓缓游入渡轮深处。可以望见空中波音和 DC 的白色机体，它们正在下降，准备降落。一对夫妇拍摄着他们在希腊阳光中的最后一张照片。

我们不必询问前往萨兰达的船停在哪里，那里等候的人群没有移动，仍然乌压压地聚集在踏板前。他们带着纸箱、盒子、绿色的园艺软管圈、在欧洲和世界各地都流行的红蓝格塑料袋、铝箔卷起的包裹、常见的旅行袋、商店名称早已剥落的塑料袋，所有人看上去都很疲倦，但这种疲倦并非源自前一天或上一个月，它显然更为久远。

一名身穿白衬衫、戴着深色眼镜的希腊边检人员将护照

---

① 均为日本车辆品牌。
② 弗里德里希·威廉·海因里希·亚历山大·冯·洪堡（1769—1859），德国自然科学家、自然地理学家，近代气候学、植物地理学、地球物理学的创始人之一。

从一个木盒中取出，依次呼喊着名字：伊列特、弗朗、捷尔吉、米斯里姆、哈迪、贝德里……人们抓起自己的东西跑上脆弱的小船。边检人员将护照交给一名矮胖的公民，阴影笼罩在他们身上，如同他们站在一片看不见的云层之下。而同一时分，港口的其余部分，那些度假的人群、女人们被晒黑的手臂、金耳环、凉鞋和背包则被定格在了柯达相机的闪光之中。

　　船上的小瓶阿姆斯特尔啤酒售价为两欧元。我们沿着海峡航行，始终能够看到陆地。右侧的山岸裸露，没有树木生长，被灼烧的山脊似是一直有太阳悬挂在上方的天际，仿佛永远都是晌午时分。与世界一般古老的岩石因炎热而剥落。

　　然后，我看到了萨兰达。它突然出现，没有任何预告。光秃秃的斜坡上出现了房屋的骨架，远处望去像是发生过火灾。但这些建筑其实是被半途遗弃了，并未完工。它们比山体的颜色更深，如同矿物质，似被巨大的烤箱烤制过，被烈火烧尽了所有与家相关的事物。海湾深处，这座城市变得略微密集，玻璃折射着光芒，市容转为绿色。但我们驶向了更远的地方。一架生锈的起重机屹立在水泥广场上。阿尔巴尼亚双头鹰和欧盟的蓝色旗帜在灰色的船舱上飘扬。船舱内部有一张桌子和两把椅子，一名身穿制服的女子告诉我们需要付二十五欧元。她收下我们的三十欧元，给了我们一张收据，然后笑着说没有零钱可找。港口上方的小山上，是混凝土裸露在外的公寓楼,如果忽略晾晒的衣服和卫星天线,它们看上去已经被废弃了。

  是的,每一个人,至少那些使用"欧洲"这个名字的人都应当来到这里。这应当作为一个起始仪式,因为阿尔巴尼亚是这片大陆的无意识状态。是的,阿尔巴尼亚是欧洲的"本我",是在夜晚困扰沉睡的巴黎、伦敦和美因河畔法兰克福的那份恐惧。阿尔巴尼亚是一口黑暗的井,相信一切都已尘埃落定,从此可以高枕无忧的人们都应当凝视其中。

  当我们在地拉那斯坎德培广场的歌剧院咖啡馆见面时,法托斯用英语对我们说:"欢迎来到这个血腥的国家。"我喝着啤酒,思考国家的边境是否会为祝福这样世界性的东西大开绿灯,希腊边防部队是否会在卡卡维亚①边境将它遣返,意大利人是否会禁止它登上前往巴里和布林迪西②的渡轮。广场的树荫下,十来名男子正提供货币兑换,他们的换汇价格是一百三十六列克兑一美元。几辆警车停在这些黑市商人之间,警察与货币兑换商,以及其他阿尔巴尼亚人一样,在这个夏天里抽着每包一百列克的细长卡累利阿香烟。广场上有一种互不关心的共生氛围。每个人都必须等待时间川流而过,也因此被联结在了一起。秒和分钟不断膨胀、破裂,而

---

① 阿尔巴尼亚南部与希腊接壤边境城镇。
② 均为意大利南部城市,位处亚得里亚海,与阿尔巴尼亚隔海相望。

内里空空如也。

我问法托斯货币交易是否合法,他说"当然不"。"那警察呢?"他回答说:"警察只是在这里维持秩序罢了。"

五点三十分,戈里察的天还很黑。男人们坐在汽车站附近的酒吧里,喝着晨间咖啡和小圆酒杯里的拉克酒。咖啡被用手持加热器直接在杯中煮开。黎明时要喝拉克酒,因为它比咖啡更能消除困意。但只能喝一杯,因为拉克酒不是一种饮品,而是一种风俗。片刻之后,一辆老旧的奔驰大巴驶来。车上慢慢挤满了人。司机分发了塑料袋。第一批运着商品的马拉车开始向市场聚集。当天空变灰时,我们向南出发。两名警察站在前排,他们装备着老式的 TT-33 苏联手枪,枪托上有磨损的星星。距离希腊边境只有十公里,而我们路过的地名听起来都很斯拉夫——卡梅尼察、沃迪察、塞莱尼察、波洛维……当我们驶入第一条弯道时,我明白了分发塑料袋的原因。一名佩戴着黄金首饰,手里拿着电池风扇的胖女人开始呻吟,她的家人从座位上站起来安抚她,从她手里接过袖珍风扇,然后她开始向袋子里呕吐。接下来,一个又一个女人开始呕吐,然后轮到了孩子们。阿斯特里特后来告诉我们,这种病只困扰妇女和儿童。确实如此,男人们都没有什么不良反应,他们只是参与其间。整辆大巴的人都参与到了这场群体之灾中,提供安慰,发表评论,依次传递用过的塑料袋并扔到窗外,而司机立即分发新的袋子。

过了爱尔塞克①以后,山川变得更为险峻。我们攀爬到一千七百米处,挂着一挡和二挡,在没有任何屏障的悬崖边缘不断曲折前行。我没有看到任何房屋、道路或动物的踪迹。圆顶状的峰顶为黄色的焦草和白色的岩石堆所覆盖。在一个半小时的车程中,我没有看到任何人类居住的迹象。我数着地堡的数量,在数到五十七时放弃了。目之所及,它们无处不在,如水泥头骨长在车辆驶不到的斜坡上。我不知道那些水泥和钢铁是用骡子和驴子运上来的,还是都由肩膀扛上来的。地堡就像灰色的水泥蟾蜍,有时是单个的,有时三三两两,守卫着想象中的通道和峡谷。它们镇守在所谓的进攻路线上,等待着进犯和入侵,漆黑空洞的目光监视着整个视野。它们给人一种亘古的印象,并且似乎会一直坚守到时间尽头,比山脉更为古老,无惧地质变迁、风侵日蚀。我一直默念着它们的数量——六十万。假设每个地堡里有两名配备机枪或手持冲锋枪的士兵,那便是一百二十万人,这个国家人口数的近一半。在训练和火炮测试时,他们会把山羊锁在地堡里面。我看着射击的洞口,它们看上去如同特大号的黑色太阳镜。在这片空旷的风景之间,一个小时才有一辆汽车出现,但我无法抑制自己始终在被监视的感觉。

---

① 阿尔巴尼亚东南部城镇,海拔高度1050米。

我们在莱斯科维克①的一间小酒吧周围稍作停留,那里供应咖啡、拉克酒和煮鸡蛋。一名男子走近我们的桌子,但没有坐下,他只需要使用桌面来滚动鸡蛋,把蛋壳压碎。他花了很长时间,因为他忘记了自己的动作,一直看着我们。这也许是他生平第一次见到外国人,听到外国话。鸡蛋壳破裂了,露出了里面的蛋白,但他还是一言不发地注视着我们。

莱斯科维克也有地堡,但要大上许多,类似装有双扇钢门的水泥蒙古包。与地堡颜色相同的驴子在地堡间吃着草,而它们吃草的石块草场和背景的山坡也是同样的色调。路过城镇以后,我们驶入了内梅尔卡山脉②的阴影之中。我从未见过这样的山脉,它们似是由灰烬铸造而成。森林似边缘被切割过般结束,然后便只剩贫瘠的垂直地块。从远处望去,它飘浮脱节,难以持久。那里一无所有,准确而言,除完全光秃的土地以外一无所有。被截断的帕平古峰③峰顶仿若一座尘土堆,一座耸入天际的尘土堆。而这些尘土一定是从上

---

① 阿尔巴尼亚东南部城镇。
② 阿尔巴尼亚南部佩尔梅特和吉诺卡斯特地区之间的山脉,从西北方向延伸到阿尔巴尼亚和希腊边界附近的东南方,由石灰石形成。
③ 阿尔巴尼亚南部内梅尔卡山的最高峰,也是阿尔巴尼亚南部最高的山峰,海拔 2482 米。

空而来，从宇宙的深渊、从太空最远的角落飘来。

阿尔巴尼亚是古老的。它的美丽使人联想到早已灭绝并且没有留下任何图像的物种和时代。景观持续存在着，同时也在不断崩溃瓦解，仿佛在天空和空气的指间被撕裂，于是四处都是裂缝、划痕和沟壑。物质则渴望着丢弃恒有的重量并摆脱自己的外壳，渴望得以休息，回到尚未成形的年代。

吉诺卡斯特是一座白色的石头城。房屋顶上的瓦片曾经也是白色，如今已然变黑。哈迪·科托尼客栈的窗户正对着尖塔。高塔上的扬声器每天都会响起数次，大街小巷和整个德里诺河①谷都会回荡起穆安津②金属般的声音。清真寺旁是希腊领事馆，从早上起就有数十位男女站在门前等待办理签证。电视上，阿尔巴尼亚汽车在卡卡维亚边境排起的队已有一公里长。几天来，希腊一直不允许任何人入境，声称计算机系统崩溃了。阿尔巴尼亚人说希腊人是故意的，这么做是为了让阿尔巴尼亚人认清自己的位置，是阿尔巴尼亚人乞求着希腊的工作和希腊的欧元，他们要明白那都是希腊的恩典。但阿尔巴尼亚人也说，没有他们的话，希腊人的葡萄园

---

① 东南欧河流，位于阿尔巴尼亚南部和希腊西北部，是维约萨河的支流。

② 指伊斯兰教负责在清真寺的宣礼塔上宣礼的专人，不属于神职人员。现代大多数的清真寺使用扩音设备播送宣礼词。

橄榄园就会和阿尔巴尼亚的一样荒废。阿尔巴尼亚人必须丢下自己的葡萄园和橄榄园前往希腊，因为希腊是工作和金钱的所在。阿尔巴尼亚人说，希腊人不会劳作，希腊人鄙视他们，但没有阿尔巴尼亚人的话，肥胖而懒惰的希腊人就无葡萄酒可喝。

我喝着阿尔巴尼亚棕红色的菲奈特酒①，俯瞰着恩维尔·霍查②的故乡。午后的街道空空荡荡，领事馆前的人群消失了。阳光直射而下，扫除了哪怕最狭窄小巷里的阴影。四周变得如此安静，仿佛所有人都真的离开了，任小镇被时间和酷暑所掠夺，从此自生自灭——狼将从山上跑下来与狗进行交配，葡萄藤将爬过石墙，老旧的奔驰将因思念它们的司机而死去，山上的土耳其堡垒将从内部塌陷，风将吹起沙子填满索伯蒂酒店③的房间，锈迹将侵蚀扬声器的构造，节日酒吧里的拉克酒将烧穿瓶子的螺旋口，被丢弃的一包包印有范·诺利④的百元列克⑤将化为氧气——最终，山脉的灰

---

① 由多种草木、根茎植物为原料调配而成，号称苦酒之王。
② 恩维尔·霍查（1908—1985），阿尔巴尼亚前领导人，为了抵抗意大利和德国的侵略，霍查与他的同志们在1941年建立了阿尔巴尼亚共产党。1946年1月11日，霍查建立了阿尔巴尼亚人民共和国，任阿尔巴尼亚劳动党第一书记（曾兼任阿尔巴尼亚部长会议主席），掌权达41年之久。由于担心遭受潜在的入侵，霍查下令在阿尔巴尼亚全境建造了几十万个地下堡垒及碉堡，但他同时也使阿尔巴尼亚深深陷入封闭之中。
③ 位于阿尔巴尼亚吉诺卡斯特市中心。
④ 范·诺利（1882—1965），阿尔巴尼亚作家、学者、外交官、政治家、历史学家、演说家，1924年六月革命期间任阿尔巴尼亚总理。
⑤ 阿尔巴尼亚流通货币。

色甲壳将覆盖一切。

是的,我喝着棕红色的菲奈特酒,试图想象一个所有人某一天都会离开的国度。他们将自己的故土交给时间摆布,而时间将撕裂小时和月的外衣,以纯粹的形式进入城市的残骸并溶解它们,将它们转变为原始的空气和矿物质。在这里,时间是最重要的元素,它如一头巨大的牛一般持久而沉重,填满了整座河谷,压垮了从斯库台①到萨兰达、从戈里察到都拉斯的山峰。出现在街角和广场上的男人们生活在它的内脏中,他们可能看到了它即将来临的死亡并为之感到恐惧。因为,这头野兽临终的痛苦挣扎对它腹中的他们而言,意味着随之即来的骤然孤独。当它死亡,他们将再也不会见面。分秒之溪和日月之流会把他们分别冲走。而这些溪流不过是人类对原本的时间潮流的可悲模仿,它们的能量充其量只能令人联想到静止不移。男人们将不得不以永恒的腐肉为食,而它的味道,恰恰便是自由的滋味。

在萨兰达的海滩上,人们将垃圾移开,为自己腾出一些地方。他们把空空如也的塑料瓶、纸箱、罐头等文明奇迹,以及博斯②、万宝路、乐购③的购物袋堆到一边,露出一片沙

---

① 阿尔巴尼亚西北部城市。
② 德国时尚品牌。
③ 英国零售品牌,在全球范围拥有多家大卖场。

滩让全家人躺下。风从西方吹来，把半透明的破烂垃圾吹到内陆，挂在树上。我生平从未见过此种混乱，还有人们生活在垃圾中的这般平静，他们时不时会往垃圾堆里丢一些新的垃圾。清理出来的沙地只有一块褥子的大小，或者稍大一些，仅供几个人围坐。他们在丢弃用过的东西时，举止优雅而轻蔑，有种消费的高傲和对没有令他们立即得到满足的物品的冷漠。风从西方吹来，无论是在字面上还是比喻上，都没有带来任何有价值之物。毫无疑问，那些有价值的事物都存在于西方，只是它们无法被运输，会在途中失去其价值、崩溃和分解。但也有可能，是这里没有人需要它们。

从我们走下港口的第一天起，根奇就盯上了我们。他大约三十岁，赤脚穿着凉鞋，套着脏兮兮的黑色短裤，背着一个几岁的小男孩。他用流利的英语问我们来自哪里，是否需要房间。一夜无眠之后，我们非常需要。他带领我们走进一片几层楼高的公寓群间，那里散发着恶臭，排水槽里堆着瓦砾和腐烂的垃圾，还有成堆的石头、毁灭不了的塑料。真是典型的巴尔干风格。晒得黝黑的孩子好奇地看着我们。我们没有力气甩掉这名好心的男子。根奇呼喊了一声，然后一名全身黑衣的老妇人出现了。我们跟着她前行。她打开一栋公寓底层天井的大门，然后打开了屋门。室内很凉快，而且出奇地干净。这是一间两居室公寓，棕色地板、冰箱、浴室、电视机、大风扇都闪闪发亮，甚至连床上用品都散发着淡淡的、清洁过的光泽和气味。这里看上去就像从未有人住过,只是不停地被打扫干净。根奇告诉我们:"她是个寡妇,所以你们必须每晚付给她二十五美元。"

之后,我们又见了根奇几次。他总是不停地讲话,不停地向我们做出承诺。他说,他认识伊斯梅尔·卡达莱①,卡达莱现在就在阿尔巴尼亚,他可以帮我们安排见面。他还向我们推荐了地拉那市中心一间价格十美元一晚的装有空调的公寓。他讲述了他的新教信仰,讲述了他在索罗斯基金会②工作的妻子,还骄傲地讲起他的父亲在霍查政权时期是一名安保人员。有一天,当我们讨论欧洲时,他问了我一个问题:波兰曾有过共产主义吗?

在萨兰达的沿海长廊上,能够看到科孚岛薄雾笼罩的海岸。可以坐在棕榈树摇曳树荫下的咖啡桌旁,看着巨型的客运渡轮在海峡的光滑水域中滑行,最后消失于开阔的海域。各国游客很有可能也会眺望阿尔巴尼亚海岸,就像眺望利比里亚或几内亚的海岸一样。他们甚至可能会借助望远镜。七层的水上旅馆在阳光下熠熠生辉,然后消失不见,有点像野生动物园,又有点像海市蜃楼。

---

① 伊斯梅尔·卡达莱(1936—),阿尔巴尼亚当代著名诗人、小说家,2005 年获布克国际文学奖,曾被提名诺贝尔文学奖。
② 由乔治·索罗斯于 1993 年创办的国际捐赠机构。2010 年前,该机构一直以"开放社会研究所"而为人所知。该基金会为世界各地的民间组织提供资金支持,其明确的目标是推动司法、教育、公共卫生和独立媒体的发展。

我喝着希腊的松脂酒①，试图想象二十年前的这个地方，试图想象这个国家如同某个荒芜海域上的岛屿，与世界其他地区隔绝。这是一个拥有大约一百六十名敌人的国度（让我们假设当时的政治版图大约有这么多国家）。东方和西方都危机四伏——资本主义、苏联和中国的共产主义、非洲的君主制、东南亚的技术官僚体制、格陵兰岛、岛国佛得角共和国②，还有被美国人和苏联人玷污的太空。当恩维尔·霍查离开地拉那时，他关闭了电视转播并随身携带着钥匙，没有人能在他不在的时候播放希腊、意大利或南斯拉夫的节目。那时的萨兰达就和今天傍晚的一样，除却没有这些草草组装的水泥酒吧和酒店。人们坐在海边，看着属于敌人的过路船只，看着那些半实半虚的巨大房屋向自我毁灭航行而去，因为它们都属于被诅咒的世界。暮色四合，那个世界并不真实存在，它没有任何意义，也没有任何形状，它只是一个反转世界，一个被彻头彻尾的谎言破坏了的反向现实。

　　阿尔巴尼亚最长之处为三百二十公里，最宽一百四十公里。也就是大约两万八千平方公里的土地深陷在绝对的真实和完全的孤立之中。一九四八年，南斯拉夫成为它眼中的叛徒；一九六一年，苏联。阿尔巴尼亚被叛徒们四面包围。乡

---

① 一种白葡萄酒或桃红葡萄酒，在希腊已有2000多年的生产历史，具有独特的松脂香气。

② 位于距非洲大陆最西端500公里的北大西洋佛得角群岛上。1975年独立，成立佛得角共和国。

村教师在山上竖起石头标语:"警惕,警惕,警惕。""最危险的敌人就是你忽略的那一个。""像革命者一样思考、工作和生活。"粗心或失误都可能招致叛国罪的指控。三百二十人因粗心大意而被判刑,一百四十人因失误差错而被判刑,没有逃跑的可能,因为世界其他地方都不存在。

最好从上方、从空中俯瞰这些石头标语。它们是对整个世界的挑战。显然,它们针对的是最大的目标,不是苏联,也不是某国,而是整个宇宙。

某天,我们从戈里察出发前往沃斯科波亚①,想要看看曾经的奥斯曼帝国所占的欧洲领土之中这座最大的城市。它有三万间房屋紧密相邻,"山羊可以在屋顶上从城市的一端走到另一端";它还有二十二座礼拜堂。我们想看看这个从波兰、匈牙利、萨克森②、康斯坦茨③、威尼斯、君士坦丁堡远道而来的商队路线交会的地方,这个在二百八十年前成立了巴尔干第一家印刷厂的地方。

为了前往那里,我们雇了一辆小货车。它由贾尼驾驶,他的同伴一直试图和我们攀谈。他懂几个斯拉夫单词,他的"夫人同志"是斯洛伐克人,他们在希腊的一个橄榄园里相遇。我们一路爬上满是坑洼的山路,三十公里的路程没有一

---

① 阿尔巴尼亚东南部城镇。
② 德国东部的一个联邦州。
③ 位于博登湖西端、德国西南角的古城,毗邻瑞士。

个十字路口，只有向山下蜿蜒的驴行小路时而出现。男孩们递给我们香烟，并向我们展示了他们狮子头形状的图腾戒指。

沃斯科波亚的建筑都只有一层。它似乎不是建造而成，而是仅仅由石头堆垒而成。有些房屋因自身的重量而塌陷，这并不是疏于照料、废弃或老化的结果，而是出于所用材料的原因。简单而言，这种材料无法构筑更大更高的物体。这是更接近地质学而非建筑学的问题。就像某天大地龟裂，把它所构建的人类建筑物带来这个世上。而现在，倒塌的墙壁、剥落的外墙、从接缝处裂开的黏土、塌陷的屋顶，以及由于炎热而散落的门和栅栏的木头，又正在侵蚀和重力的作用下努力重回大地的怀抱。

贾尼和他的同伴在酒吧里等我们。那是一间小石屋，一个五十多岁的希腊女人站在吧台后面，为我们列出了曾经屹立在此的所有教堂，向我们提供了奶酪、辣椒、面包和拉克酒。她不想要钱，她想要交谈和倾诉。我们语言不通，只能互相猜测对方所说的话，但她完全不介意。片刻之后，又有其他人来看我们，和我们握手。贾尼和他的同伴一杯接一杯地喝着阿尔巴尼亚白兰地，然后又喝起了地拉那啤酒。我们想再待一会儿，又有些担心我们这两位向导，因为他们始终在以酒精的杯数衡量时间的流逝。人们从酒吧里出来，目送我们离开。贾尼和他的同伴喋喋不休，带领我们从玉米田里穿过，掰下金色的玉米塞入我们的口袋。

现在一路都是下坡了，为了节省汽油，我们松开了油门，凭着惯性前行。贾尼播放着旋律单调的洗脑音乐，是土耳其的某种舞曲。他和他的同伴在座位上跳起了舞，犹如骑在骆驼上在座椅上俯仰摇摆。贾尼松开了方向盘，扬起手臂在空中比画起了流畅的圈圈圆圆。有时他们会转过头来，看我们是否也和他们一样愉快地放飞自我。伴着单调空洞的节奏，他们开始大喊大叫。在这样的摇摆之中，在从打开的车窗飘来的炎热空气和尘土之间，我们抵达了戈里察市郊。但旅途并没有行至终点，因为我们还必须去贾尼的朋友所开的商店喝点啤酒。我们坐在草药和西红柿间苍蝇飞舞的长椅上，贾尼向我们解释道，店主是一名警察，但他有自己的生意。那名黑发男子羞涩地微笑着，递给我们香烟和坚硬的红苹果。斯洛伐克女子的未婚夫则睡着了，把头埋在两个白色的圆形奶酪之间。

克鲁亚①的古老要塞只余一座石塔、几处断壁及地基的轮廓，其余部分由恩维尔之女普兰韦拉·霍查于一九八二年重建。她是建筑师，并且位高权重，而这就是她对阿尔巴尼

---

① 阿尔巴尼亚中北部城市，邻近首都地拉那。克鲁亚是阿尔巴尼亚民族英雄斯坎德培当年对抗奥斯曼帝国军队的重要军事据点，现在已成为著名的旅游景点。

亚中世纪的想象。一四四三年，斯坎德培①正是在这里悬起黑色双头鹰的旗帜，宣布阿尔巴尼亚独立。他向土耳其发起挑战。在此之前，欧洲所有的基督教国家都在土耳其的炮火下战栗。加理多三世②称他为"基督的战士"，尽管乔治·卡斯特里奥蒂③年少时便皈依了伊斯兰教，并改名为斯坎德培。当然，他失败了，阿尔巴尼亚直到一九一三年才获得独立。这一切，几个世纪的所有历史，还有旗帜、领导者和政治家的肖像、文件、地图、斯坎德培头盔的复制品，都可以在恩

---

① 乔治·卡斯特里奥蒂·斯坎德培（1405—1468），阿尔巴尼亚民族英雄，出生于克鲁亚的一个拜占庭帝国贵族家庭，其父是伊庇鲁斯地区众多反抗奥斯曼帝国苏丹巴耶塞特一世的小领主之一。当抵抗失败后，其父被迫臣服，并交出包括乔治·卡斯特里奥蒂在内的四个儿子作为人质。

乔治被迫改信伊斯兰教后，在阿德里安堡接受了军事训练，成为奥斯曼帝国的一位统帅。在获得一系列胜利后，他被封为"阿纳夫特鲁·伊斯坎德·贝伊"，意为"阿尔巴尼亚的亚历山大老爷"，将其与亚历山大大帝相提并论。该称号在阿尔巴尼亚语中为"Skënderbe shqiptari"，其后成为他最常用的名字"斯坎德培"。

虽然斯坎德培深得苏丹信赖，被任命为指挥5000骑兵的将军，但是他仍然与匈牙利、威尼斯和拉古萨等基督教国家保持联系，寻找机会。1443年11月28日，斯坎德培乘匈牙利大将匈雅提·亚诺什率军讨伐奥斯曼帝国时举起反旗。他率领300名阿尔巴尼亚骑兵返回克鲁亚，用一封伪造的书信骗开城门，据而有之。此后，他公开放弃伊斯兰教信仰，皈依天主教。他使用黑色的双头鹰作为自己的标志，这个标志后来演变为当代的阿尔巴尼亚国旗。

在25年的时间里，斯坎德培在阿尔巴尼亚的山区中坚持对奥斯曼帝国进行游击战。1450年、1457年、1467年，奥斯曼帝国的苏丹们三度围攻克鲁亚城，但始终都未能攻克。

② 教宗加理多三世（1378—1458），原名亚丰索·波吉亚，1455年当选为罗马主教，同年4月即位，直至1458年8月。

③ 斯坎德培原名。

维尔女儿的建筑中找到。一名装备着卡拉什尼科夫冲锋枪①的士兵守卫着入口处,那里正排着队。

我们沿着古老房屋间的狭长街道往回走。街上有十来间老房子,每个里面都有成千上万的古董和旧物出售。它们在混乱和昏暗之中被成层叠放、成堆堆积、成捆悬挂,阿尔巴尼亚的整个过去都在这里会集。雕花的箱子、沉重的深色桌子、手风琴、弯刀、银币项链、古老朽烂的手工缝制连衣裙、印着伊斯坦布尔和麦加风景的挂毯、束带、干燥剥落的登山鞋、东方的花丝、军刀、木制家具、骨器皿、牛角制成品、地毯、发黑的铁锅,会聚成一个尘埃遍布的文化超市。所有物品在几代人的抚摸下都变得无比光滑,几乎没有假货,直到最近才被从黑暗中取出,稍加擦拭并摆出销售。我们依次在每个藏宝点驻足,但它们的琳琅满目和野蛮光彩又将我们推开。有那么一会儿,停电了,卖家带领我们进入黑暗的迷宫深处,在手电筒的光晕下向我们展示货物。金色的光圈从一件物品跳到另一件上,从过去的一个片段跳到另一个。在光线暗淡的昏暗之中,衣服、装饰品、珠宝的金属闪光熠熠生辉。这仿佛是在试图了解一个你完全无法相信它真实存在的世界,它一部分是博物馆,一部分是跳蚤市场,一部分是档案库。无助的光影在其间游荡、迷失,化为一个关于阿尔巴尼亚的隐喻。在其中一家商店里,店主躺在古老的

---

① 苏联装备的一种枪械。

矮凳上，靴子放在身旁，而他睡着了。

几乎在每家古董店中，都有一个角落堆放着最新的历史，主要为纸制的恩维尔肖像。其中大多数是书籍和照片集，相片上的领导人以他的成就为背景入镜：群众间的恩维尔、新社区前的恩维尔、耕地或工厂前的恩维尔。除却纸张，还有必须带有红色星星的奖牌和绶带。只有这些东西被留下了，被用来出售。我不知道到底有没有人购买它们。一本关于霍查生平的相册，一名商人开价三十美元。他开出价格，并且完全不想讨价还价。他重复着"三十"，最后不耐烦地转过头去。"阿尔巴尼亚人是不讲价的，"阿斯特里特后来告诉我，"特别是不跟外国人讲价。他们觉得所有的外国人都比他们富裕，如果你想少付钱，那是不公平的。"

这里也有地堡。它们到处都是，每家店都有数十上百个白色石头制成的微型地堡。它们可以被用来当作烟灰缸、镇纸或是小摆设。离开阿尔巴尼亚以后，这些地堡会成为令人想念的纪念品。

阿尔巴尼亚即为孤独——当我想起在戈里察的一个傍晚时，我如此觉得。奥斯曼帝国时代遗留下来的古老市场如今空无一人，所有的古董奔驰和双轮马车都离开了。一个女人清扫着广场的垃圾。那天的天空是灰色的，当人群散开，五彩斑斓的货物消失，灰色就从上空流淌下来，填满了广场的空旷。被遗弃的单层房屋如石头吸收湿气般将它吸收。市场的整个空间都了无生气，沉默静止，似乎从未有人来过。然后，我看到在广场最远的角落里，三名男子蹲在微小的炉火旁烤着玉米。很难将他们和灰色的墙壁区分开来，越发浓郁的暮色模糊了他们的轮廓。能看到的只有火焰，在风中摇曳的、明灭不定的红色火光。

某一日，我与阿斯特里特讨论了欧洲的移民路线，关于东欧和南欧居民不停向西欧迁徙，关于从波兰、乌克兰、白俄罗斯、保加利亚、罗马尼亚出发四处打工的人们。他们踏上了前去征服日耳曼人、罗马人、盎格鲁-撒克逊人的领土和其他所有土地的悲惨旅途，在圣文森特角①、帕塞罗角②和冰岛的鱼类加工厂寻找工作。我给阿斯特里特讲述了在德国建筑工地和农场劳作的波兰人和乌克兰人的故事，我还唱了一首关于贫苦人民在一个条件更好的地方生活是多么艰难的古老民谣——我这么做，都是为了与他的阿尔巴尼亚人的故事相平衡。当我说完时，他说："不一样。你不知道在欧洲作为一个阿尔巴尼亚人意味着什么。"我们立马转移了话题。

在吉诺卡斯特的时候，我问起里格斯为什么部分建筑底

---

① 以欧洲西南角著称，位于葡萄牙。
② 意大利西西里岛著名的海角，形成全岛的最东南端。

层遭到了毁坏,他回答说:"这都是一九九七年的后遗症。"这些店面没有门,也没有橱窗,只有里面堆满垃圾、家具残渣和瓦砾的巨大孔洞。一九九七年春季,金融金字塔崩塌了。萨利·贝里沙①政府始终坚持认为一切皆在掌握之中,并以某些方式支持了那些虚构机构的活动。人们受到财富暴涨的诱惑,出售了他们拥有的包括房屋和公寓在内的一切,并借入了贷款,然后将这些钱存入账户。钱本该像发烧时温度计中的水银一样飞涨,但最后,成千上万的阿尔巴尼亚人失去了一切。"然后发生了什么?"我问里格斯,"这些被毁坏的商店、小酒吧都属于政府吗?"他笑了:"不,它们属于自己的主人。那些前来抢劫和破坏的人们变得一无所有,所以对仍然拥有财产的人们进行了报复。"

我试图想象这一切。我们正坐在一间宜人的酒吧里,它隐藏在一座俯瞰城市的古堡内部。我们喝着白葡萄酒,里格斯在和认识的人寒暄。旁边十来岁的男孩们喝着啤酒,谈论着姑娘。而我试图想象五年前,同龄的孩子在卡拉什尼科夫枪械的炮火中欢呼雀跃的样子。他们欢欣鼓舞,因为正义和真理终于归他们所有。一些人对他们讨厌的邻居的窗户开枪。我试图想象这场由被抢劫的人们发起的不计后果的革

---

① 萨利·拉姆·贝里沙(1944—),阿尔巴尼亚医学专家、政治家,曾任阿尔巴尼亚总统、阿尔巴尼亚总理。1992 年当选阿尔巴尼亚总统,1997 年因国内危机战争而失去总统一职。2005 年又当选阿尔巴尼亚总理,任期至 2013 年 9 月止。

命。阿尔巴尼亚南部爆发了吉诺卡斯特和发罗拉①起义,而贝里沙则身处北方。地理鸿沟是如此历史性地大,内战一触即发。北方的总统下令打开军械库,希望他的同志们用武力镇压叛乱的南部。"但很快就发现,南北内战只是虚张声势,并未真的发生。无政府状态取代了内战。一些阿尔巴尼亚人遵从了命令;一些人遵循了自己想要获得步枪的历来梦想;还有一些人则因为忧心未来或只是效仿他人,也闯入了军械库并拿走了他们所能取得的一切,包括地雷和放射性物质。然后,他们向空中射击,或许是出于欢欣或恐惧,或许只是想试试手中的武器。武装的人们冲进监狱,释放了一千五百名囚犯,其中七百名因谋杀而被定罪。一九九七年三月十日当天,有二百多人死亡,主要死于向空中射击的流弹,还有数千人受伤。劫掠的盗匪开始猖獗,没人知道这些人是贝里沙的人,还是普通的土匪。人们甚至把铁轨拆开,把一块一块的铁轨当作废品卖到黑山。"

我无法自已地陷入石头标语与向空中自杀式放枪有所联结的想法之中。它们二者都是荒谬的,但从最深刻的意义上而言,它们都构成了对现实的根本挑战。霍查极权主义的政府垮台,进入无政府状态,公民们的行为如同要与世界同归

---

① 阿尔巴尼亚西部沿海城市,是阿尔巴尼亚仅次于都拉斯的第二大港湾都市,《阿尔巴尼亚独立宣言》就是于1912年11月28日在发罗拉发布的。

于尽。同时，恩维尔和叛逆的暴民一样，对自己的永生不死充满信心。他和他们都完全活在当下。霍查可能认为一切都取决于他的意愿，因此对他来说不存在任何限制。向空中射击的男人们则觉得没有什么取决于他们，因此他们可以为所欲为。

阿尔巴尼亚语中的阿尔巴尼亚（Shqiperia），从某种意义上而言，甚至也意味着孤立，因为在巴尔干以外，很少有人知道这个单词。两个星期以来，我听过阿尔巴尼亚人在街上、在公共汽车上、在收音机中的讲话，几乎从未听到过类似"Albania（阿尔巴尼亚）"的单词，始终都是 Shqiperia、Shqiptar、shqiperise……

"Shqiperia"这个名字源于动词"shqiptoj"，意为说话，用旁人不懂的语言。

摩尔多瓦

这个国家最长的地方三百公里，最宽处一百三十公里。勒塞尼①的入境口处全部由灰色混凝土建造而成，空无一人。一名身穿制服的女子收走护照，消失了十五分钟。从这里过境的只有摩尔多瓦人和罗马尼亚人，可能没有一人纯为休闲娱乐而来。过了入境口以后，右手边的斜坡上有一座村庄。几间房屋歪斜欲倒，其余的房屋已然坍塌，只剩瓦砾。地面塌陷，几十个农场也随之陷落。一座教堂屹立在一块未受破坏的土地上，映衬着蔚蓝的天幕。低矮的丘陵长长地延伸，绿意盎然。时不时地，可以望见山谷中远远看上去类似营地的村庄——村庄的房屋大小、形状和颜色皆是同样，且都铺有相同的石棉瓦屋顶，宛若漂白过的帆布帐篷。没有一间房屋是孤立的，它们都聚集在一起，与下一个村庄遥遥相望。无边的绿意，然后是拥挤的房屋构成的灰色斑点，接下来又是无边的绿意，然后又是一小片被无形的边框围在一起的水

---

① 摩尔多瓦和罗马尼亚之间的过境点。

泥建筑方块。

这里的平均月薪是二十五美元。一美元约等于十三摩尔多瓦列伊①。摩尔多瓦的钞票很小，并且褪了色。每一张钞票上正面都印有斯特凡大帝②，背面则印着教堂或修道院等名胜古迹。摩尔多瓦共有约一百三十处名胜，我在基希讷乌③买过一本摩尔多瓦地图集，里面一张 A4 纸记录了它们的清单，其中一半源自十九和二十世纪。摩尔多瓦纸币通常都已损坏，我花了不少时间思考自动取款机如何清点它们。取款机给了我成堆皱巴巴、油腻腻、磨损撕裂的纸币，但总额始终是正确的。在此之前，我还以为自动取款机只能清点崭新的或几乎是全新的纸币，又或者只清点至少较为挺括的纸币。摩尔多瓦也有硬币，但很少有人使用它们。五十巴尼的硬币相当漂亮：金色亚光的小巧钱币上印着两串葡萄，这是对繁荣的蹩脚象征。最便宜的阿斯特拉斯香烟价格为两列伊，最贵的万宝路则要十六列伊。

---

① 摩尔多瓦的法定货币是摩尔多瓦列伊，国际标准代码 MDL。摩尔多瓦列伊的辅币是巴尼，1 摩尔多瓦列伊等于 100 巴尼。
② 斯特凡三世（1433—1504），或称斯特凡大帝、伟大而神圣的斯特凡，摩尔多瓦大公，1457 年—1504 年在位，穆沙特王朝最杰出的君主。
③ 摩尔多瓦的首都及最大城市，也是该国的工业与商业中心，坐落在比克河上。

去卡胡尔①要从西南方向的巴士站出发。巴士站位于基希讷乌的边缘，白色的公寓楼在此结束，山丘的单调重复自此开始。一辆大巴停在悬挂的金属标志下。南面像教堂里的老鼠一样贫穷。世界在此终结，从这里最多只能前往罗马尼亚加拉茨②。

摩尔多瓦就像一座内陆岛屿。为了能够通达其他地方，这个国家最近从乌克兰获得了最南端位于朱朱列什蒂③附近五百米多瑙河河岸，但是大型卡车仍然必须经过乌克兰和波兰才能抵达梦想中的柏林和法兰克福。前往卡胡尔的大巴上，乘客们都很友好。他们和我分享了水果，并欣然接受了我那装在一升塑料瓶中的乌克兰切尔尼戈夫啤酒。他们询问我各种问题，并讲述了自己的情况。他们无法理解为什么有人会前来摩尔多瓦的卡胡尔或其他任何地方旅行。他们说："毕竟我们这里一无所有。"

传说，在上帝向人类分配土地的那一天，摩尔多瓦恰好睡过头了。当它醒来，为时已晚。"主啊，那我呢？"它伤心地问。上帝低头看着昏昏欲睡的摩尔多瓦小可怜，陷入了沉思，可他一筹莫展。大地已经分割完毕，作为主，他无法撤

---

① 摩尔多瓦南部城市。
② 罗马尼亚东部多瑙河畔城市。
③ 摩尔多瓦多瑙河上的港口城市，也是一个与罗马尼亚的过境点，距离加拉茨10公里。

销自己的决定，更不能转移人口。最后，上帝挥了挥手，说："有点难办，来吧，你可以和我一起留在天堂。"

抵达卡胡尔或其他任意地方以后，传说似乎应验了。单调的景观使人联想到永恒。持续的绿意，持续的生机，土地蜿蜒起伏，地平线上升下降，一切呈现的仅仅是我们期望的模样，似是不想给我们带来任何不适。葡萄、向日葵、玉米、一些动物，然后又是葡萄、向日葵、玉米、牛群和羊群，果园时而出现，成排的坚果树始终立于道路两侧。这片风景中没有空余的空间，没有突然的脱节。想象力没有遭遇伏击，很快便打起了瞌睡。极有可能，这里在一百、两百、三百年前发生过什么，但却没有留下任何痕迹。生命渗入土壤，飘散到大气中，平静而缓慢地燃烧着，似乎被应许过永不熄灭。

我们在奇米什利亚①稍作停留。这是一个无法被铭记的地方。巴士站是由某种虚无暂时化身而成的。混凝土停车场一侧通往呼啸的风，另一侧被一幢建筑物所封闭。满目皆是灰色，到处尘土飞扬。天气炎热。酒吧的啤酒龙头是一根用金属丝包裹的橡胶软管。在酒吧的内部更深处，所有的东西都被异想天开地胡乱扔在一起，一部分用来居住，一部分则

---

① 摩尔多瓦东南部城市。

是垃圾堆。室内光线昏暗，狭窄而低矮，到处都是焊接的铁撑杆、金属片和层压板。所有东西从一开始就被丢弃，让它们早日毁灭，不再让人烦心。这是被轻视的事物所历经的绝望。人们坐在酒吧里，吃着东西喝着酒，等待着。他们看上去都一丝不挂，暴露于这所有垃圾的边缘，似乎下一秒就会被割伤。

一辆驴车在十字路口等待着。附近空无一物，直到地势更低的远方，灰色的水泥村才在玉米田的尽头出现。一个女人在这里下了车，她拉着一个双轮的金属笼子，上面挂着一个不大的包袋。笼子和袋子似乎都是自制的。一个女孩在等她，她们拥抱在了一起，仿佛经过了长时间的分离。然后，她们爬上了驴车，两个人加在一起比整辆车更为庞大。棕色的驴子向村子的方向行进。这个画面看起来像是儿戏，因为她们和驴车的体形很不相配，似是偷来了孩童的旋转木马。

关于卡胡尔要说些什么呢？卡胡尔距罗马尼亚边境只有几公里，然后便是多瑙河畔的加拉茨。在卡胡尔的主街上，可以感受到边境的临近。汽车轰隆隆地驶过，忧郁的人生赢家们在露天酒馆里晒着太阳。他们点了摩尔多瓦干邑白兰地，喝了一杯又一杯，但面不改色。他们只会动自己的嘴皮子，其余部分则始终一动不动。他们还会调整自己的金链子，确保所有人都能看到。他们甚至不给汽车熄火，让所有人都知道他们有大量的汽油。卡胡尔给人的第一印象便是如此：边境旁的乡下小地方，自恋而神经的懒汉们，还有为打发无聊而开车兜的圈。

　　白色教堂比邻的公园中，一名小伙子对外出租卡丁车。他坐在树荫下的桌旁，用沙漏计算每次租用的时间。在他身后，这座城市潜移默化地变成了乡村。树木比房屋更为高大，山羊在游击队纪念碑下吃草，纪念碑上有英雄们巨大的水泥头像。尽管是白天，周边的商店里仍然亮着黄色的灯光。三名男子走了进去，柜台后的女服务员将伏特加酒倒入他们的酒杯之中。那时我才意识到，这个商店是一家酒吧。

　　旅馆前的广场上，野狗整夜都在互相撕咬，不停吠叫。黎明时分，运载货物的车辆开始抵达。这里是一个集市，没有车轮的火车车厢被用作仓库和商店。从五楼俯瞰，可以看到琳琅满目的壮观场景，锡箔、塑料、玻璃纸、玻璃、金属、黄瓜和西红柿、西瓜和蜜瓜，一切都在阳光下闪闪发亮。片刻之后，我下楼了，近距离地观察到这里有一个人生活所需的一切，有皮带、金黄的玉米，也有酸洗罐和腌制桶。音乐循环播放。女人们一动不动地坐在她们的商品边，双手交叠放在腿上，就像坐在家中或是门边的长凳上。她们很少有动作，更多只是单纯地等待着。

浅蓝色雷诺①的车主拒绝以二十欧元载我。他说，路况糟糕透顶，车会遭到损坏。他要价三十欧元，不包含油费。他身材瘦小，身上穿的衣服也是浅蓝色的。队伍的下一辆车是一辆拉达，它是那么旧，我不记得它的颜色了。司机高大肥胖，不修边幅。他说他可以载我们。他叫米沙，大约五十岁。我们离开了卡胡尔，一路穿过起伏的丘陵、葡萄园和玉米田。村庄突然开始又骤然结束，仿若被刀切割过。米沙说，如今是个糟糕的时代。他提到了斯大林，尽管那时他还太小，记忆寥寥。但米沙说斯大林值得回忆，因为他射杀了盗贼。在他看来，摩尔多瓦如今的问题是盗贼猖獗，整个国家都被从普通百姓那里偷走了。在苏联时代，一切都是公共所有，不属于任何个人，就没有这个问题。盗窃如同其余一切一样，也是共有的——每个人都偷窃，但每个人都没有损失。如今只有最富裕的人群偷窃，并通过发明所有权来确保穷人不能这么做。所有权的发明针对的是没有财产所有权的普通百姓。米沙用俄语如是说。

我想前往加告兹②的首府科姆拉茨③。加告兹人究竟是

---

① 法国汽车品牌。
② 摩尔多瓦南部的一个自治领土单位。这里的主体民族是信奉东正教的加告兹人，语言属于突厥语族。苏联解体后，加告兹要求从摩尔多瓦独立。1990年8月，加告兹人宣布成立"加告兹苏维埃社会主义共和国"。1994年12月，摩尔多瓦共和国议会通过了给予加告兹地区"特别法律地位"的议案。加告兹因此撤销了独立。
③ 摩尔多瓦南部城市，加告兹自治区的首府。

什么人种，尚不为人所知。在摩尔多瓦，他们的人数有两万人。他们的语言属于突厥语族，信仰东正教，从多布罗加①迁徙到科姆拉茨地区。一八一二年，俄罗斯在吞并摩尔多瓦时，为抹杀过去而将多布罗加改名为比萨拉比亚②。他们可能是保加利亚化的土耳其人或土耳其化的保加利亚人，无人确定。几乎没有人知道他们的存在。所以，我出发前往科姆拉茨。道路空空荡荡，就像跑道一样。

很难描述科姆拉茨，因为它很容易被忽略。穿过这座城市时，几乎看不出它是一座城市。它有房屋和街道，但它们都还是草图，是临时替代物，是半途而废未成形的半成品。这里有一座刷着金漆的列宁纪念碑。葬礼队伍沿着主街走来，一辆皮卡车运送着敞盖的棺材。一名黑衣老妇人坐在棺材旁的椅子上。天气很热，苍蝇盘旋在死去的男人脸上，妇人用青翠的树枝驱赶它们，动作迟缓而单调。这一切看上去很奇怪，因为哀悼队伍在完全的沉默之中路过日常的喧嚣，穿行在卖面包和蔬菜的摊位、自行车、汽车和手推车之间。他们与生活的潮流逆向而行，默默前进着。

---

① 位于多瑙河下游，是多瑙河和黑海之间的一个地区。目前多布罗加北部由罗马尼亚统治，南部由保加利亚统治。多瑙河三角洲的一部分位于该区域。

② 比萨拉比亚是指德涅斯特河、普鲁特河－多瑙河和黑海形成的三角地带。1812 年沙俄夺取了这个地区之后，用这个名称来区别于摩尔多瓦的剩余领土。之后，该地区在罗马尼亚和苏联之间几易其手。

加告兹博物馆前有一座纪念阿富汗战争英雄们的纪念碑，一座手持步枪的小男孩的银漆雕像。我想要自己参观，但里面所有人——一名女性向导和另外两名女性，好像都在等我。女向导举着木制的指针，开始讲述来自亚洲腹地的移民大迁徙。她用木棍轻点地图，原来加告兹人是没有占领黑海的南部海岸而向北漂泊的土耳其人。我们按时间顺序从一个展厅走到下一个展厅。一位老人从某扇侧门中出现，告诉我们他是加告兹雕刻家联盟的成员。他于一九三五年出生在波兰大希维特科瓦村，离我家大概只有十五公里。他的名字是安杰伊·科普察。

　　米沙一直在迷路，他在距离他家五十公里的地方就失去了方向感。我给他看了地图，但他害怕他从未走过的道路。它们存在于地图上，而他拒绝相信它们的存在。"那里只有土耳其人居住，去那里做什么？""那里只有保加利亚人……"他不想下车，不喝咖啡，也不吃午餐。他无法想象，怎么会有人这样浪费时间和金钱，来到这里竟漫无目的。上阿勒波塔村或索菲耶夫卡村①能算有意义的目的地吗？所以米沙甚至都不下车，在车里看着绿色景观间后苏联时代的灰色斑点和伤痕，而我看着他，我们的思想无法互相渗透。他哀思过去的一切，讨厌残存的现状。他说："我是苏联人。"但除此以

---

① 摩尔多瓦南部村庄。

外，什么都没能遗留下来；因为除此以外，什么都未曾有过。这个权宜之地的贫穷与苦难，仅仅达成了它生来的目的——将现实吞噬。整个地区看上去都是无主之地。一辆拉着拖车的拖拉机行驶在空旷的道路上，一个男子用干草叉叉起刚刚修剪下来的绿草，每一次挥舞叉子都能叉起数团。很难猜测，这是出于好心的义务劳动，还是有人付钱让他这么做。

我们在黄昏时抵达鲍尔奇①。米沙收了钱开车离开了。鲍尔奇只有加告兹人居住，我们在寻找埃琳娜。两天前，我们在前往卡胡尔的大巴上结识。她有一头红发，笑容害羞而美丽。她说她在伊斯坦布尔工作，现在回家看望她的孩子们。她邀请了我们，所以我们现在来到了这里，试图在这巨大的万人村中找到她。这个村庄坐落在一片没有树木的高原中心的低矮丘陵间。村民们告诉我们："是那个有两任丈夫的女人，她的第二任丈夫是土耳其人。"我们终于找到了她的房子。它隐没在一排排相似的房屋之间，入口有一个阴凉的、被蔓延的葡萄藤覆盖的小小庭院。埃琳娜被孩子们包围着，又一次微笑着。她的父亲走了出来。我们都有些不好意思。"这就是我们的生活。"她重复说，想一次性向我们展示一切。我们去了花园，参观了蔬菜、葡萄藤、白菜、西红柿、黄瓜，我们跟着她重复它们的名字，毕竟我们来自远

---

① 摩尔多瓦南部村庄。

方，可能不知道这些东西是什么。我们还参观了被短链拴在粪堆上的瘦小牛犊。猪趴在黑暗中的某个地方，我们只能闻到它们的气味。所有东西都非常紧凑，彼此紧挨着集中在一起。埃琳娜说："他们没有给我们太多土地。"

我们睡在最大的房间里。房间里满是玻璃、塑料、瓷器、金属制成的小玩意。有各种小雕像、装饰品、纪念品、编织物、没用的东西——苍白的芭蕾舞演员、廉价的手表、水晶球，等等。整个房间充满毫不造作的艺术感，如同一个杂物博物馆，来自东方的货物熠熠生辉。它就像一场空虚和梦想的狂欢，一个实物化的梦境。我想起了我乡下的阿姨和祖母的房间，它们与鲍尔奇的房间相比，也会黯然失色。

早晨，我们参观了村庄，她家里的所有人都陪同着我们——埃琳娜、她的孩子、她的父亲、她的姐姐和她的姐夫伊利亚。伊利亚曾在民主德国①的军队中服过役，在莫斯科建过房子，见过世面。文化宫的外墙饰以社会主义人民共和国风格的装饰图案。列宁的混凝土半身像立在一个两米高的

---

① 德意志民主共和国，简称民主德国，是存在于1949年—1990年的中欧社会主义国家。1949年10月7日在德国苏占区成立，首都为东柏林。民主德国位于现今德国的东北部，面积107771平方公里，与捷克斯洛伐克、德意志联邦共和国、波兰接壤，北部为波罗的海。1990年10月3日与联邦德国合并。

基座上。"他是最好的人。"埃琳娜用俄语说道，如往常微笑着。那时我才明白，他们这里没有别的东西，鲍尔奇的记忆始于几十年前，更早之前完全是一片空白。驴拉着推车，一个孩子握着缰绳。在巨大空荡的文化宫内部，轰鸣着空洞的音乐。我们找到了声音来源，是一名十八岁的苍白女孩正对着电视模仿动作和姿势。音乐从录像带中流淌而出，她机械地唱着歌，迷失在悲伤而躁动的舞蹈之中。那天的早餐我们吃了当地菜——炖猪皮。埃琳娜告诉我们："这里曾经有过电影院。"一名黑衣老妪坐在树下，旁边有一袋葵花子，树枝上挂着生锈的秤。妇人安静地坐着，一动不动，双手交叠放在腿上。通往过道的金属大门上悬挂着莫斯科奥运会的标志：一栋典型的挂有红星的莫斯科大楼。它由金属丝制成，被焊接上漆。第二扇门、第三扇门上也有同样的标志。

鲍尔奇是革命真正的终结之地。它看上去便是如此。没有任何可以使用的，或具有任何价值的东西留下。七十年，不过一文不值。罪魁祸首怪诞的纪念碑立在空荡荡的建筑前面；而建筑里轰鸣着对腐朽西方的音乐的绝望模仿。只有驴子的缰绳才有意义，才是真实的。坦率而言，我很茫然。人们应当知道什么对他们有益，他们的心在感受到渴望时不会说谎。但在这里，这一点似乎并不适用。我觉得自己是一个入侵者、是一个笨蛋，身处在一个我无法理解的世界之中。

鲍尔奇只有一栋新建筑，但它很大，甚至可能比文化宫还要更大。米色的墙壁、巨大的窗户、红色的屋顶，样式简约而功能具备。总体而言，它熠熠生辉，像是对这座精疲力竭的村庄的挑战。美国电影中会看到类似的建筑，美国夫妇在里面举行婚礼。"新教徒。"埃琳娜说。我问他们有多少信徒，但她说不知道。她只知道信徒们"什么都不干，但不知从哪里得到了很多钱"。在它内部，松木长椅闪闪发亮，松木祭坛有点像宜家出品。后来，我看到了一名信徒的房子，它与其他房屋并没有什么不同，除了庭院里停着一辆使用了几年的日本越野车。"他开车去基希讷乌。"埃琳娜说，听起来像是一种责备。

那天下午，我们还要前往首都。这里距巴士站十公里，伊利亚开自己的拉达车载我们过去。从早上起，我们就交替喝着啤酒和葡萄酒，但对伊利亚而言，开车完全没有问题。他说，如果大巴没有来，哪怕开去基希讷乌也没有问题。他个子不高、瘦长结实，在德累斯顿和莫斯科都生活过，因此天不怕地不怕。但大巴来了，我们在康加兹[①]尘土飞扬的道路上紧紧拥抱。我们发誓一定要再次见面。这些都是很好的人，他们说"这就是我们的生活"，如此自然地向我们展示了他们的生活，就像其他人展示自己的房子一样。埃琳娜的

---

① 摩尔多瓦南部城镇。

姐姐凌晨四点起床，为我们的早餐杀了一只兔子和一只鸡。两姐妹的母亲瘫痪了，坐在葡萄藤荫下的椅子上，笑着看着我们喝葡萄酒。她们的父亲和我们分享了他用覆盆子汁着色的意大利面饼。盘子里还有切好的西瓜和蜜瓜片。而现在，我们在康加兹尘土飞扬的道路上和伊利亚拥抱，互相许诺一定要再次相见，尽管我们彼此都不相信。

基希讷乌，啊，基希讷乌！白色的公寓群覆盖在青翠的山丘之上，从东南西北各个方向都可以看到它们。它们仿若高高的悬崖堆积，在阳光下闪闪发亮，在起起伏伏的不规则景观之中，如同一曲对几何形状的赞歌。整个摩尔多瓦都没有更大或更高之物。它们就像竖立在肥沃的土壤中的巨大墓碑，是"平均主义"的石碑和"共同进步"的白蚁塔。这座城市，似是技术性死亡的新耶路撒冷。

城市的出口处停有装满塑料桶、酒桶和韦克罐子的卡车，还有成千上万种容器——摩尔多瓦为了过冬而将它的财富贮存其中。浸泡、腌制、发酵、巴氏杀菌、盐渍、罐装，把自己花园和田地的产品贮存起来。市中心伟大而神圣的斯特凡大道上，搬运罐子的人群穿梭在日本电子产品店和意大利鞋店之间。他们一次搬运十几二十个巧妙包装的崭新梅森罐子或闪亮的镀锌桶，或是装满黄瓜和西红柿的麻袋。皮卡车上堆满了西瓜，汽车的拖车上载满了哈密瓜。古老的基希讷乌相比城镇更像是一座略为繁华的村庄。在主街人行道附近，一层和两层楼的房屋被绿意包裹，以木栅栏彼此分隔。猫儿漫步着，人们坐在台阶上。这就是古老的市中心——二十条纵横交错的街道，飘浮着帝国之省昏昏欲睡的残余气息。如果忽略汽车，一切就和百年前并无不同。

这就是基希讷乌。我在尼斯特拉绿色山丘酒吧的伞下坐了好几个小时，它位于伟大而神圣的斯特凡大道上、爱明内斯库街的拐角处。酒吧里正在举行一场非常国际化的聚会，人们用英语和德语彼此交流，看上去像是来到这里挥霍欧洲和美国金钱的白领。除他们以外，酒吧里还有正在成长的摩尔多瓦中产阶级，他们穿金戴银，戴着墨镜，呈现出一种货币兑换商、皮条客和小白脸都通用的风格。女人们就和电视上的一样，几乎每一位的脖子上都用链条挂着一部银色手机。此情此景，令我回想起了罗马尼亚。我试图用罗马尼亚语点啤酒和咖啡等，但服务员假装一点都听不懂，用俄语回答我。他们当然听得懂，但俄语对他们而言是小资和洋气的标志。他们可能将我当成来自比萨拉比亚地区的乡巴佬，或是尚未完全进入角色的间谍。

这真是一座奇怪的城市。胆怯惶恐的十八岁警察三人一组进行巡逻，陆地巡洋舰上的家伙们如同盯着自己的所属物对街道虎视眈眈，邮局旁的男人们兜售电话卡里多余的通话时间。人群拖拉着器皿。光头少年们穿着肥大的裤子，温顺地看着地面，像是在练习成为恭顺谦逊的、方济各会①式的黑帮成员。年轻女孩们露着肚脐，颤颤巍巍地踩着细高跟鞋，把主街当作选美T台一样走来走去。她们罗马尼亚－斯拉夫人种的混合美丽被浓重的妆容所掩盖，明明似淳朴的农民般害羞却穿着舞厅的装束。这里普遍给人一种感觉：每个人都在伪装，依据自己对外面世界的印象进行伪装。因此，我们最终离开了基希讷乌。

科拉说，我们花三十欧元便可以乘车一整天。他有一辆塑料内饰的旧雷诺面包车。他在苏联时期是一名桑巴舞教练。这是一名身体沉重、留有胡须的男子，和蔼可亲。去老奥海②？来吧，没问题。他没有去过，但完全没有问题。我们一路向北。在某个出口处，也许是乔雷斯库③，路边的树荫下摆着一张旧桌子。一名肥胖的警察坐在桌子后面，看着戴着大圆帽的年轻警察们拦下一名又一名"受害者"，一言不发地收走二十列伊。还好我们前往的是老奥海。有人告诉我们应该去那里看看，他是对的。鲁特河④在那里深入地下，

---

① 方济各会，亦译"法兰西斯派"，亦称"小兄弟会"。天主教托钵修会之一。会士穿灰色长袍，因此被称为"灰衣修士"。1209年由意大利人方济各所创。
② 摩尔多瓦中部城镇，知名旅游地。
③ 摩尔多瓦中部城镇，位于基希讷乌北部。
④ 欧洲东部河流，全长286公里，为德涅斯特河的支流。直到18世纪—19世纪依旧可以行船，但现在只能航行小船。

似是想从地球另一侧再流淌出来。一片狭窄的沙洲嘴堆积数十米。金帐汗国①曾在此建城。他们品位很好,这里拥有上帝造人之前的风景。最初之时,它仅仅是一幅草图,上帝在上面挥洒了对大地的最初想法。它完全抽象,仅仅由最基本形状的拼接而成:垂直的悬崖,平坦如桌子的山谷,寻找着构造中的通道的平缓河流。十万年来,一切未曾改变,只是河水已渗入土壤深处,呈现出泥浆浑浊的颜色。

　　河流心血来潮地在这里形成了一弯陡峭而狭长的半岛。一面石墙上有一座凿刻而成的修道院,修道院有几扇窄小的窗户通向窗外原始的风景,通向这还未确定自身形态的美丽。到达修道院的唯一方法是沿着锁链从悬崖的侧面攀爬垂直的岩石。当修道士收起锁链时,便只剩孤独和空旷的天地,宛若身处埃及思西提斯,沙漠隐修们向恶魔发起挑战的地方②。后来,我又看到了其他的修道院,但它们看上去像是进口的。它们确实是进口的,因为它们是俄国人以华而不

---

① 钦察汗国,一般称为金帐汗国(1219—1502),又称克普恰克汗国、术赤兀鲁思,是大蒙古国的四大汗国之一。13世纪上半叶蒙古人建立的封建国家。1243年由成吉思汗长子术赤的次子拔都结束西征后所建立,它包括东起也儿的石河(今额尔齐斯河),西到斡罗思,南起巴尔喀什湖、里海、黑海,北到北极圈附近的辽阔区域。

② 3世纪晚期,埃及兴起一场遁迹旷野的思潮运动。苦行者们最初生活在村庄边沿,但仍与他们家乡的教会团体一起举行礼仪;不久有些人便彻底归隐到旷野深处,与自己的肉身恶魔搏斗,战胜诱惑与欲望,被称为沙漠隐修。

实的帝国风格建造的。而老奥海仅仅只是岩石上凿出的空洞，试图摆脱时间的诅咒而获得永生。在修道院低矮的屋顶下，人只能躺着或者跪着，里面还可以看到贝壳的印记和圆形的甲壳类饰品。这是上帝七日造物留下的原始痕迹，那时海水刚刚与陆地分离，黑暗刚刚与光明分离。我试图想象修道士们如洞穴中的动物般用四肢在黑暗中爬行的样子，他们以一种我们无法想象的方式脱离了自己的肉体和人性，抛却了自己爬满虱子、散发着臭味的尸体。因为肉眼可见的有形存在，只会让人远离真理。

但这是很久以前的情况了。如今，几名修道士居住在悬崖脚下的一座村庄里。我们在一间从地里挖掘而成的半凹陷小礼拜堂中找到了一位修道士。他很瘦，蓄着胡子，非常健谈，显然见过世面，因为他把我们当成了斯洛伐克人。他向我们简要介绍了修道院的历史，向我们展示了没有窗户但干净整洁的室内，在那里面必须佝偻着身躯。接下来，他去接待来自俄罗斯、摩尔多瓦和乌克兰军队的三名军官了。这三名穿着制服的军官在这个地方显得有些格格不入，他们没有携带武器，而是拿着照相机。俄国人戴着飞行员的帽子，年龄最大，等级似乎最高。乌克兰人最年轻，长得非常帅气，戴着黑色的墨镜，看上去像是扮演军官的好莱坞演员。是的，他们出现在这片古老的风景之间，被这位修道士引导着，看起来实在古怪。之后，我们看到他们以悬崖和蜿蜒的鲁特河为背景摆姿势拍照。他们互相传递相机，僵硬地站着，好像面前并不是一片无人的风景，而是至少一个营的敌军。这些军官是维和人员，他们在德涅斯特河沿岸共和国①的边界上巡逻，守卫着一个并不存在的国家的边界。他们可能在这里休假。

德涅斯特河沿岸共和国从官方角度来说并不存在，没有任何国家承认它。它长约二百公里，但很狭窄，最宽的地方可能也只有三十公里，有点像是欧洲的智利。我们对去那里有些害怕。有人告诉我们，如果在那里发生什么事情，都不清楚该与谁交涉。在这个幽灵般的国度，行为准则也是幽灵般的幻影。但无论如何，我们还是出发了。瓦列里开着十年车龄的威达②载我们过去。他天不怕地不怕，昨天去基辅，明天去莫斯科，后天去维也纳，去德涅斯特河沿岸共和国当然也没有问题，上车吧。他在社会主义时期担任农业技术工程师，条件肯定更好一些，但现在也可以维持，只是需要更加努力。瓦列里心态很好，对一切都一笑置之。我们想要穿过这里最辽阔的一片荒原拉斯科亚茨③进入这个不存在的国

---

① 德涅斯特河沿岸摩尔达维亚共和国，通称德涅斯特河沿岸、德左。1990年9月2日，德涅斯特河左岸地区单方面宣布脱离摩尔多瓦苏维埃社会主义共和国独立，成立德涅斯特河沿岸摩尔达维亚苏维埃社会主义共和国，自称为苏联的加盟共和国，但未得到苏联政府和摩尔多瓦政府的承认。

② 德国欧宝旗下车型。

③ 摩尔多瓦东南部地区。

家，因为德涅斯特河①在那里分为两条支流。它蜿蜒曲折，如蓝丝带随意地散落在地图上。我们先是路过了河上一座长长的桥梁，桥上没有一辆车，只有两个男孩从德涅斯特河沿岸共和国那侧骑着自行车而来，他们的车篮里装着成捆的干树枝。然后，玉米田出现了，田间有一座岗亭，里面有一名形单影只的穿着黑色制服的摩尔多瓦海关官员。摩尔多瓦显然不承认这个将要成为国家的地区分裂，只承认它是一个自治区，不承认边境的存在，因此不需要出示护照等证件。但摩尔多瓦让自己的海关官员在这里值守，以防万一。毕竟欧洲最大的弹药库之一就坐落在德涅斯特河左岸的科巴斯纳②。苏联正是计划从那里、从蒂拉斯波尔③开始，解放巴尔干、希腊等地区。

海关官员并未想要我们的任何东西。当他同我们一起查阅铺在汽车引擎盖上的地图，以及地图上所有的河湾与逆流、沼泽和湖泊、常在上游出现逆流的德涅斯特河时，他甚至没有戴上帽子。他用手指点了点，说那是最佳之处，但我们的威达可能无法抵达。他对我们的相机和摄像机无动于衷。这名海关官员二十岁出头，思想还没有被对间谍的敏感所荼毒。在我们离开时，他挥手向我们告别。我们继续行

---

① 欧洲东部河流，全长1362公里。起源于乌克兰喀尔巴阡山脉，注入黑海。当中部分河段为乌摩边界，有条支流为鲁特河，中间大部分河段为摩尔多瓦与德涅斯特河沿岸摩尔达维亚共和国的边界。
② 位于德涅斯特河左岸北部，由德涅斯特河沿岸当局控制。
③ 位于摩尔多瓦东部，是德涅斯特河沿岸共和国的首都。

驶,不过片刻就到达了另一个德涅斯特河沿岸共和国的岗亭,情况完全不一样了。岗亭仍然是一座临时小屋,但里面坐着四名警卫。他们衣衫不整,穿着制服,像是被我们从睡梦中惊起,从床上爬了起来。他们的鞋子是民用的,鞋带在尘土中拖曳,后苏联时代的制服和裤子皱皱巴巴,瞬间令人感到可悲。他们收走我们护照的那一刻,我们觉得自己就像他们的敌人。他们不看我们的眼睛,而是望着天空某处,望着已经消失的全联盟①的无垠天际。可能这真的是他们第一次看见外国人?十多分钟的时间里,岗亭边只有一辆装着干草的车驶过和一个扛着锄头的女人走过,他们完全没有受到盘问,身影迅速隐没在了一排排玉米之间。最后,警卫让我们调头去班德镇,那是他们总部的所在地,那里的人知道该拿我们怎么办。

班德镇的大街上一片混乱,到处都是营房、胶合板、波纹金属、破碎的混凝土、临时搭建的建筑和障碍物。这里看上去已然腐烂,消沉阴郁,同时又危机四伏。他们一看到摄像机,立马就被激起本能的担忧和恐惧,害怕那些隐藏的东西遭到披露。他们声称我们正在拍摄过境点,我们当然是在拍摄,但我们坚持说我们没有。他们收走了我们的护照,三四个人走进了一座胶合板小屋,把我们撇在灼热的阳光之

---

① 指苏维埃社会主义共和国联盟,简称苏联。

中。我看到 A 在不停地出汗，他坐在敞开的汽车后备厢边缘，动作缓慢而不起眼地从摄像机中取出已经录过的录像带，换上了一盘新录像带。没有人注意到他的动作。时而会有一两名警卫走出小屋，沉默地瞪着我们，然后迈着僵硬的步子走开。毫无疑问，我们是他们的敌人，觊觎他们的所有物。他们扣留了我们的护照，他们甚至不能在上面盖章。即便他们有章，他们也不能使用，因为没有任何人承认他们。

最后，瓦列里去找他们交涉。片刻过后，他回来了。瓦列里说他们知道我们正在拍摄，这非常严重，本来完全被禁止，但是只要一百列伊，我们就可以入境。我们给了钱，他们甚至连录像带都不想要。我们是敌人，但我们付出了代价。我们收到了一张类似于收据的纸片，背面用钢笔写着：一辆汽车、四个人和一台摄像机。这就是德涅斯特河沿岸共和国的签证。

德涅斯特河沿岸共和国于一九九二年脱离摩尔多瓦。那是一场常规的战争，造成了数千人死亡。历史上，这个地区从未真正属于过摩尔多瓦。第二次世界大战以后，苏联从罗马尼亚手中夺回了普鲁特河①和德涅斯特河之间的土地，把

---

① 多瑙河最后的大支流，全长953公里，流域面积27500平方公里。起源于乌克兰喀尔巴阡山脉，先往北，再向东南，有一小段成为与罗马尼亚之间的边界。后成为罗马尼亚与摩尔多瓦的界河，最后在加拉茨以东注入多瑙河。

它变为了苏联的另一个加盟共和国①,即摩尔达维亚苏维埃社会主义共和国②。斯大林将德涅斯特河左岸的这条狭窄地带划归了摩尔达维亚。德涅斯特河左岸曾推行过工业化,有一座发电厂、一家军械厂,当然还有把控着这一切的俄罗斯人。而德涅斯特河的另一岸则仍以农业为主,主要为玉米田、葡萄园、村庄、牛群和讲罗马尼亚语的摩尔多瓦人。不可排除,来自格鲁吉亚的领导人③预见并计划了这一切。德涅斯特河左岸有太多的武器和太多的俄罗斯人,一片绿意、独立而贫穷的摩尔多瓦除了梦想着得到它,再无能为力。

从入境口到蒂拉斯波尔大约十公里。沿途的风景和城镇没有什么记忆点,似乎看到了些什么,但一切都模糊而沉闷,就像身处旁人压抑的梦境之中。那里什么都没有。双车道、灰色的方形房屋、沿途红色的苏联口号、生锈的拉达车

---

① 苏联加盟共和国是指组成苏联的各苏维埃社会主义共和国。十月革命后,俄罗斯境内各民族纷纷建立自己的独立国家或自治共和国。国内战争期间,为抗击共同的敌人,俄罗斯同乌克兰、白俄罗斯、格鲁吉亚、亚美尼亚、阿塞拜疆建立了军事政治同盟。1922年12月30日,俄罗斯、乌克兰、白俄罗斯、外高加索联邦成立苏维埃社会主义共和国联盟。1991年苏联解体后,各加盟共和国均成为独立国家。

② 摩尔达维亚苏维埃社会主义共和国,简称摩尔达维亚,现称摩尔多瓦。位于东欧,南部和罗马尼亚接壤,北部和乌克兰苏维埃社会主义共和国相邻。

③ 指斯大林。约瑟夫·维萨里奥诺维奇·斯大林(1878—1953),原姓朱加施维里,格鲁吉亚人,苏联政治家,全联盟共产党(布尔什维克)中央委员会总书记、苏联部长会议主席(苏联总理)、苏联大元帅,是苏联执政时间最长(1924—1953)的最高领导人,对20世纪苏联和世界影响深远。

和它上面完美伪装成德国车牌的崭新车牌，完全是最基础的想象中的模样——这就是通往首都的道路。我们在一个集市边停了下来，我迫不及待想看一看他们的货币。大门口就有一个换汇亭，把摩尔多瓦列伊递给亭子昏暗内部的那人即可。我只看到了戴着金手镯的手，没有看到那人的脸。一列伊可以换到两个德涅斯特河沿岸共和国的卢布。五卢布的钞票长六点五厘米，宽五厘米，一面自然是苏沃洛夫①，另一面是一幢二十世纪六十年代风格的三层建筑，底下印有"第五工厂"字样，这是当地的干邑白兰地酒厂，出产的酒相当不错。一面是历史、征服、布拉格事件②、俄罗斯军队的荣耀——主要在海外的荣耀；另一面是被当作国家和民族骄傲的酒精，无论你怎么看。

不管怎样，瓦列里挎着包去购物了。蒂拉斯波尔的所有东西应该都比基希讷乌便宜许多。他买了蜜瓜、西瓜和桃子。我们开车寻找吃午餐的地方，但一无所获。总体而言，这里并不像一座城市，更像城市的偏远郊区。它似乎已经做

---

① 亚历山大·瓦西里耶维奇·苏沃洛夫（1730—1800），俄国大元帅，神圣罗马帝国伯爵、雷姆尼克伯爵、意大利亲王。苏沃洛夫是俄国史上最杰出的将领之一，在其漫长的军事生涯中保有不败的名声，著有军事学名著《制胜的科学》。

② 指苏联出兵捷克斯洛伐克事件，西方称之为"布拉格之春"，1968年1月5日开始的捷克斯洛伐克国内的一场政治民主化运动。这场运动直到当年8月21日苏联与其他华约成员国武装入侵捷克斯洛伐克才得以初步告终。

出一些尝试，想要有一些开始，但它做不到。最后，我们看到了市中心：一条宽阔的街道，两侧古树成排，时不时有车辆驶过。那些车通常是老旧的莫斯科维奇①或不起眼的拉达，偶尔会出现一辆颜色通常为黑色、贴着有色窗膜的大型SUV。蒂拉斯波尔不是一个令人想要停留的地方。到处都是士兵，他们可能占到全市人口的一半。我们找到了一家大型书店，但里面几乎没有什么书，取而代之的是列宁的肖像和上面印有他照片的空白荣誉证书。在一家营业的酒吧里，穿着迷彩服的光头男人们坐在那里喝着啤酒。有时他们中的某个人会离开片刻，然后又很快回来，因为在蒂拉斯波尔无处可去。他们似乎在等待某些事情发生，等待被召唤，等待自己终于派上用场。他们看起来，像是肌肉发达的弃子。

蒂拉斯波尔就是如此，这里的所有人似乎都是多余的，是他人巨大灰色利益的附属品，是战争、军械库、驻扎在这里的俄罗斯十四集团军、黑色SUV、这个影子国家的影子总统斯米尔诺夫②麾下的无所不在的警长公司③的附属品。如

---

① 苏联、俄罗斯汽车品牌。

② 伊戈尔·斯米尔诺夫（1941— ），德涅斯特河沿岸共和国政治家、德涅斯特河沿岸摩尔达维亚共和国的首任总统，前后执政德涅斯特河沿岸共和国超过21年，直到2011年被叶夫根尼·舍夫丘克击败为止。

③ 1993年，两名苏联克格勃在蒂拉斯波尔创立了警长公司，后成为德左地区极具影响力的企业。斯米尔诺夫执政期间给予了警长公司大量不公平的商业条件，当时有媒体报道称其子为警长公司的高层领导人之一。但后来此类传言在警长公司反对斯米尔诺夫的统治，并通过政治影响力使其在2011年败选后逐渐消失。

果整个德涅斯特河沿岸共和国有任何崭新的、没有遭到破坏的东西，那它一定名为警长。蒂拉斯波尔的所有加油站和超市都名为警长。这颗金色的西方之星在这片后苏联时代的三维景观中闪耀着荒诞的光芒。在这里，一切皆有可能。年迈的共产党员伪装成美国警长并把控了整个棋局。这是一片充满负面奇迹的天地。

我们沿着乌克兰边境向北行驶。到处都是玉米。玉米田里的土路间，伫立着红白相间的路障和岗亭。这个画面看上去有些超现实，同时又有一种令人难过的美丽。边警们在那里守卫着透明的空间，守护着虚空，保卫着只是纯几何意义上的边界。地图上的它看上去棱角分明、冰冷无情，缺乏历史与地理、人类的存在、古代的战乱所带来的领土的流动性和优雅感。这道边境在地图上的比例使人联想到撒哈拉沙漠中的非洲边界。后来，一位了解摩尔多瓦的朋友告诉我，"它们标志着国营农场和集体农庄①的分界线"。牲畜徘徊、男孩们夜探女孩、橡胶轮胎的货车行驶、女人们交换八卦、醉汉们喝醉、小偷们偷窃、亲人们团聚、人们见面的沙路，如今被路障所分隔。我们驶过完全空旷的公路，玉米海中穿着制服的男人们犹如稻草人，他们很可能拥有武器，并被下达了某些命令，但在这片广阔的土地上，他们能做什么呢？

---

① 均为苏联农业形式。

他们能做的，只有惊吓头顶飞过的鸟儿、搜寻搬运成捆树枝的农民、检查堆满干草的推车，还有把迷路的动物送回家。

路上空无一车一人。我们在这片人迹罕至的荒野中路过了加油站的废墟。这个国家的有些地方看起来像是电影里的背景。例如，有人在马拉耶什蒂和布托尔①间建造了一条宽阔的公路，上面却没有一辆汽车；有人建造了加油站，而它已坍塌在地。一切似乎都已被遗弃，没有任何用处或价值，完全不被需要。人们坐在自己的房子里，彻底地被孤立。只要走出房门并打开院门，荒原就开始了，周遭完全空无一人。也许这就是瓦列里带我们去他家见他家人的原因，他家位于格里戈里奥波尔②，是一座带有花园的普通房屋。他想向我们展示普通人的生活。

我们穿过一堵高墙，走入凉爽的葡萄藤荫下，受到了米沙的迎接。米沙体形庞大，大腹便便，赤裸着上身。他不停地讲话，确切地说，不停地发表华丽隆重的演讲。他随即带我们走入花园深处，带我们参观田地，并颂扬摩尔多瓦土壤的肥沃饱满和自给自足。花园的确宛若热带地区般翠绿葱郁。植被高耸、蜿蜒、缠绕、蔓延，根本没有踏足之处，也无法看见这片繁茂之下的土壤。而米沙如同芭蕾舞演员在黄

---

① 均为摩尔多瓦西部乡镇。
② 摩尔多瓦城市，由德涅斯特河沿岸摩尔达维亚共和国负责管辖，位于该国东部德涅斯特河左岸，距离蒂拉斯波尔45公里。

瓜、西红柿、豆类、辣椒、蜜瓜、南瓜中轻盈跳跃，尽管他动作的模样宛若摩尔多瓦笨重版的波莫纳①。他向我们解释了黄瓜的各种用途，我们有点像在加告兹时一样，再次被当成了来自寸草不生之地的野蛮人。然后，我们必须去参观宽敞凉爽、天花板很高的地窖。花园里种的所有东西都在这里被存入罐子、木桶、水罐和瓶子之中。米沙一次又一次将葡萄酒倒入玻璃杯，喋喋不休。他仍然半裸着，但完全没有被冻到。他在酒窖里回忆起了二十世纪八十年代早期的阴暗时代，他与摩尔多瓦－苏联歌舞团一道访问过华沙。他有许多卢布，喝香槟和干邑白兰地，去哪里都打车，感觉自己在那个可悲的城市里就像国王。陪伴他的波兰朋友——那名党委书记贫穷得就如教堂里的老鼠。他又倒满了一杯酒，请我们找到他的朋友并传达他的拥抱和问候。我喝了他倒给我的酒，并承诺在华沙这座两百万人口的城市中找到这位前任书记。

这一切仅仅是真正的热情款待的铺垫。我们走进屋里，米沙的父亲正在庆祝他的守护神的节日，也就是我们那里的命名日。桌上摆着葡萄酒、干邑白兰地和月光酒。我们不得不不停吃喝，不想得罪我们的东道主，毕竟这是款待的铁律。很快，我便吃撑喝醉了。我们的东道主是俄罗斯化的乌

---

① 罗马神话中的果园和果树女神。

克兰人。墙上挂着他们年轻时的画像，上面的寿星和他的妻子穿着苏联制服。新菜不断上桌，这里是摩尔多瓦的伊甸园——花园，盛宴，家人朋友们共同举杯。米沙回忆起他担任狱警的时候，他的母亲则回忆起她教罗马尼亚语的日子。瓦列里坚持认为，罗马尼亚族根本就不存在。每个人都觉得以前的生活比现在更好，甚至我也开始慢慢感到赞同，但我拒绝赞同，期盼着瓦列里发出离开的信号。

瓦杜卢伊沃达①的边境桥上停靠着装甲运兵车。没有人让我们停车。几分钟后，我们看到了基希讷乌的公寓楼。

我们和 W 一起开车前往索罗卡市②，他去那里有事。索罗卡位于德涅斯特河的北岸，对岸便是乌克兰。向北行驶时，葡萄园逐渐为玉米田所取代，最终玉米无处不在。我们前去索罗卡探访吉卜赛人，他们在那里有一个自己的小小王国。

哪怕从远处、从沿河的林荫大道上也可以看到沿着陡峭的河岸蔓延的、坐落在城市上方山间的吉卜赛区。从远处就会发现，它与整个摩尔多瓦完全不同。铁皮屋顶似鱼鳞般在阳光下闪闪发亮，远远望去像是融合了巴洛克、拜占庭、鞑靼、土耳其风格的营地——这是正面之词。屋顶高高地堆积

---

① 摩尔多瓦首都基希讷乌东郊城镇。
② 摩尔多瓦城市，位于该国东北部德涅斯特河畔，距离首都基希讷乌160公里。

凸起，如同风帆被风吹到鼓起，如同鲜活的物质在彼此之上生根发芽。从远处看去便是如此。行至近处，我们仿佛坐上了带领我们穿越数个世纪和多个大洲的过山车：维多利亚时期的宫殿、毛里塔尼亚①的住宅、中国的宝塔、古希腊的外墙、罗马尼亚的文艺复兴，以及屋顶以三匹塑料马代替旋转木马的、偷工减料版的莫斯科大剧院复制品。花园的纵横绿意之中，带二十扇窗的凉亭前面，有一座六米高、严格遵循洛可可风格的白石喷泉。喷泉基座上，有一条与实物一样大小且材质相同的鳄鱼。两名摩尔多瓦人正在维护纪念碑，磨平它最后的尖锐边缘。叼着金烟嘴抽着烟的吉卜赛女人们则围观着他们。我问罗伯特，这一切是谁设计的。罗伯特的名片是黑金色的，他拥有一家面包店和一座建造中的豪宅，还有一辆斯洛伐克牌照的宝马700停在后院。他游走在索罗卡黑白两道之间的灰色地带。"我们，"他回答说，"一切都源于想象。"

此外，罗伯特还拥有一家酒吧。它其实是合资的，但罗伯特占大股，因为是他的主意。我们在阳台上坐了下来。室内除桌子和吧台以外还有十台电脑，孩子们坐在电脑旁。酒吧里主要是吉卜赛人，但也有几个摩尔多瓦人。父亲们可以安心聊天、喝酒，同时照看在网上劫掠的孩子们。我们喝着

---

① 西非阿拉伯国家之一。

干邑白兰地，啃着西瓜。罗伯特说时代已经变了，现在需要看管孩子们，让他们远离街头。但现在一切都挺好，边境开放，仅仅需要护照、想法和人脉，便可以旅行和经商。如果乐意，还可以前往楚科奇①售卖中国商品，没有人会禁止。过去也不赖，但拥有的可能性更少。这是罗伯特喝着干邑白兰地所说的话。

　　亚瑟来了，罗伯特邀请他加入我们。亚瑟是一位男爵，他的名片用英语写着"摩尔多瓦的吉卜赛男爵"。他留着及腰的灰白胡须，长长的灰白头发绑成了马尾辫，令人想起遥远印度的某位圣人。他很清楚这一点，因为他告诉我们，纳粹在进行种族灭绝之前提取了吉卜赛受害者的血液，因为这种血液是最纯净的雅利安血统，对他们而言具有特殊的价值。他面无表情地说着这一切，坚信我们相信他的说辞。他在卡片上画着一些字符，是俄语字母对应的梵文。他还顺便提到了波兰的人种学女学生们曾在那年夏天拜访过他。是的，亚瑟是位标志性人物。他在自己宫殿的院子里收集了一批苏联的茶壶，还有两辆轮胎凹陷、满是灰尘的豪华轿车，其中一辆车的挡风玻璃上还有弹孔。在结束关于雅利安人和梵语的讲座后，亚瑟同我们告别。他站起身，坐上由自己儿子驾驶的绿色宝马 X5，出发去履行他的皇室职务。其他人则慢慢聚集过来，但不是出于摩尔多瓦式的热情款待，而只是

---

① 俄罗斯远东地区。

单纯出于礼节。他们和我们一起喝了两瓶干邑白兰地，吃了三个西瓜，花费三个小时的时间尽其所能地展示了自己的生活。而现在，我们又该分道扬镳，回到各自的世界里去了。

我们乘小巴回程。我坐在司机身旁。他变着某种车票戏法——他出售车票又收回车票，还对乘客大喊大叫让他们把手中的车票拿好，我完全无法理解。一名女子在一片辽阔的荒野间上车，上车时磕在了一块锋利的金属上，流血了。司机却对她咆哮，说她应该注意点。他瘦弱、粗野、神经质，开车非常猛、非常疯狂。三十公里后，我们被巡逻队拦住了。一名警察挥舞着黑白条纹的警棍，让我们停在路边。司机从一个盒子里取出二十列伊的钞票，下车走到警察那里，一言不发地把钱递给了他。那名戴着飞行员帽的警察点了点头，示意我们可以走了。到基希讷乌有一百五十公里，我们又停了三次车，每次都是一样的情形，这种屈从于权力的行为每次都在所有人的注视下沉默地进行。警察面无表情，驾驶员则无力而愤懑。最后我问他，这条路上是否总是这样。"是的，"他说，"自苏联解体后一直如此。"

在我下车时，勒塞尼的过境通道和两个星期前一样空无一人。我在等一位应该是从罗马尼亚那边过来的熟人，他迟到了。无论是往哪个方向，都没有一辆车。显然，无论哪边都没有前去的意义，也无处可去。路上甚至连装载着成捆树枝的自行车都没有。什么都没有，只有虚无、静止和炎热。我站了一个或一个半小时，看着这个渺小而孤独的国家如何走向终结。它就像被旱地包围的岛屿，连过境口这里也没有动静。人们坐在建筑，坐在办公室和活动板房里，无所事事。他们似在等待，等待着发生和改变。唯一缺少的，只是把灰尘和沙土从欧洲大陆腹地吹来的那阵风而已。

最后，亚历山大开车到来，在边境的另一侧停下。我向他挥手，走向警卫室。他们很高兴见到我，想起两周前我曾从这里入境。我觉得，我可能是他们最近放行过的唯一一名游客。我把背包扔进后备厢，坐上了车，然后我们开车离开。二十分钟后，我们路过了胡希①。

---

① 罗马尼亚东部城市。

前往加拉茨的渡轮

所以，天地只是永恒的此时此刻。来自乌克兰和俄罗斯的冷空气轻拂过罗马尼亚。我那位布加勒斯特的朋友在听筒中用英语告诉我，"非常非常冷"。我试图想象冰冷而光秃的多瑙河三角洲，想象蓝色的冰面覆盖运河。但这并不容易，因为我必须先在脑海中跨越将我与圣格奥尔基①、苏利纳②分隔而开的整个空间：沙里什③、曾普伦、索博尔奇-索特马尔④、马拉穆列什、特兰西瓦尼亚、伯勒加努尔⑤、多布罗加……我必须想象严寒是如何侵袭所有这些地方，而它们在我的记忆中都是春夏的模样。我必须像狗从水中爬出来时抖掉一身水珠一样，抖掉那里的热意，因为我无法相信，索莫瓦和尼库利采尔⑥之间现在已经很冷，甘蔗围栏后的水泥院

---

① ② 罗马尼亚东南部乡村，位于黑海海滨。
③ 斯洛伐克东北部地区的传统名称。
④ 匈牙利东北部的一个州，与斯洛伐克、乌克兰及罗马尼亚接壤。
⑤ 罗马尼亚东南部乡村。
⑥ 均为罗马尼亚东南部乡村。

子里也没有猪崽再在尘土中打滚。我无法想象，那条可以看到乌克兰还有多瑙河分支基利亚河①上航行的白色船只的弯曲道路，它沿途的茅草屋顶已覆上了皑皑白雪。也很难想象，公交车的地板不再扬起滚烫的灰尘；前往加拉茨的渡口边，白杨树林已掉光叶子空空荡荡，而那些从热如烤箱的锡板小商铺里购买一万五千列伊一瓶的伏特加的男人不见了。这一切似乎是不可能的：此时的布勒蒂亚努②变得完全不同，喝醉的酒鬼们全部消失了，渡口的狗和那群看起来像是醉汉们的弟弟的、邋里邋遢的小杂种们也不见了；人与狗同样悲伤，在阳光下枯萎。

是的，我缺乏想象力。因此，我必须收拾东西，把杂物、护照还有钱塞入口袋，踏上旅途去查看真实的情况。每当季节或天气变幻时，我都应当打包好最需要的物品，去我曾去过的所有地方，确保它们仍然存在。

前往加拉茨的渡轮从低岸出发，曾在因高温而褪色的草地上吃草的瘦弱马匹如今去了哪里？船上，几辆刚刚清洗过的汽车之间，有一辆载着一头硕大母猪的褪色达契亚皮卡车，它闻起来如人间地狱。他们一定走过了很长的一段路途，因为母猪已经被自己的粪便所覆盖。我靠在一辆黑色奔驰的后挡泥板上，愉快地吸着恶臭，揉着自己的腿。车里坐

---

① 多瑙河的三个主要分流河道之一，形成多瑙河三角洲。该分流河位于三角洲的最北端，在罗马尼亚和乌克兰之间建立了天然边界。
② 罗马尼亚东南部乡村。

着一名背着单反的光头小伙和一名戴着金耳坠的金发姑娘。我注视着多瑙河的另一岸，看着港口生锈的巨大起重机。这就是我的罗马尼亚，只有奔驰、黄金、猪臭，以及规模有多大，废弃程度就有多少的工业化悲剧。五分钟后，母猪、豪车和我永远地分道扬镳了。

我渴望了解所有画面后来的命运，这令我无法入眠。这些画面通过我的眼睛进入并一直停留在我的脑海中。当我不在那里时，它们怎么样了？除非我始终携带着它们，将它们固定在我的脑海里，它们才会不受季节和天气变化的影响，永远地与我同在。

那两位穿着白衬衫和深色裤子，打着领带，穿着似刚刚擦过般锃亮的鞋子的小伙子怎么样了？他们把我从尘土飞扬的平坦小镇泰库奇①中解救了出来，捎了我几公里，把我带到它的出口，用笔在纸上为我写下"巴克乌②"的名字，让我可以拿给司机看。在摩尔多瓦的沉闷黄昏中，他们宛若天使。我并没有向他们求助，他们只是因为我累了、迷路了而出现。他们不是东正教的天使。后来我看到他们给我的纸张反面有这样一句罗马尼亚语："建立基督复临安息日会③良好的公众形象。"我的天使们是复临信徒，他们非常理解我，因为在泰库奇，他们和我一样迷失。

---

① 罗马尼亚东部城镇，位于伯尔拉德河畔。
② 罗马尼亚东部城市。
③ 基督教新教教派之一，于1863年正式成立。

现在，一切似乎变得如此简单。事件交替发生，没有任何顺序逻辑，它们在一片均匀的半透明图层上演，覆盖了空间和时间。记忆从背面、正面或侧面播放它们，但对它们而言没有任何区别。这是我们不会被意义牵绊并从我们手中夺走我们要抓住的东西的唯一方式。摩尔多瓦在哪里结束，特兰西瓦尼亚从哪里开始呢？毫无疑问，沿着 120 号公路，在塔什卡①附近的某个地方，过渡缓缓开始了。

我搭上了一辆古老的奥迪。车里的所有东西都下垂、剥落、分崩离析。仪表板的电线和车顶的装饰品松动，地板漏风漏尘。开车的男人穿着短裤和汗衫，脖子上挂着一条金链，脚上穿着黄色的人字拖。他被太阳晒成古铜色，只在手腕的表带下还有一点白色皮肤。发动机会在急速时停下，所以他从不将脚从油门上挪开，完全不在该减速的时候减速。我们要穿越欧洲最深的峡谷。我们试图攀谈，他来自萨图马雷，厌恶匈牙利人。为了显示有多讨厌他们，他开着自己的古董车超过挂有匈牙利车牌的、洗得一尘不染的帕萨特和西雅特科尔多瓦轿车。这条路完全不适合超车，因为主要都是弯道。他开着上坡路，头伸出窗外去看前方一两米处。我很害怕，不过我身上有一瓶罗马尼亚白兰地。

路过比卡兹凯②后，天快黑了。峡谷的峭壁高几百米，

---

① 罗马尼亚东北部乡村。
② 罗马尼亚东部喀尔巴阡山脉地带比卡兹镇附近山村。

我们如同行驶在一个巨大的洞穴之中。我对这自然的奇观感到敬畏，但同时也不想因任何事而错过我们的车崩溃的那一刻。当我们的车缺乏动力时，司机喃喃咒骂着拍打方向盘。几十米后，他不得不盯着布达佩斯牌照的银色西雅特伊比飒①的车尾。山口满是面向游客的手工制品摊位。我们开始下坡了。转过一个弯后，路上有一群马，有些挂着铃铛。我们向左避让，直直驶向了迎面开来的大巴。我们和大巴都紧急刹停。显然，这很正常，因为我的司机只是在身上画了三遍十字，我们就又以先前的速度继续行驶，只不过他现在每次超车前都会在胸口画个十字。我在格奥尔基尼②的主街下了车。有两个人上了车，他们和司机有些相像，只是没有他那么黑，但挂着更粗的链子。我看到司机把行路过程中一直在后座上来回滚动的一大包一万列伊钞票给了他们。

这就是全部了。接下来的故事可能发生在斯洛伐克夜晚的某个地方，就假设在沙里什和曾普伦之间的一个路边酒吧中吧。两名卡车司机在那里吃了配以炖肝和洋葱的土豆煎饼。他们喝着茶，注视着上面有一只金鸡的滴水水龙头。一名年轻的黑发女子不时从吧台边的小包间里走出，她要了四瓶巴洛维卡③酒，端着酒杯消失在了木隔板后。包间里飘出了香烟的烟雾，传来了男性的笑声。每当她出现，点新一轮

---

① 为西雅特旗下一款车型。
② 罗马尼亚北部城市。
③ 一种用杜松子酿成的斯洛伐克烈酒。

的酒时,她都会与女酒保轻声交谈许久,好像想要推迟回到包间的时间。只有当纤薄的墙壁后传来呼喊时,她才会结束紧张而快速的交谈。我不知道托盘上的酒杯是否有某个是属于她的,或者她为什么要为那些看不见的吵闹男子服务。可能她是为了哄骗他们犯罪,或者做什么好事?每一次都是她付所有的钱,从牛仔裤口袋里掏出一卷卷红色的百元大钞。这一切都发生在我现在正在试图想象的其他时间和其他地点,最有可能是在通向班斯卡①的路上,内麦卡和普雷达伊那②之间冬日里的某个地方。

是的,对于已经过去的事件,只要我们不自作比它们更为聪明,也不利用它们达成自己的目的,就不会有任何问题。如果我们顺其自然,它们就会变成奇妙的溶液、一种神奇的酸,可以溶解时间和空间,吞噬日历和地图集,将行为的坐标化为甜蜜的虚无。谜语的意义是什么呢?常与死亡相伴出现的生平年纪对任何人而言,又有什么用处呢?

小瓦尔道③的午夜时分,低音喇叭轰鸣作响,男孩们先是加速前进,又在十米外停下来而使轮胎发出刺耳的刹车声。在边境旁的闷热夜晚中,他们剃光的头顶就像乳白色的

---

① 斯洛伐克中部主要城市,位于赫龙河畔河谷的窄长河谷,周边由下塔特拉山、大法特拉山和克雷姆尼察山形成的山脉包围。
② 均为斯洛伐克中部乡村。
③ 匈牙利东北部城镇。

灯泡一样铿亮发光。我们在寻找一个过夜的地方，但这个城镇失眠了，睡意被边境的临近驱散了。城郊矗立着一个月或一周内建造而成的一排排华丽别墅。阴森的淡草绿、狂放的粉红色、有毒的胆黄色交织混杂。古老的市中心隐藏在树荫深深的树木之间，巷弄被树荫所笼罩。克鲁赛·马尔顿街上的人群如昆虫般爬行，同时又昏昏欲睡，似是一群在征服游戏中落败的入侵队伍。年轻人像是一群发现自己身处城市却又不知如何从中得益的动物，四处走动，相逢相遇，互相嗅探，彼此分开又再次走近，被看不见的利益、恐惧和欲望聚集在一起，如飞蛾在灯光下盘旋。迅速取得胜利，又突然兵败如山倒，这是边境的神经症。再向前二十公里是扎霍尼，从匈牙利到乌克兰的必经之地，因此这里的一切都萌芽、膨化、肿胀并聚集了力量。巴斯蒂亚酒店里体形庞大、金发花白、如同来自昔日时空的女接待员不收美元或马克，只收福林。而我们没有。

城外的酒店名为巴黎，也可能是叫天堂。它看起来像是《罗马帝国艳情史》①的本土化重现，有石膏喷泉、雕像、长毛绒和帷幔。宝马和奔驰们黑色饱满的车身在停车场上闪闪发亮。一个眼神既空洞又敏感的男子告诉我们，没有房间

---

① 《罗马帝国艳情史》是由丁度·巴拉斯执导，马尔科姆·麦克道威尔、彼得·奥图主演的情色片，1979年上映。该片讲述了公元37—41年，罗马帝国史上最荒淫的暴君卡里古拉淫乱无度、欲望横流、凶残暴虐的一生，以及肆意妄为的酷刑和杀戮的故事。

了。但他从口袋里掏出了福林,然后以相对不错的汇率卖给了我们。我们问他都是什么人住在这里,是只有匈牙利人,还是也有乌克兰人?他以看无知孩童的眼神看着我们,用英语回答说:"乌克兰人?他们不是欧洲人。"

我们朝瓦沙罗什瑙梅尼①的方向驶去,突然发现自己陷入了黑暗与寂静之中。路过伊尔克和奥瑙尔奇②时,我们可以听到低矮房屋的木窗阴影下熟睡的人们呼吸的声音,嗅到花园里夜间升起的湿气。我们在小镇的一家旅馆门前敲了许久,然后一名昏昏欲睡的门房趿拉着拖鞋为我们打开了门。大厅的墙上满是战利品,有斑马皮、毛茸茸的羚羊头和异国的鹿角。有什么斑驳的东西在侧边走廊的昏暗里一闪而过,可能是只豹子。除刚刚点亮厨房灯的一位女人和这名门房以外,旅馆里没有其他人。

有时我会在天亮之前起床,看着黑暗逐渐消散,事物、树木和其余景观慢慢展露。我会听到下方的流水声和村庄里的公鸡打鸣声。黎明的光寒冷而幽蓝,逐渐填满整个世界,我去过的每个地方皆是如此。在多瑙河三角洲边缘苏利纳镇的森科瓦区,在时间是由白天和夜晚构成的所有地方,黑暗都渐渐黯淡,慢慢消散。我喝着咖啡,想象着其他地方的黎明。

---

① 匈牙利东北部城镇。
② 均为匈牙利东北部村庄。

在新的地方搭建的帐篷

现在是十一月中旬,仍然没有下雪。两个月以来,我一直准备去匈牙利,但始终没能出发。我想去东北方向,去索博尔奇-索特马尔。冬天终将来临。我回想起希道什奈迈蒂的过境通道,以及差不多一年前的跨年夜前日,我们在雨中跨越边境。潮湿的十二月如同帷幔掩映着曾普伦山脉。匈牙利完全裸露,黑色的树木没有掩藏住任何东西,也许这就是我们从根茨到泰尔基巴尼奥、博日沃、帕哈扎、霍洛哈佐、凯凯德和菲泽尔①一直在迷路的原因。半实半虚的景观仿若迷宫。夏天时,我曾觉得这里是一个中午没有尽头的地方,哪怕到了夜晚,城镇和乡村里的街灯将长长的街道从沉沉的黑暗中照亮。篱笆后面的闷热花园之中,电视屏幕似苍白火焰在核桃树和杏树叶间闪烁。而现在,如水的光线填满了所有这些夏日里阴影笼罩的地方。托考伊就像古老的舞台一样

---

① 均为匈牙利东北部乡村。

空旷而平坦。博德罗格河①和蒂萨河失去了气味。天气平静而无情地掌控着这些地方。实际上，这里从尚未出现房屋和城市，也未被命名的时代至今，就几乎没有发生过任何变化。

天气宛如最古老的宗教，对贝斯基德山、曾普伦山脉、蒂萨河畔的沼泽、匈牙利大平原、马拉穆列什、特兰西瓦尼亚高地，以及其他所有我曾度过几个月的地方一视同仁。而我之所以在那些地方停留那么久，是因为我一直希望看到它们原本的模样。马泰绍尔考下着雨，大卡洛下着雨，尼尔巴托尔②也下着雨。猪蹄在潮湿的后院留下深深的蹄印，果实掉落在地，花园闪烁着玻璃般的光泽。房屋越来越低，仿佛正被泥泞的大地吞噬。齐甘德或栋布拉德③的路边有一连串水坑，像是一片片灰色天空的光滑碎片。但这也完全可能是在根茨，是在波兰、斯洛伐克或乌克兰的任何地方。到处毫无生机，如同身处梦境。漫长的街道两侧都是单层的建筑，没有商业，没有行人，没有车辆，也没有狗。

也有可能，天空的碎片其实位于奥包乌伊桑托④的主路旁。道路左侧有一座蓝色的房子，右侧有一座教堂。再向前几步，是一栋被低矮的围墙围起来的、带有凸窗、大门是绿色的黄色房屋，还有几棵柳树。但这应该是在跨年夜当天返

---

① 中欧的河流，属于蒂萨河的支流，由翁达瓦河和拉托里察河汇流而成，流经斯洛伐克东部和匈牙利东北部。

②③④ 匈牙利东北部城镇。

程的路上了。在那空无一人的小镇中、在通往索科亚群山[①]下的风谷的空旷街道上,我们找到了一家酒吧,一家匈牙利酒吧,因为我们想花完剩余的福林。香烟半明半灭,烟雾在空中飘扬,这里像是在庆祝静坐之节。庆祝这种节日只需坐在椅子上高谈阔论,动作温暾迟缓,眼中闪闪发亮。烟雾缭绕,人们似乎必须在街道上保持绝对的沉默,只有到了黑暗的房间里,沉默的规则才不适用。我想,所有这些坐在桌旁的公民离家来此,一定是为了制订一些崇高而意义深远的规划,比如制订敌人侵袭或流行病暴发的预案;此外便是他们再也无法忍受独处,因而如鸡群、鸟群般在这里聚集。但后来,烟霾些微散开,我看到了几名穿着黑色皮夹克的吉卜赛男人,还有两名把头发染成金色的吉卜赛女人。

但这是后一天的故事了,那时我们已经踏上了回程。而此时此刻,我们还在迷宫般的道路上逡巡,寻找着过夜的地方。我们不想减速,因此我们必须快速阅读标记地名的浅蓝色标志牌。匈牙利语带来令人愉悦的奇妙感,令我们的旅行从地理中解放,沿着童话和传说的道路朝着童年的方向前行。在那时,词语的发音和韵律比含义更为重要。

也许是在霍洛哈佐,我们停了下来。长长的带有拱廊的单层房屋建造在一座采砾场周围。他们向我们提供了房间,没有任何人问任何问题。每个人都在为第二天忙碌着:厨房

[①] 位于匈牙利北部。

里的气味、锅碗瓢盆的声音、花环和彩带，还有大厅里挂着的气球。大厅每天都向住宿或过路的客人提供餐食。我们放下自己的东西，继续开车前行。村庄广场的云杉树上挂着纸板做成的天使和星星，它们因为潮湿而软化。这是一年前发生的事，而现在我已经无法将托考伊和希道什奈迈蒂、泌罗什保陶克和帕哈扎区分开来。我还记得道路右侧马德①的棕色屋顶，它们看上去宛若黄土坡上的黏土沉积，饱和而发亮，光秃没有树木，只有枯死的葡萄藤和成排的木制十字架随着地势的起伏而蔓延，没有尽头。但马德也是我们第二天回程时所路过的，现在我们应当是在前往米科哈佐②的路上。我们在村外找到了一家孤零零的、露营地般的酒馆。香烟的余烬在黄昏时分的薄雾中燃烧，空气中飘浮着烟味。男人们在室外屋檐下扇风烧烤，女人们摆放着桌子上的东西。每个人都像刚刚从山上下来或沼泽中爬出来一样，穿着类似猎人的骑猎装，满身泥泞。所缺少的只有马匹和黑暗中悄微的嘶哑、马铃叮当声和马蹄踢踏声。人们喝着帕林卡酒，酒味与燃烧的木炭、烤肉的香气融合飘散。酒馆后面是一汪蜿蜒的池塘和一座凌乱的乡村院落，有鸡舍、干草、碧绿的鸭塘和铁丝网。更远处则是一片暮色，在那风景深处，我嗅到了山川的湿意。

  我们走进酒馆的木屋，要了匈牙利炖牛肉汤和一些红

---

  ①② 匈牙利东北部村庄。

酒。桌子旁的人们穿着厚厚的毛衣和厚底的鞋子。没有人关注我们。也许在这个充满雨水的世界尽头,外国人在寒冬之中出现不过是稀松平常的事情。

现在,一年以后,我查阅了斯洛伐克地图上的曾普伦山脉,发现我关于沼泽和山脉的猜想是正确的。博日沃溪流就在酒馆和鸭塘之后奔流,沼泽在博日沃之后延展,然后便是耸立在彻底的黑暗中的里特卡海格山峰①。这些信息对我而言实际并没有用,但我收集它们,来填补这个空间的空白,来不停地回到起点进行更新,在既成的事实前面添写无尽的引言。因为这是令过去溯回、令死亡重生的唯一方式,哪怕只有片刻。在这荒谬的希望中,记忆总有办法滑入看不见的裂缝,撬开遗忘的盖子。我重复着地名和风景的绝望咒语,因为空间的消亡要比我慢上更多,并呈现出永生的态势。我喃喃地念着我关于地理的祈愿、关于地质的万福玛利亚②、关于地图的祷告,愿这奇迹的市集、这旋转的摩天轮、这璀璨的万花筒哪怕片刻冻结,愿它停下哪怕分秒,而我身在其间。

接下来,便来到了沙托劳尔尧乌伊海伊和一个如丝绸衬里般顺滑的夜晚。雨帘在科苏特大街上飘动着。我们寻找着

---

① 匈牙利东北部的一座小山。
② 基督教的祷告词。

ATM机或其他任何开放的店铺，但我们只能透过橱窗看到收银员们正在盘点收入、打扫和清洁地板。保安们在门口聊天，将最后的顾客拒之门外。

我第一次来到这里是四年前的七月。我几乎没有注意到帝国风格的赭黄外墙。我们沿着绿树成荫的主街街道加速行驶，就和它的突然出现一样，这座城市又骤然结束了。葡萄藤在右手边蜿蜒攀登，左手边时不时出现博德罗格河的粼粼波光。37号公路将风景切分为两半。东边是博德罗格斯科兹①的深绿色沼泽；西边则耸立着山带，高处笼罩着干燥的炎热之气，到处都是冒出火山土壤、好似上古脊柱碎片的石灰岩。这里是一直延伸到贝尔格莱德的匈牙利大平原的起点。它的北部边界几乎触及喀尔巴阡山脉，西部边缘则轻拂过匈牙利中部山脉，也就是曾普伦山及其之后的比克山、马特拉山②。白杨树林生长在蒂萨河和博德罗格河相交而成的平坦湿地上。只有德布勒森以西真正的普兹塔③遗迹得以摆脱这个地区的忧郁。到处都能感受到水的气息，如吸满水的海绵般沉重的大地沉没在天空的重压之下。村庄犹如一座座黄砖岛屿。世界紧贴在地平线上，从远处望去，一切都呈水平线的形状。在穿过蒂绍切尔迈伊和大霍莫科村④的道路上，

---

① 博德罗格河和蒂萨河之间的自然保护区。
② 均位于匈牙利北部偏东。
③ 匈牙利大平原上的广阔草原，位于蒂萨河谷，以生物多样性著称。
④ 均为匈牙利东北部村庄。

可以望见泌罗什保陶克之后的山脉，它们似沙漠中的金字塔毫无预告地突然出现，连形状也和金字塔一样完美，充满了几何感。但泌罗什保陶克是发生在另一个时间的故事了。此时，我们正看着雨水倾泻，以及越来越荒凉、门窗都紧闭的沙托劳尔尧乌伊海伊。沙托劳尔尧乌伊海伊意为"在新的地方搭建的帐篷"。

三角洲*

自从来到这里,我总是梦见水。我梦见了世上许多不同地方,但到处都是水。这些地方都有确切的名字——伦敦、保加利亚、德意志民主共和国,但它们都陷在深水之中。我对这样的梦境置之坦然,因为我从之返程的旅途本身就是一场梦。特兰西瓦尼亚、瓦拉几亚、多布罗加、多瑙河三角洲和摩尔多瓦都无比炎热,我现在怀疑我的记忆能否在没有我干预的情况下重现遗留在那里、存在于那里的事物。我在口袋和背包里寻找着证据,但找到的东西看起来都像道具,比如一千列伊的钞票,它的上面印着与尼采同样死于梅毒和痴呆症的米哈伊·爱明内斯库。用它不能买到任何东西,只有吉卜赛儿童乐意收下它。孩子们收集这种民族吟游诗人的图

---

* 指多瑙河三角洲,位处罗马尼亚多布罗加及乌克兰敖德萨州,是欧洲第二大及保存得最好的三角洲。在罗马尼亚图尔恰附近,多瑙河分为三条支流注入黑海:基利亚河、苏利纳河和圣格奥尔基河。多瑙河也分出许多其他的水道,将这片遍布芦苇、沼泽和森林的土地切割为无数小岛,其中许多小岛在春夏季间常被洪水淹没。

像，然后到商店里换成糖果和口香糖。在里奇斯、雅各贝尼、罗安多拉①也是如此。五千元钞票上印着卢齐安·布拉加②，他曾写过："启示末日的公鸡鸣叫着，在罗马尼亚的每个村庄。"万元钞票上面的人像是尼古拉·约尔加③，尽管正如伊利亚德④所述，"他是一位真正的罗马尼亚诗人"，他还是被铁卫团所杀害。我看到它们全都被细绳束成一个个小捆。早晨八点，一辆运钞车停在了克卢日的乔治·多沙大街上，车上下来一名穿着制服的男子，他似是带来礼物的圣诞老人，携带着成捆的钞票。斯哥莎拉的银行也是如此，柜台上堆放着成捆用麻线束起的小面额钞票，但没有人对它们表现出兴趣。保安人员向我解释道，法律禁止外国人出售西方货币。他抱歉地耸了耸肩，用英语低声向我建议："黑市……黑市……"

现在，我从口袋里掏出这些令人敬畏的面孔，将它们抚平，惊讶于它们没有消失，没有在我返程的途中、在凌晨四

---

① 均为罗马尼亚中部村庄。
② 卢齐安·布拉加（1895—1961），罗马尼亚哲学家、诗人、剧作家和小说家。
③ 尼古拉·约尔加（1871—1940），罗马尼亚历史学家、政治家、文学评论家、回忆录作家、诗人和剧作家。他是民主民族主义党（PND）的共同创始人（1910 年），曾任国会议员、众议院议长和参议院议员、内阁大臣，并短暂地（1931—1932）担任总理。1940 年遇刺。
④ 米尔恰·伊利亚德（1907—1986），罗马尼亚宗教史学家、奇幻小说家、哲学家。

点跨越库尔蒂奇①的边境时溶解在稀薄的空气之中。空荡荡的车站上方是深蓝色的天幕。我下车时，边防警卫和海关官员对布达佩斯的火车进行了检查，以防有人走私。透过窗户，我看到他们翻找在斯哥莎拉上车的英国乘客的行李。我问心无愧，平静地喝着比霍尔帕林卡酒。身穿制服的官员们最终下车了，火车即将驶离。这时，一名背着背包的女孩从车上跳了下来，眼睛瞪大，头发松散，可能出于恐惧，可能出于愤怒，我永远无法得知。无论出于什么，她的确属于外国人这一群体。她跑过站台，消失在了车站大厅里，没有人追赶她。这趟火车离开了。我的火车很快就会到来，伴着比霍尔山上空升起的黎明银光而来。

  车厢和走廊都空空如也。我可以毫无阻碍地看到两侧的风景。场站沿路每隔几十步都有士兵站岗。他们的面庞还有些孩子气，穿着不合身的制服，不仅裤子太短，上衣的颜色也不太搭。站得最近的那名士兵穿着带有大扣子的黑色民用靴子。他们看起来像是刚从睡梦中被惊醒，被抓来做不愿做的事情。他们没有武器，也没有皮带，在清晨的寒意中瑟瑟发抖。他们凝视着空中某处，似乎不想看向火车，不想与乘客的目光有所接触。

  我从口袋里拿出钞票，不敢相信它们竟没有消失，竟没有和那不真实的守卫们一起留在边境。我看着它们，但我看

---

① 罗马尼亚西部城镇，毗邻匈牙利。

到的不是爱明内斯库、布拉加或约尔加,而是那些男孩的面庞。

但我还有其他证据证明我并不完全是在做梦。比如这张票价为十二万列伊的水翼船船票,"快捷、舒适、高效"。我在图尔恰①买下这张前往苏利纳的船票。我想看看大陆是如何沉入海中,土地是如何滑至水面之下,抛下人和动植物,逃开自己的职责,摆脱了历史、民族、语言的喧嚣,以及事件与命运自古以来的混乱。我想要看到它在深海永恒的暗光中、在冷淡而单调的鱼群和海藻的陪伴下获得安息。因此,我早早起床,在布加勒斯特北火车站赶上了前往康斯坦察②的列车。

在布勒内什蒂、德拉戈什大公乡、斯特凡大公村③,在草原般的平原之上,房屋看上去似是想要埋入地中寻求凉爽。它们被烈日灼烧着,低矮而脆弱,仿若石头或壳。有时我会看到远处的马和人,它们的轮廓同自己的影子一样黝黑。我想,如果敲打这些地方的天空的话,会发出金属的叮当声。经过费泰什蒂④以后,火车行驶在湿地上方的路堤上。

---

① 罗马尼亚东部城市。
② 罗马尼亚东南部城市,位于黑海西岸,也是连接黑海和多瑙河的运河的终点。
③ 均为罗马尼亚南部乡村。
④ 罗马尼亚东南部乡村。

它在切尔纳沃德①地区驶上了横跨多瑙河的铁桥。一座核电站如幻影出现又立马消失。满是鸟巢的灰色悬崖闪过。我以为我闻到了大海的气息,但它在康斯坦察车站又消失了。

城镇另一侧的巴士站有点像是一座村庄。戴着头巾的女人们坐着,双手交叠放在腹部;孩子们犹如麻雀在她们周围飞来飞去。我买了奶酪和面包,然后去附近的酒吧喝些啤酒。一名十来岁的漂亮女孩爬了进来,用胳膊在地板上挪动。男人们笑着把香烟扔到地上,女孩把这些香烟收集起来,也笑了。他们进行的是某种他们非常熟悉的游戏。后来,我在车站看到了这个女孩,她把香烟交给了一名坐在孩子们之间一动不动的老妇人。

我第一次看见宣礼塔是在巴巴达格,我正在去图尔恰搭乘前往苏利纳的水翼船的路上。小巴由两个男人管理,一人开车卖票,另一人年纪较小,在每个站点跳出来开门和关门。在勇敢的米哈伊乡②时,有人妄图乘车而不付钱。负责开关门的男人便用力推搡他的胸膛,把他从门边推开,让那人滚了下去。

多布罗加光秃秃的黄色山丘如同废弃的蚁丘。热意渗透到土壤深处,并将它从内部撕裂。右手边的某处坐落着希腊遗迹希斯特里亚③,那里有公元前七世纪的大理石柱子,但

---

①③ 罗马尼亚东南部乡村。
② 罗马尼亚西北部乡村。

我毫无兴趣——越遥远的过去则越发不幸，它被人类的思想所消耗，类似电话簿被指尖的触摸所磨损。巴巴达格的宣礼塔原始而简单，看上去宛如一支指向天空的铅笔。我们停留了五分钟，但没有人去解手。每个人都在喝水，而水分立即呈现在皮肤上。驾驶员的后背晕开了深色的汗渍。哪怕在我们停车期间，录音机也在一直播放与宣礼塔、炎热和尘土相配的、音调奇特而怀旧的民间旋律。我感觉到大陆正在走向终结，感受到抛却自己责任的土地急促的喘息。我们将和自己所有的财物、咒骂、歇斯底里被遗弃在这里，看着大地的裸露山脊慢慢滑入光滑的水面之下。

我从远处和高处看到了图尔恰。我们顺着山间平缓曲折的道路向下行驶。蓝灰色的雾气笼罩着城市与河流。多瑙河在这里分为三条支流，以及数十条运河、湖泊和河汊。这条河从手臂流淌成张开的手掌，手指是支流，肌腱是运河，指甲是岸边的沙滩，手镯是池塘和水洼，绿色的皮肤是沼泽和无尽的芦苇荡。我看着地图，这样想象着。至于图尔恰，则是手腕。

马儿在港口吃草。它们吃着起重机、火车轨道和废旧金属堆之间荒芜土地上的小束植物，红棕色的马背隐没在身后船只和矿石传送带的锈红色之中。附近空无一人，只有几个男孩在岸边的拖船残骸间来回跳跃。我寻觅着空气中的大海气息，但只嗅到了河水黏糊糊、混杂着温热的鱼腥和机油的味道。

十二万列伊,"快捷、舒适、高效"。人群早早聚集在踏板边。水翼船是苏联时期的。有船票的人先上了船,鬼才知道他们是在哪里买的票。其余人则等待着,看是否还有多余的空位。两名法国年轻人动作迟缓而充满困意地数着在风中飘舞的钞票,如同玩牌互相传递。这两个人看上去似已石化。旁边聚集着带有大包小包、大箱小袋的农民,背包里背着面包的渔夫,当然,还有穿着制服的男人。我看到了四种军事或类似军事的制服。每名士兵都戴着装有手枪的皮套。我无法分辨,谁正守卫着我们,谁只是单纯想要乘船。所有人都表情严肃,拉长了脸。

我真的不记得那趟旅行了。七十公里,三站,就像乘坐公共汽车一样。有时,当我们穿过某条船留下的尾波时,水翼船的腹部如鱼儿轻柔地拍打水面。我们在克里尚①周围路过了一艘似一座古老工厂般庞大漆黑的土耳其货轮。货轮上载着羊群,数百只白灰色的羊羔在数十个堆积的笼子里或站或躺,到处都散落着干草或稻草。我爬到了上一层的甲板上,土耳其货轮飘来了干草味和羊臊味。那两名法国人正躺在船尾,双目紧闭。两名抽着烟的土耳其水手正倚在货轮的栏杆上,凝视着三角洲无边的绿意。有一瞬间,我以为他们的船

---

① 罗马尼亚东南部乡村。

名为"伯利恒①",但这只是我尽力不那么脱离寻常的想象。

我们抵于苏利纳的主街旁。岸边的人群正在等候自己的家人和朋友。德尔泰街树木成荫。我在最近的一家酒吧里要了一杯咖啡,坐在伞下,等待终结感向我袭来——我等待着河流倾空彻底流入大海,等待着陆地及其之上的所有事件都走向终止。除却来时的路线,没有任何其他方式可以离开这里。我能够感觉到,对人类而言,目前为止的时间已然溢出并回归了原始形式。在苏利纳,它就像空气中的湿气一样无处不在,吞噬了房屋和轮船,蚀刻了面孔与风景,以及酒吧里的玻璃杯、商店里的商品。它燃烧着,似火焰般烧毁了名为分钟、小时和天的精美外衣,并占据了所有的空间、所有可见和不可见的东西,包括人类的思想。

通往大海的道路穿过了一片荒凉而没有树木的牧场。轮船、拖船和汽艇的残骸在沙中锈蚀。动物粪便的臭味如炽热的雾笼罩四周。一阵阵来自大海的咸风消失在这炽热的雾气中,无影无踪。垃圾堆在沼泽的污水坑中、在矮小的带刺灌木丛间闪闪发亮。蓝灰色的塑料瓶如死鱼的腹部闪烁着尸体的光芒。棱角分明的军事遗迹,即岸边的混凝土掩体被困在这片灰黄的风景之中经受风吹雨打,未束缰绳的马匹在它们的阴影下休憩。蓬松的白色沙丘后传来大海的声音,和世界如出一辙的古老而单调。这声音溢出沙坝,朝着城镇的方向

---

① 巴勒斯坦城市,因是耶稣诞生地而闻名。

冲去。也许它摧毁了小时和分钟的脆弱表壳，也许它的人鱼歌声在呼唤日子，想让每一天流入它的怀抱，摆脱时钟和日历的藩篱。是的，这是永恒在呼唤苏利纳。寂静无声遍布长廊的每个角落、低矮的房屋和花园，还有海滨的住宅楼。通往苏利纳大酒店的车道上杂草蔓生。欧罗波利斯酒店关闭了，静悄悄的。

　　大约下午五点，货车、手推车和自行车开始在港口聚集，人们来到了这里。自图尔恰出发的"摩尔多瓦号"渡轮从西边驶来，带来了新闻、货物和乘客。等待它的人群仿若岛民。船来自内陆，而人们等待它的方式仿佛它来自遥远的深海。高大的警察站在一旁审视着人群，"摩尔多瓦号"庄严地靠岸并放下了舷梯。行李少的乘客先下了船，然后开始卸货，货物里涵盖了苏利纳所缺乏的一切：成扎的瓶装矿泉水和罐装啤酒、成箱的面包、水果罐头、看不出是什么的纸箱和形状松散的包裹、海绵床垫、包装在因高温而沁出水珠的铝箔中的香肠、咖啡、塑料瓶装的白葡萄酒、胶靴、玻璃和瓷器、万花筒、来自我家乡的卷纸、绳索、T恤、巴尔干切达干酪和罗马尼亚霍克兰德奶酪、走私品、肥皂、果酱、带孔的珠子、笔记本、雀巢、椅子、布谷鸟钟，还有一堆沙滩伞。货车、推车和白色的达契亚皮卡车勉强将货物塞进自己的车厢里，运送到德尔泰街的几家商店中。

　　我朝着废弃的船体和掩体之间的大海走去。我爬上一条巨大的混凝土坡道，或许曾经有人想在它的上面发射地空导弹。我可以从那里看到太阳正向多瑙河坠落而去。河水发出碧绿的粼光，就像绷紧的蜥蜴皮。一艘船从公海驶来，它有几层楼高，在渐暗的日光下显得黑漆漆的。它滑过狭窄的河口，直直驶向血色的夕阳。我没有看到甲板上有任何动静，没有人站在栏杆边，没有人抽烟、吐口水或眺望港口。天黑了，我循着它的踪迹走去。这艘船停泊在海岸尽头离苏利纳大酒店不远的地方。轮船和酒店同样黑暗而寂静。船上挂着黎巴嫩的国旗。没有人在意它的到来，它在这里停泊过夜，又在黎明时继续向上游航行。

我睡在一个墙上挂着绘有麦加风景挂毯的房间里。

前往圣格奥尔基只需一直向南航行不到三小时。我的船是天蓝色的，轻盈滑动，装有本田引擎。刚开始时，它一路乘风破浪，之后又顺着分支河道网继续航行。这艘船的宽度不超过一点二米，但十分修长。一名五十岁的男子坐在船头，为掌舵人探路示意。河道很浅，到处都有不确定的阻碍，有时我们必须关闭发动机，抬起它才能穿过沙洲或不让螺旋桨被海藻缠住。在最狭窄之处，我们穿行在了一条绿色的芦苇隧道里。船长说"这是越南"，点燃了一支斯纳戈夫香烟。芦苇不时变稀，出现种有玉米、白菜和其他作物的地块。这些地块与土堆、墓地或花坛差不多大，一直延伸到水流的边缘，伸出水面五到十厘米。有些地块被短链拴着的狗看守着。我们不得不回到了主河道,寻找下一条航道。一艘巡逻船挡住了我们的行进路线,一名警察站在我们上方一米处,问船长我们的出发地、目的地和发动机类型。最终他挥手致意,然后我们继续向南行驶。

到圣格奥尔基航行了两个半小时,也可能稍久一些。我们路过了船上还装有柴油发动机和类似岗亭结构的老式船只。白鹈鹕在红湖①上滑行。我们路过了一座渔村,岸上只有在船与网之间忙碌的男人们。运河如箭般笔直,如玻璃般光滑。芦苇边缘保持着整齐的几何形状,没有可以令目光休憩的地方。我的目光在寻找某些突出的、不规则的东西,但在无尽晴朗的天空下,到处都只有绿色的线条和单调的矩形。这里的三角洲仿若由简单的平行线和垂直线组成的无垠之地。时而会有套着高高的橡胶靴的渔民在植被的边缘出现,但他们身上也没有表现出多样性,所有人都一动不动、神魂游离,一身灰色宛如大只的苍鹭。

圣格奥尔基的码头堆放着一堆腐烂的干草。我走向一座两层楼的混凝土建筑。底层没有人住,到处都是垃圾和破烂。楼上有人居住,因为可以看到窗户上悬挂的窗帘。炎热飘浮在尘土飞扬的空旷广场上,天空是沙子的颜色。我想要

---

① 罗马尼亚的火山湖。

找到一点树荫。几棵高大的树木生长在室外酒吧前面。酒吧坐落在木棚内，有七种啤酒和十二种葡萄酒。男人们坐在木桌旁。时间是下午两点。我要了丘克啤酒，也坐了下来，因为我终于成功到达一个只能从这里踏上回程的地方。

前往伊斯坦布尔的渡轮从康斯坦察始发而来，开往外部世界的火车则来自图尔恰，也可能是来自加拉茨。我坐在一个被泥泞、沼泽和时光所隔开的小岛上，时间如同某种有机物在三角洲分解、腐烂和发霉，散发出生死循环开始以前最原始的古老气息。这里的大陆似纺织物的边缘缓缓燃烧着。沙子、尘土、狗，还有无休止的午睡。男人们从桌边站起，消失，又重新出现。女人们坐在板凳上，稍稍倾向一侧，聆听着交谈。他们的身体平静而怠惰。他们可能已经知道自己去世之前一生所会做出的所有姿态。

一辆马车驶过，拉车的马瘦弱得令人难以置信。车夫挥舞着一根折断的木棍驱赶它。马车运载着矿泉水和卑尔根艾尔啤酒的黄色箱子，在荒唐而神经质的匆忙之中消失在拐角之后。

一名男子走近我，问我是否需要一个房间，一个睡觉的地方，如果我需要，他知道这里有一位"婆婆"会乐意接待我。但我必须现在做出决定，因为他马上就要离开。他和圣格奥尔基的许多人一样，也讲俄语。我说我还没有敲定接下来的计划，我必须考虑一下。我并不想匆忙喝完啤酒，也不想离开树荫里的酒吧。那家伙走开了，但仍在我的视线范围之内。他步履匆匆地在酒吧所在的广场上穿行,到处搭讪又不等答案就离开。有时他会消失片刻,又会马上出现,行色匆匆,忙忙碌碌,像是来到这座瘫痪的村庄完成使命的使者。他穿着灰色衬衫和灰色西装裤,赤脚拖着橡胶拖鞋。他完全不在意能不能做成我的生意。在匆匆晃了几圈之后,他回来告诉我,酒吧吧台工作的那个女孩也讲俄语,住宿的事情可以找她帮忙。在我张嘴之前,他又离开了。

最终,一两个小时以后,我还是去了"婆婆"那里。她住在离酒吧不远的一间白色小屋里。绿色的门柱撑起门廊,屋前种满花朵,屋后坚果、李子和苹果树浓密成荫。老妇人和她的房屋一样矮小,喋喋不休。她会问一个问题,然后不等待回答又自顾自地接着说下去,或是对我的回答点点头:波兰来的,待几天?乘船来的,做什么的?生活在哪里,城里还是乡下——混杂着无害的好奇与漠然的善意。

她为我打开了房门。房间小小的,闻起来像是我祖母的房间。静止的空气中弥漫着旧木头、床单的味道和潮湿的空气。长期以来都没有人,至少没有陌生人进来过。桌椅和床正好将空间填满,所有东西仿佛自远古以来就在其位。当我拉开椅子并将我的背包放在上面时,我觉得自己就像一名罪犯。我觉得自己无意中毁坏了这件深棕色的家具,将它暴露于此时的虚无之下,而它会似来自深海的生物,由于突然浮出水面而死去。

"你们信仰上帝吗?"她问,指向房间角落天花板下悬挂的圣像。"信。"我用俄语回答。她点点头,把钥匙交给我,然后离开了。与圣像同样高度、紧挨着它的壁橱里面摆放着西方的香水、除臭剂和咖啡。毫无疑问,这些东西来自她在布加勒斯特的儿子或是康斯坦察的女儿——这位老妇人在短短十五分钟内还给我讲述了她的孩子们。圣像和西方的垃圾桶是这个空空的室内唯一的装饰。我不想思考它们并置的象征含义。我老了,不再有力气寻根究底。我放下行李,出门看海。

从沿着多瑙河延伸的河岸之上,可以欣赏两岸的风景。右岸的河水呈混浊的绿色。浅滩上停泊着锚定的黑色船只,它的船头和船尾略微向上弯曲,光滑而古朴。船体的黑色轮廓在不断变化的水色中、在光与影的流动间、在如镜水面的粼粼波光里、在被风吹起的潮汐上,给人以不真实的印象。特别是黄昏时,它们与自己的影子变得难以区分,悬浮在光亮的空间之中,就像是用最深色的纸板切割而成,或用煤炭雕刻而成。它们似是最古老的夜晚留下的残余,在那时,它们被用来在睡梦中运送灵魂。至少在三角洲,我没有看到比它们更简单而美丽的存在。

左岸坐落着一座芦苇村。村子的围栏、屋顶、墙壁和家禽牲畜的棚架全部都由干燥的芦苇空心茎建成。被砍下的芦苇累积成堆,被绳子捆成一束,等待着被用来建造或被松散地扔在地上。这里人们的居住环境十分平坦，因为用这种材料无法建造出任何较高的建筑。部分建筑的土层剥落，露出了里面芦苇编织的杆子。村庄犹如一片广阔的露营地。人们拥有的一切似乎始终处于危险之中。人们勉为其难在地上搭建起屋舍，聚居在一起，又以篱笆、木桩和几根树枝为标志彼此隔开。是的，圣格奥尔基的村庄有一种被放弃的英雄主义：它暴露于各种元素之中，被不确定性填满，注定要被遗忘。它似鸟巢紧紧攀住树枝一样，紧紧依靠在土地之上。

然后，就像在苏利纳一样，空旷的平原开始了，并一直延伸到海滩。在它的边缘处，也就是在村子的外面，雷达塔直耸入天际。我看到篱笆后面停着几辆迷彩卡车，但我完全不感兴趣。在和平时代，我们这个地区的军队看起来永远都是一样的：同样的悲伤，同样散发着淡淡的臭气。我宁愿保持距离，远远看着。天线的黑色桁架笼罩在芦苇和泥土小屋的上方。我试图想象这种工作有多无聊：单调的空旷天空和计算机的绿色屏幕、纸牌游戏、走私的酒水、关于女人的闲谈、播放着西方摇滚或民谣的广播电台、困意、咖啡，而地平线上没有任何蛮夷出现。

但也有可能，这个地方只是一个观察点，用来观察世界其他地方，观察那个没有形状和边境的、始终围困着自生自灭的各个国度的怪物。我看着牛肉馅饼在阳光下晒干，试图不去思考历史，但我做不到。地理再次令我成为所有不清晰的事件、所有伪造的事实、所有含糊的真相和所有无从辩驳的谎言拼凑而成的真谛的猎物。是的，几个世纪以来，地平线外一直危机四伏。当我们等待时间带来我们所渴望的东西之时，空间却会带来不请自来的事物，比如军队或者理念。它们会从地平线后涌现，没有逃脱的可能。那些便携移动的、历史基于无止境的当下的国家，它们的时代早已远去。如今我们无法再去一个新的地方重新开始，这就是我们生活在填满我们领土的过去之中的原因，就像动物生活在充满它们气味的巢穴里。我猜测，雷达瞄准的应该是土耳其。

人群躺在沙滩上，沙子里插着几把并不比雨伞大上多少的太阳伞。除此以外，目之所及没有任何阴影。沙丘上的荆棘高度甚至及肩。我沿着海岸向南走去，不一会儿便只剩我一个人了。我看到河水与海水交汇，颜色更暗的多瑙河消失在半透明的银色波浪中，看上去宛若一朵巨大的乌云在如镜的水面上投下阴影。一条闪闪发亮的黑蛇在沙滩上游动，它爬上岸，在光秃秃的海滩上游向灌木丛。在这空旷的、一直延伸到地平线的风景之间，它敏捷而渺小的身影似是幻影，所以我紧随其后。它察觉到了我的影子，停下来盘成一团。我蹑手蹑脚地离开了它。它等待片刻，然后继续向陆地深处游去。

夜晚，圣格奥尔基复活了，仿佛每个人都在等待电灯亮起。午夜一点也没有变得凉爽，只是变得更加昏暗，就好像仅仅由黑暗取代了原先的阴影。人们从房屋、海滩、船只涌来。树下的酒吧无法容纳所有人,如同一个露营地。数十人,也可能是数百人不停地手舞足蹈,在微弱的光线和昏暗的灯光下,他们的姿态被灯光照亮,又被黑暗隐没。黑暗将一切成倍放大,回声从黑夜深处传来,仿佛村子紧挨着一座座其他的村庄,仿佛圣格奥尔基在这黑色深渊中还有兄弟姐妹;又或许,它是一颗哑光的小行星,正在笨拙地试图反射比它大很多倍的行星的光辉和声音。天空时不时扫过银色的闪光。有人用俄语告诉我:"那是一座灯塔。"灯塔的光束壮观而单调,令地球上发生的一切看起来都是没有规律的混乱喧嚣。人们如蜥蜴般迅速而紧张地消耗着能量。我从酒吧里买了丘克啤酒又走进黑暗,从远处观看这节日般的庆典。它给我的印象似是一个正在山洞里召开的聚会。夜色从四面八方逼近,所以人们必须不停地走动、交谈、和着机械音乐大喊大叫、碰杯、打手势,这样灼热的黑暗才不会凝结或如伤口闭合。是的,这里是欧洲的热带,这是一场狂欢,是对刺眼日光的恐惧,是被遗忘之处的尽情作乐。单簧管颤抖凄切的声音汇成陌生的音调,穿透了它在喀尔巴阡山脉以南触及的一切。

  为了乘凉,我向水边、向渡轮停泊的码头走去。那里什么都看不见。我只听到浪花的拍打声和鱼儿撞击水面的声音,嗅到河流温暖混浊的气味,感受到它剧烈的脉搏和冷漠的存在。我想象着绿色的血液从大陆的身体中流淌出来,但大陆的生命并没有消逝,千年来一直如此。

我开始理解酒吧里的狂热,它仅仅是存在的标志。人们在凄清的光线下相遇,如同飞蛾被它吸引,来检查自己是否仍然活着。他们必须互相检查并大吵大闹,因为无限的天空和不断消失的土地之间没有容纳他们的空间。是的,他们不得不在实际为沼泽岛屿的内陆边缘相遇,他们必须在别人的眼中找到自己的倒影,因为再没什么比没有地理形状所导致的虚无更为可怕、更加糟糕了。

臭虫整夜撕咬着我。我在黎明时起身离开老妇人的房子。空气是蓝灰色的,比晚上要凉快一些,但热意仍然弥漫在沙道上。火焰已经熄灭了片刻,但火星还没有完全消失。热意从房屋墙壁、地面、栅栏和花园渗出,如水果中的浓汁、如碱性电池的漏液从世界渗出。我路过了一辆四个轮胎下垂的白色货车残躯,这是圣格奥尔基唯一的车辆。我走到村子尽头。在最末端的房屋后面,垃圾场开始了:灰蒙蒙的废弃一次性塑料、罐子、玻璃、破布、千百个包裹、锡箔纸、纸板、旧锅、没有底的桶、聚集了潮气和霉菌的封闭容器、四面体包装①和破碎的 PET 瓶。一部分垃圾延伸到死水般的运河中,在水面失去了大部分重量,被水浸湿冲散。浅滩上漂浮着一连串冒出水面的瓶颈、膨胀的袋子、浸湿的瓦

---

① 利乐传统包、利乐四面体纸包装,是利乐公司在 1952 年推出的第一种包装,1961 年出现无菌型款式,更适合易腐食品,实现非冷藏条件下的存储和分销。

楞纸板和铝箔的混杂物,而金属和碎玻璃则沉在水底。

就在那时,我注意到了那个十字架。它立在垃圾堆的中间,不是很大,大约一米或一米半高,由两块粗糙的木板拼成,被涂成了棕色。横臂的末端经过了仔细的修圆处理,呈现出原始的木材形状。十字架上没有任何题词。它也没有基座,就直直地插在了土壤中。旁边离它最近的,是几个破洞的桶、芦苇扎成的扫帚、油漆罐、裂开的鞋、印有黑发女郎面孔的力士肥皂盒。我试图猜测,十字架是在垃圾堆被倾倒来此之前就在这里的呢,还是有人把它安放在了这个物品的墓地里?第二种可能性如此悲伤而美丽,但不太可能。在圣格奥尔基,或许没有人希望得到救赎,没有人敢去思考复活和永生①。也许很少有人相信自己能够复活,因此,十字架与这片无生命之物的尸体被放在了一起。

我往回走。时间肯定已经过了六点,但还没有到七点。酒吧里坐着几名男子,他们身旁放着一个水桶、一个抹子和一个水平仪,看起来像是共济会成员。他们喝的是纯伏特加酒,也喝了点啤酒清清口。夜晚的狂欢节没有留下任何痕迹,桌上的烟灰缸十分干净。这些人几乎没有交谈。热意从东方袭来,人的影子犹如湿润的斑点因干燥而收缩。瓦工们喝完酒离开了。昨天那个为"婆婆"推销的男人出现了,他

---

① 基督徒相信肉身归回尘土后,灵魂会在乐园里等候基督再来时复活,得到新的、不再朽坏的、不再犯罪的新身体,永远与造物主同在。

拿着一个卷着抹布的刷子,一路用它擦着所有东西,包括酒吧的路边、水泥墙和人行道。他迅速地做着这一切,不停移动着,几乎没有放慢过速度。抹布是干的,没有留下任何痕迹。他消失在一个拐角,然后又再次出现在远处,匆匆忙忙地打扫沙地广场另一边的商店。在将近一个小时的时间里,我看着他来来往往、匆匆忙忙,拖着下垂的裤子,始终与尘土做着斗争。他就像三角洲的巴斯特·基顿①,试图阻止挥发性物质引起混乱,保护圣格奥尔基免受来自外太空的尘土的侵害。

然后,瓦工们又回来了,这回他们没有带工具。他们又要了伏特加和啤酒。显然,他们已经开始工作了,所以现在可以问心无愧、不慌不忙地打发新的一天。越来越多的人聚集在桌子旁。七点了,男人们表情沉重而静止。天空呈暗淡的乳白色调,开始因炎热而膨胀。为了在这清晨的人群中不显得引人注目,我交替喝着丘克和乌尔苏斯啤酒,模仿他们的面庞和身体呈现出的相似的疲劳感。显然,这个地区的睡眠需要耗费与清醒同样多的精力。我想要一直坐在木桌旁,直到我的灵魂不知不觉地沉没,直到我的四肢沉浸在这黎明与黄昏的奇特融合之中。我对边缘地区,对穷乡僻壤,对过去的、消亡和衰败的一切事物的偏好,终于在圣格奥尔基归

---

① 约瑟夫·弗兰克·巴斯特·基顿(1895—1966),美国喜剧演员、电影导演、制片人、编剧和特技演员。

于平静。我想，我可以在这里坐上好几年，并坦然面对死亡。我可以每天都去渡轮码头，看着死亡的到来。模糊而被稀释的时间维度可能会加速或推迟它的到来，最终我可能长生不死。如果生命在这里轻易消亡的话，那它一定是幻化成了某种模糊的幻象。我每天会在从酒吧的白杨树树影到港口的行走之中消耗不必要的精力，只留下足够维持我的思维和想象不停歇的能量，让自己可以继续想象其余部分的世界，因为我必须不停确认我没有丢失任何东西。中午时分，当无聊侵袭，我会走到海岸边绵延的平坦沙滩，看着从内陆飘来的遥远城市和地区的海市蜃楼。在镜面般的水云间，布加勒斯特滑行而来，柏林逡巡徘徊，布拉格、伦敦、伊斯坦布尔和其他城市漂浮呈现，纽约和蒙特维罗、东京和蒙特利尔融合在光影和热流的绝妙排列之间。也许我可以通过大气光的折射查看我过去的生活、姿态和动作，它们被保留在空气的层流之中，被冻结在平流层的储物柜之中，现在又作为一种安慰、娱乐或道德检查的辅助手段而被重温。在圣格奥尔基，一切都有可能发生——我对此深信不疑是在大约七点三十分，当第一批客人们坐到桌旁的时候。有些地方，除了潜力一无所有。在这样的地方，唯一的出路可能确实只有奇迹、信号或突然的启示。空虚、瘫痪、衰落的恐惧、被塑造成几何形状的元素的悲伤、疲惫的天空和大地，还有天地之间倦怠的人——所有这一切本身就是奇迹和信号，令想象力停在半路，取而代之的，是不可动摇的现实。

我喝完自己的丘克和乌尔苏斯啤酒，站起了身。我梦想的计划是如此诱人，以至于我必须不惜一切代价去采取一些具体的行动。几艘船只停泊在一个小池塘大小的港口池子里。有人用粉笔在钉于桅杆的木板上写下了鲤鱼和欧鲇的价格："鲤鱼三万五千，欧鲇三万八千。"木棚下面坐着两名男子。我走过去，询问他们如何离开这里，有船去苏利纳吗？他们思考良久，最后其中一人告诉我，没有，整个村子都没有人开船出去，而渡轮要等到明天才有。正给从水中拖上来的黑色皮划艇涂着焦油的那个人也这么说。我问过的每个人回答都是一样的：无人开船出去。我其实并不想离开这里，我只是好奇而已。每个人都提到渡轮，有人甚至还提到清晨五点会有拖拉机穿越沼泽去苏利纳。明天的渡船令我有些沮丧，我是打算坐它离开，但并不想这么快离开。实际上，从我到达的那一刻起，我就觉得我还会回到这里。这个想法是如此明确，在某种程度上埋没了当下。我在一家商店中买了面包、卡什卡瓦尔奶酪、矿泉水和塑料瓶装的白葡萄酒。我向海岸的方向走去。这里八点的天气同我家乡的晌午一样炎热。地面散发着牛粪和灰尘的气味。我找到一个无人的地方，走进海里，海水如空气般温暖。海底几乎没有变深，我走了那么远，回头望去土地都已变成一条细线，而海水才刚刚没到我的胸口。时不时地，我会感觉到凉爽的水流，但它们刹那便消失了，又一次只余温暖。我仿佛正在沉入海水不断搅动着的巨大内部。

(安德烈·柯特兹　摄)

　　我到目前为止所写下的一切，也许都始于这张照片。那是一九二一年，在索尔诺克①以西七公里处的匈牙利小镇奥博尼②，一位盲人小提琴家边过马路边拉着小提琴。为他领路的是一名戴着遮阳帽、赤着脚的十来岁男孩。音乐家脚上

---

①　匈牙利中部城镇。
②　匈牙利中部索尔诺克附近城镇。

穿着已然磨损的破旧鞋子,右脚①刚好迈在推车铁轮所留下的狭窄车辙上。街道未被铺砌成坚硬的地面。地面是干燥的,因为男孩的脚没有沾上泥泞,车辙也不是很深。车辙缓缓向右拐去,消失在有些模糊的照片深处。照片上还可以看到沿街的木栅栏和房屋的一部分,房屋的窗户上反射着天空的倒影。更远处是一座白色的教堂。篱笆后面有树木生长。音乐家双目紧闭,他边走着,边为自己还有周围看不见的空间演奏着。除了这两名行人以外,街上只有一个几岁的孩子。孩子面对他们的方向,但望着照片之外更远的某个地方,仿佛在这两人身后正发生着比照片上更有趣的事。天气多云,因为无论人或物都没有投下阴影。小提琴手的右臂(是的,他是左撇子)上悬挂着一根拐杖,引路小男孩的手臂上挂着的似乎是一条小毯子。他们距照片边缘仅几步之遥,片刻过后便会从照片中消失,音乐也会随之消失。仅留幼儿、道路和车辙仍在照片之上。

四年来,我一直为这张照片所困扰。无论我走到哪里,我都在寻找它的三维立体彩色版本,而且似乎常常能找到它。在波多利内茨②,在莱沃恰③的小巷,还有在被晒得白热化的根茨。我在根茨寻找火车站,结果发现火车站是一栋空

---

① 后文提及作者最初看到的照片是翻转过的版本,因此此处作者表述的所有方向均与实际照片中的方向相反。
② 斯洛伐克东北部城镇,位于波普拉德河畔。
③ 斯洛伐克东部城镇。

荡荡的废弃建筑，直到晚上都没有一辆火车驶出。维尔马尼也是一样，废弃的站台位于被热浪融化的无尽田野之间；老妇人们贩卖烟草的杰利亚京①交易市场上亦是如此。同样的情况还发生在克瓦西②，当火车驶离克瓦西的时候，尽管路过的房屋鳞次栉比，但四周没有一个生灵。还有在索洛特维诺③，废弃的矿井中布满了盐尘；在杜克拉④，沉闷乏味的风自山口吹来。一九二一年，安德烈·柯特兹⑤按下了快门，将所有这些地方都定格在了相机的透明屏幕上。时间仿佛已在那时停止，而如今则是一个误会、一个玩笑或一种背叛。我在这些地方的存在似乎是不合时宜的，因为我来自未来，但我并未因此而变得更加睿智，而是更加胆小畏惧。这张照片里的空间令我着迷，而我所有的旅行只有一个目的——最终找到进入这张照片的秘密通道。

---

①③　乌克兰西部城镇。
②　乌克兰西部乡村。
④　波兰东南部城镇。
⑤　安德烈·柯特兹（1894—1985），出生于匈牙利的布达佩斯。作为现代摄影的一个拓荒者，柯特兹的作品充分显示了艺术与生活融合一体的境界。

去往巴巴达格

我数过护照上的过境章,七年间共有一百六十七个。其实本该更多,但有些懒惰的海关官员懒得动动手指,我在拉迪亚就碰到了这样的情况。几天过后,我经萨图马雷回程,中午的过境通道空空如也,他们让我把车开到一边并下车,点头示意我跟随他们走进温室般的玻璃机房,它内部的温度有五十摄氏度,仿若身处亚马孙。一扇门,又一扇门,最后到了总调度室,里面有十台坏掉的计算机,还有一个脚跷在桌子上的家伙和一堆瓜子。他一直都在嗑瓜子,完全没有停下来过,只是把脚从桌上移开了。室内只余我们两人,其他人都离开了,大概是去巡逻,以免有危险分子潜入。我能听懂大概一半的罗马尼亚语单词——什么时候?在哪里?入境。过境章。但我假装什么都听不懂,表现出全然的天真无辜。他翻来覆去从各个角度检查了我的护照和驾驶执照、身份证和绿卡①,最后他让我出去,到走廊上去。我透过玻璃

---

① 一种汽车国际保险凭证,允许汽车在注册国以外的地区行驶。

门看着他。他再次把脚跷到桌子上嗑起了瓜子。他在等我在这个玻璃容器中软化,供认自己犯了间谍、走私、伪造证件等罪行,并愿意花一点钱来掩盖这些罪行。我靠在墙上,闭上眼睛,假装站着睡着了。半个小时后,他又喊我说了些什么,而我用波兰语回答说:他在拉迪亚的同事没能尽到自己的职责,这又不是我的错。我们就这样进行了交涉。最后他责备地看着我,递给我我的证件,然后挥了挥手。

因此,他们并非总是会盖过境章,如果没有章的话,他们也并不总是刨根究底,这里面没有规律。匈牙利人有时就不盖章,但随后也完全不会大惊小怪,只是会比一个我最喜欢的缓慢而沉重的手势,意为"去死吧"。总之,我喜欢匈牙利边防部队,尤其是夏天在沙托劳尔尧乌伊海伊过境通道的他们。他们懒洋洋的,敞着外套,皮带也没有系好,枪套随意地挂着,但他们举手投足庄严而凛然,仿佛在说:"曾经这里的一切都归我们所有,而你们想要《特里亚农条约》①,所以你们现在必须在这里愚蠢地排着队。"我用匈牙利语对他们说"您好",他们让我通过了。这句"您好"是为了致敬我乘火车从勒克什哈佐②过境时遇到的一名边防人

---

① 第一次世界大战结束前,奥匈帝国灭亡,奥地利帝国的伙伴匈牙利王国宣布独立。由于奥匈帝国包含数个不同种族,故此需要重新划定匈牙利、奥地利及其他刚刚独立之新国家的边界,因此签订《特里亚农条约》。根据条约,匈牙利失去特兰西瓦尼亚部分领土,作为罗马尼亚的西北部。
② 匈牙利东南部村庄,位于与罗马尼亚接壤边境。

员。那时我正从锡比乌回程,大约早上五点,这个人出现在了过道尽头,我的心沉了下去。他有两米半高,剃着光头,穿着一件对他来说尺寸太小的野战外套,扛着一支巨大的枪。他看上去像是一头战犬、一名变异的雇佣军。我坐在隔间里,把手放在膝盖上,屏住了呼吸。然后门开了,我看到一个巨大的灿烂笑容,听到他用波兰语说:"您好,向您问候……是这么说吗?有毒品、武器、色情制品、塞姆汀炸药①吗?没有是吗?谢谢。向您问候,是这样说吗?"然后他便离开了。

不管怎样,实际而言,罗马尼亚的边警完全没有更为可怕,乌克兰、斯洛伐克边警亦然,甚至奥地利边警人也不错。但有时也有例外,比如霍多什边境的斯洛文尼亚边警坚持想要得知我们携带了多少第纳尔,因为他忘记了他的国家十年前起就不再属于南斯拉夫。有时候,他们会和科孚岛的希腊边警一样惊讶,无法相信我们在阿尔巴尼亚待两周纯为娱乐,在强光下检查我们肮脏的底裤,寻找难以理解的谜底。

是的,一百六十七个过境章,如果算上没有盖的,大概一共两百个。红色、紫色、绿色、黑色,模糊的,用圆珠笔书写的单词或首字母,带古董机车、汽车图案的,带飞机和轮船幼稚剪影的——这一切都很幼稚,就像是一种贴标签的

---

① 捷克制造的工业及军事塑胶炸药。

游戏,一种摸盲人或捉迷藏的游戏,一种一旦开始便无法停下的空虚的娱乐和玩闹。有些印章并不清晰,就像使用的是雕花的土豆等业余的印章工具,甚至似是我自己用蜡笔或毡尖笔随手涂画而成,一点也不严肃。

我很好奇摩尔达维亚的护照章是什么样子。我指的是普鲁特河以东、首都为基希讷乌的摩尔多瓦共和国。我必须找到答案。我希望它是绿色的。我便是如此描绘这个国度:大地绵延着绿色的山丘,时而被森林所覆盖。田地和花园沐浴在阳光下,西瓜、辣椒和葡萄藤茂盛生长。栗树在基希讷乌古老的小巷中投下阴影。食物很油腻,难以消化,但很美味。唯一的缺点是菜单上没有白伏特加酒,只有甜而浓烈的白兰地。一家德国报社报道过,摩尔多瓦经济最重要的部分是人体器官的交易。他们通常出售自己的器官,有时也会出售别人的。也许我会在夏天去那里。我喜欢去鲜为人知的国家旅行。然后回来查阅书籍,询问他人,收集大量信息碎片,来确认我究竟去了哪里。这是徒劳的,因为随着时间的流逝,一切都会变得愈发陌生,宛若睡梦之中的又一重梦境。我必须查看我的护照来确认那些陌生的国度到底是否存在。它们到底是怎样的国度?往昔已逝,犹如泡影,来日黯然,潜力不明,诺言模糊,只余喃喃:"我们会再展示给你们看的!"我应当最终越过一道真实的边境,去一个女人穿蛇皮靴行走的地方,一个不会令我联想到任何已知事物的地方。生活在那里突然中断,而狂欢或是某种创伤又或是离经叛道开始了。我的一百六十七枚过境章完全一文不值。我离开时总还是和初来时一样无知。到处都有男人们站在街角，等待着什么发生，到处的火车座位上都有烟头烫出的破洞，人们就这样挥霍着时间，平静注视着历史踩下油门踏板。我在浪费时间和金钱。其实我不离开家也挺好的，因为我的家乡也有这一切。

无论我走到哪里，我都会看到吉卜赛人。我在普雷克穆列为了寻找他们用尽了一缸汽油，因为我已经厌倦了这个整洁的国家①和斯洛文尼亚人，他们是斯拉夫"猪圈"里的叛徒。但我一个吉卜赛人也没有发现，尽管我读到过这里肯定有他们的存在。很有可能，他们在一百公里以外感应到了我的气息，感受到了我对衰败的热爱以及对离经叛道的一切的可悲青睐，所以躲了起来。在我离开家的时候，在我踏上斯洛伐克土地的时候，当我经过他们在兹博罗夫②外的贫民窟的时候，他们就感应到了我。他们在兹博罗夫外的贫民窟坐落在路边的山上，临时搭建而成，充满了对秩序和富饶的不屑。我的心在那里总是因敬仰而战栗，在后现代的后工业时代，他们居然还能让这个世界滚开并践行古老的拾荒艺术。女人们提着成捆的干草，男人们推着堆满废料的手推车，孩子们则从垃圾箱里捡瓶子。胶合板小屋前立着没有车轮的汽

---

① 指斯洛文尼亚。
② 斯洛伐克东北部村庄。

车残骸，晒着毯子，到处都是飞舞的塑料袋。实际上，他们正做着我们所有人都正在做的事——努力生存，但他们并不以此为荣，因为他们没有写下自己的历史，而是更在意他们的童话和传说、世代相传的寓言、以"很久很久以前"开头的故事；不像我们，总是如"某年十二月十三日，哥本哈根"这般具体纪实。因此，无论我走到哪里，我都会立即四处张望寻找他们，寻找这种对地中海和基督教文明的鲜活侮辱。这些没有土地的人民，他们甚至似乎一旦有所建树，就必须立马将它丢弃，为了娱乐或出于绝望将它焚毁，将他们的移动王国迁徙到欧洲白种人不那么仇视他们的地方。所以我一直留意着他们，就像在斯洛文尼亚的普雷克穆列一样，当我没有遇见他们时，就会感到非常失望，觉得自己已经走得太远，该踏上归途了。我可能与他们有某种隐秘的联结：我学会了如何写作、如何组合单词，我将词句放置在一起，但我无法通过这些故事创作出有意义的、可信的历史。所有的名词、动词和其他词语如同旧石膏从世界剥离和脱落。最终，我回到了传说、寓言和民间故事上，回到了确实发生过的事情上，但它们是纯粹的谎言和隐喻的空谈。它们的存在太过短暂，来不及生成什么意义；或者它们仅仅存在于我的脑海之中。

有一回，在奥肯切①，海关室的官员从各个角度检查了

---

① 波兰华沙机场所在地区，肖邦国际机场原名奥肯切机场。

我的护照，翻了一遍，盯了我一眼，又看了看破旧的护照页。我当时已经以为完蛋了，我得待在家中去不了任何地方了，但最后他推开了玻璃面板，问："先生，康涅兹那①在哪里？"我从这里出发向南踏上了五十次旅途，每次既提心吊胆，又对即将面临的一切兴奋而恐慌，而他甚至不知道这个地方的存在，尽管在那里也有他的同行们拿着同样的设备给护照盖章。

那里的一切徐徐展开在我眼前：兴高采烈的年轻人贩卖着来自斯洛伐克一侧的五升瓶装果汁，有红色、黄色、橙色、绿色各种颜色，阳光照射下，它们似阿里巴巴的宝藏闪闪发亮。他们还贩卖伏特加和整箱的啤酒，更大胆的还有卖莫德拉②红葡萄酒的，那酒虽然比较干涩，但一瓶只要五兹罗提。妇女们兜售袋装的糖、面粉和大米。而另一边，三间商店宛若轮船在宽广田野和寂静树林中摇曳，像是一百多年前横渡大海的移民船只，挤满了同样的人群和同样的面孔，甚至连外套和平顶帽也未曾改变。大量廉价商品在贝斯基德山平缓的绿色波浪间摇曳，对买到半价商品的渴望犹如对"应许之地"的展望，为我的康涅兹那注入了生命力。有时我以购买修道院黑啤或德马诺夫卡苦味草本利口酒③为名排在购物的队伍中，但实际上我想象着，这里的某处，名为

---

① 波兰南部村庄，位于与斯洛伐克接壤边境。
② 斯洛伐克西部城镇，为该国知名葡萄酒产区。
③ 斯洛伐克一种草药酿制的烈酒，味道苦。

"边关小店"的商店,是消失于伯罗奔尼撒半岛岸边的爱奥尼亚海的子午线的起点,一路途经的人们就和这里的人们一样,如同电线上的鸟儿排排而坐,满袋都是物品,满脑都是生计。他们的海关官员戴着眼镜、一头红发、难以相与,他们总是太过贫穷,所以必须不停迁徙、躲避,逃开现实,待入夜再独自出行。科希策、托考伊、阿拉德①、蒂米什瓦拉和斯科普里似珠玉粘在这条熠熠生辉的子午线上。在一家名为"波霍日②小店"的商店中,可以欣赏到卡梅尼采③河谷的壮阔风景。农民们喝着啤酒,向南望去。那个方向的光线更为清晰,比起这里有更多值得一看的风景。科希策、托考伊、阿拉德、蒂米什瓦拉和斯科普里……是的,可以将来自马瓦斯图夫、兹丁尼亚④、戈尔利采的人们运送并安置在希道什奈迈蒂的商店前,那里是边境之前最后可以获得福林的地方;或者将他们搬运到苏恰瓦交易市场上;或者运到多瑙河在氤氲雾气中汇入黑海的圣格奥尔基;或者甚至可以搬到地拉那,烟雾浓重的黄昏笼罩着那里的斯坎德培广场,而世界的和谐未受干扰。除非他们不得不开口说话,否则没有人会知道他们是外国人。

---

① 罗马尼亚西部城市。
② 捷克卡梅尼采河附近乡村。
③ 捷克北部河流,近波兰边境。
④ 均为波兰南部村庄,靠近斯洛伐克边境。

不久之前的一个夜晚，我在格鲁耶茨①寻找通往孔斯凯②的道路时迷失了方向，感觉像是回到了在特拉西瓦尼亚阿布鲁德镇③的时候。这里和阿布鲁德镇同样漆黑，同样灯影模糊，同样不确定人迹是否存在，同样飘浮着似是人影的影子，同样的像是一团从亘古黑暗之中剥离且尚未被擦亮的空间。人们开始了动作，却又未完成它们，仿佛他们停了下来等待着进化或造物继续进行，仿佛他们生活在不断变成过去的无尽当下之中，静待沧海桑田。未来是一道幻想，当然，它一定会到来。我们会一直听到它即将到来，直到耳生老茧。但古老的智慧知道，只有现在和过去才真实存在，其余都不存在，因为从未有人看到或触碰过。因此，在波霍日小店，我也凝视着南方并计划着当下的旅途，将它与过去半相融合。我不记得过去所发生的，就无法想象未来会发生的。有时我觉得，似乎只有边境才能使一切融合在一起，这些土地和民族的真实模样是其领土在地图上的形状。这是一个愚蠢的想法，但我无法摆脱它。

"总体而言，罗马尼亚的民间文化是欧洲最丰富、最复杂的文化之一。"有一次，我在米兰问弗朗切斯科，"对普通意大利人而言，罗马尼亚人的罗马兄弟是什么人④?"他回答

---

①② 波兰中部城镇。
③ 罗马尼亚西部城镇。
④ 部分罗马尼亚领土曾被罗马人占领，划为罗马的领土，当地居民遂被同化。

说:"对于普通意大利人而言,所有罗马尼亚人都是吉卜赛人。"曾有一次,我在锡比乌尼古拉·巴尔切斯库大街的一家唱片店里寻找音乐碟,女售货员问我来自哪里。当我回答我来自波兰时,她开始背诵:"海湾上有一棵青青的橡树,橡树上牢系着一条金链子,一只博学的猫不分昼夜紧跟着金链来回兜圈。"① 我叹了口气:"女士,您弄错了。"有一回,在克拉科夫②的一家酒吧里,雅布伦斯基试图取悦两名斯洛伐克女孩,对她们讲了三个小时捷克语,而她们看着他,对他的兴趣逐渐减少。最后,认识这两名女孩的卡米尔过来告诉雅布伦斯基:"她们是斯洛文尼亚人,听不懂你在说什么。"英国人知道切斯瓦夫·米沃什,但以为他是那位拍了《头发》的捷克人③。就是如此,我完全不指望会有任何改变。生活在一片不受瞩目的土地上是件好事,因为它的国境内包含着相比地理指示更为广阔的空间,充满了浩瀚的未知、无限的猜测和无边的想象,以及没有现实会去纠正它的、由醉人的迷信所构筑的海市蜃楼。

曾经某个夏天,我迷失在靠近罗马尼亚边境的匈牙利东部地带,想象着另一侧的景象。我在匈牙利东部游荡,走过索博尔奇-索特马尔,路过马泰绍尔考、尼尔巴托尔和大卡

---

① 出自俄国诗人亚历山大·谢尔盖耶维奇·普希金诗作。
② 波兰南部城市。
③ 指捷克导演米洛斯·福尔曼(1932—2018),犹太人,捷克裔美国籍电影导演、编剧,曾两夺奥斯卡最佳导演奖。《头发》为他1979年执导的电影。

洛之间的沙地僻壤和飘散着令人窒息的猪粪味的村庄,想象着我不甚了解的罗马尼亚。而我的想象没有边界,因此我走入了一个白日梦,一个没有内容也没有形状的梦境。我像是被一片虚幻所笼罩,又明知它的存在比现实本身更为强大。接着,穿过扎霍尼,我朝乌克兰的方向而去,坐火车沿着蒂萨河缓缓向东。罗马尼亚又一次就在我触手可及的右手边,直到抵达锡盖图-马尔马切伊后向北行去,我才摆脱这种恶性循环。一年后,我真的去了罗马尼亚,但这个"真的"是旧梦重温,是我在边境上的幻觉重现。这种情况一直持续到今天,即便我的护照又盖上了新的过境章也未曾改变,因为没有办法将比所有边境加在一起都更为宏大和持久的幻想盖在护照上。

  我知道,这七年间的这一百六十七枚过境章,它们中的绝大多数都位于"混合人口带"。在这些区域中,因果没有逻辑,结果也丝毫不被在意;在这个空间内,吸血鬼仍会与狼人交配;在这里,想象力无法归于平静,因为只有它能与此处的混乱相抗衡,这种混乱虽然看不见、摸不着,但被不幸所证实。南方,东南方……这里的一切令人想起自由和童年。我仿佛回到了过去,拥有无数可以选择的道路。是的,康涅兹那的空气中飘浮着遗忘的气息,人们在兹博罗夫周围就开始失去自己的身份。记忆每公里、每公里地消退,最终好似回到了遥远的婴儿时期,我们的存在与我们相剥离,如同其余一切从剩余的世界抽离。

如果穿过斯洛斯克诺维梅斯托前往匈牙利，在进入552号公路的交叉路口，长达十公里的直道开始了，你可以在这条路上试试你的车怎么样。如果是春天，曾普伦山油菜花盛开，一片金黄。四周如此空旷，令人难以确定它究竟依然是真实的风景还是西洋镜的映射。这条路爬上山脊又爬下，笔直地延伸着，就好像有人在自己面前甩开了一条灰色的丝带。穿过那十公里，我感觉自己终于找到了存在的缝隙，似是从另一面来观察这个世界：一切都相同，却又有所不同。快到切尔霍夫①时，车辆需要在穿越火车轨道时放慢速度，事物慢慢地回到了它们本来的位置。这也许是为了让我觉得自己从风暴中幸存了下来；为了让我能够讲述所有这些无关紧要的故事，编织成令我从无法理解甚至也从未试图理解的现实中得以喘息的传奇。我知道，在经过斯洛夫纳夫特②加油站后我不应该像往常那样右拐，应当至少直行一次，去参观拉科齐·费伦茨二世③的出生地博尔希④。他是法国连续剧《大逃亡》的主人公之一，以及一七〇三年针对哈布斯堡家族的匈牙利民族起义的领导者。是的，我知道，我知道我应该这样做，应该直行，一生中至少面对一次现实。但我就

---

①④　斯洛伐克东部村庄，邻近匈牙利。
②　斯洛伐克的一家炼油公司。
③　拉科齐·费伦茨二世（1676—1735），一名特兰西瓦尼亚马扎尔贵族，18世纪马扎尔民族独立运动的领导者，金羊毛骑士团骑士，匈牙利民族英雄。1704年—1711年，哈布斯堡王朝治下爆发了由他领导的拉科齐独立战争。

如梦想家迪齐奥①，总是选择逃入甜美的幻想。如果没有那道横穿公路的铁轨，再过十分钟，我就将驶入沙托劳尔尧乌伊海伊主街的古树树荫下。树荫未能予我平静。它也许只是与斯洛伐克最后几公里绿色半沙漠景观形成对比，在理想化的城市与完美的自然景观间形成对比。古老的树木巧妙地掩盖了房屋精致的外墙，狡猾地令人无法区分移动的光斑与石膏上的地衣。萨图马雷主广场上亦是如此，树木遮蔽住了蓝色的路标牌，所以开车兜了一圈又一圈也无法找到通往克卢日、锡盖图、拉迪亚或巴亚马雷的道路，最后只能把车停在某个地方，坐在青翠的树荫下咒骂罗马尼亚的植被，等待秋天来临、树叶落下后世界的方向被揭示。

切尔诺夫策也是如此：同样的古老光影，同样的原始树荫试图压碎围墙和灰泥，抚平墙壁复杂的表面，抹去所有的飞檐、壁柱、阳台和鸟巢。但是我对切尔诺夫策的记忆如雾般朦胧，因为萨什科②奉上了难以形容的热情款待，第二天这个地方就迅速变为了火炉，让人想要离开。在汽车站，肥胖的出租车司机走来说今天已经没有前往苏恰瓦的车了。他们晃动手上的汽车钥匙，上面还挂着家门钥匙、地下室钥匙、大门钥匙、保险箱钥匙、邮箱钥匙，以及鬼知道什么的

---

① 波兰诗人尤利安·杜维姆（1894—1953）笔下的人物。
② 此处应指乌克兰著名的极右翼武装分子领导人萨什科·比利，全名为亚历山大·伊万诺夫·穆基奇科（1962—2014），他是乌克兰国民大会 - 乌克兰国民自卫队 UNA-UNSO 在西乌克兰地区的领导人。

钥匙。他们哐哐当当地摇晃着这堆金属，很是生气，因为没有人相信他们，没有人愿意犯蠢花五十美元乘坐他们的车去锡雷特。他们站着，或者说坐立不安地来回踱步，伸长脖子注视人群，因为这个地区的出租车司机即便身材矮小，视野也比旁人更远。对他们而言，有很棒的座驾却不能驶去任何地方，这太残酷了。到处皆是如此，戈尔利采、科罗亚①、杰利亚京和阿尔巴尼亚吉诺卡斯特也是一样的情况，他们每公里收取的费用和人均国民生产总值为一千五百美元的柏林相同。他们坐在自己车龄二十年的奔驰残躯中排成一队，只接受德国的价格，不接受讲价。

  炎热从天而降，没有树荫遮挡，马儿用蹄子翻找着路边倾倒的垃圾桶。出租车司机们捏着鼻子擤鼻涕，然后把鼻涕团甩到街道的尘土中，就和我们波兰的出租车司机在他们永恒的出租车站台上的所作所为一模一样。我坚持要去埃林德②，因为我注意到那里是道路的尽头，接下去只有荒无人烟的隆杰里亚③山脉，如一弯细长的月亮镶嵌在阿尔巴尼亚野性而美丽的身躯里。他们一定从我的眼中读出了我的需求，一定以自己出租车司机的直觉感受到了我的渴望。我妥协了，坐进了一辆车底盘贴近地面的绿色200，我们出发了。啊，我必须去埃林德，去了解一些事情。我们爬上山坡，一

---

① 乌克兰城市，位于该国西部普鲁特河畔。
② 阿尔巴尼亚南部村庄。
③ 位于阿尔巴尼亚南部。

直挂着二挡，有时挂到三挡，排气管就会碰到凸起的石头叮当作响。"路上没有树荫。行人如在泥泞中一般在尘土中跋涉，凝视着路边枯黄的斜坡，它被洪水、风吹和日晒夺走了一个饥饿不幸的人可以抓住的一切。"看起来正如此。然后，便到了废墟般的埃林德。房屋就似洞穴，白色墙壁间只有耐热的绿植和几个孩子，其余的人无疑都去了希腊的种植园，这里甚至连狗和鸡都没有。只有在村庄尽头，在被烈日炙烤的广场上有一座纪念牺牲的游击队员的纪念碑，纪念碑上有瓷框照片，一人名为米斯特·马姆[①]，另一人叫米哈尔·杜里，分别死于二十一和二十四岁。出租车司机站在那里等我。他以为我来到这里就是为了看这个纪念碑，因为除了它，这里什么都没有。我叹了口气，在敬礼时心想："哈，见鬼的德国价格。"司机向我展示了这个地方的最宝贵之物。不会有许多人来到这里参观它。他下一次再走这条路线，可能要等到两年以后。那么价格除以这个时长的话，确实不算什么。

有时我会想，一切应该如此：全世界的收银窗口、法兰克福银行的所有财富、英格兰银行的金库、电子空间中流通的公司虚拟股票、苏黎世车站大街地下多层保险库里的贮藏、所有纸币、所有矿石，还有在光纤冰冷血液中流动的一

[①] 米斯特·马姆（1921—1942），第二次世界大战时阿尔巴尼亚人民的英雄。他是地拉那一个共产党反法西斯游击队的指挥官，于1942年在对法西斯意大利军队的战斗中被杀害。

系列数字,这一切在诸如埃林德、维克沙尼、圣格奥尔基、罗兹普西、蒂萨索尔考①、帕洛塔②、巴依拉姆·楚里城③、波多利内茨、雅布沃那拉茨卡④教堂前的广场、维尔马尼的火车站、黎明时分的杰利亚京火车站、利韦济莱⑤和斯皮什斯卡贝拉的杂货店、别尔坦⑥的酒吧、梅迪亚什⑦的雨中以及其他千千万万个地方,都应当消失,应当失去它们的价值,应当归为零。因为我眼中的地图就如一张渔网、一片星光熠熠的夜空、一件旧T恤或破烂床单,透过这些我曾去过的地方,正闪烁着比单纯地理的衰败之光、政治地理的不祥之光和经济地理的垂死之光更为强烈的光芒。没有任何东西可以缝补这些空洞。未来将像鸭子嘴边掉落的食物或穿过指缝的沙子一样钻过它们。没有任何想法、财富或杂乱的时间会触及这些地方,这些经纬之上的裂痕,这些我存在过的痕迹。是的,我的这个想法阴暗而反动。现在是一月十一日,凌晨两点一刻,我知道我正梦想着在这些地方建立起某种保留地,如果被这些城镇和村庄的居民知道了,他们只会踢我的屁股。但也许,尤其是埃林德,永远不会有人读到这些文

---

① 匈牙利东北部乡村。
② 斯洛伐克东北部乡村。
③ 阿尔巴尼亚北部城镇。
④ 波兰东部乡村。
⑤ 罗马尼亚西北部乡村。
⑥ 罗马尼亚中部乡村。
⑦ 罗马尼亚中部城市。

字。是的，一个沐浴在永恒光亮下的保留地和露天博物馆，这就是我所想象和希冀的。因为每当有事物从视野中消失，隐没在路弯或黑暗中，我的心就会沉没，我始终无法摆脱它永远消失了，而我是唯一的目击者这样的想法。于是现在我只能不停地讲述，如果有人愿意倾听的话。另外，所有这些地方和这些事物都已然崩溃毁灭，仅仅是石头的堆叠或昔日辉煌的残骸，所以我的恐惧并不是臆想，因为如果我回到我曾经去过的地方，我也许什么都无法找到。这是我所在的这部分世界的特征，与发展混杂在一起的持续衰退，令一切都需等待的狡猾的欠发达，对自身进行试验的不情不愿，使人跳出时间洪流，以沉思代替行动的永恒的三心二意。这里所有的新事物都是伪造的，只有当它变旧、腐烂、分解和崩溃时，它才具有某种意义。来自小瓦尔道、戈尔利采、普雷绍夫①和拉迪亚的男孩们戴着棒球帽，模仿海外贫民窟的黑人兄弟，因为这里没有什么可模仿的。所有的新事物就如一部与过去没有任何联系的电影。因此，我更喜欢旧事物，更青睐连续性无可争议的衰败。我在爱尔巴桑②的主街上看到了大堆的破布。这里应该是个贸易点，但看起来仿似垃圾场。女人们在蔓延数米的垃圾堆中翻找东西，将它们摊开在人行道上，如同在一场灾难之后寻找亲属的遗体。她们试穿又丢

---

① 斯洛伐克东部城市。
② 阿尔巴尼亚中部城市。

弃,试图挖出更好的东西。这些东西是被两辆鬼知道来自哪里的卡车运来这里的,可能来自希腊,可能来自意大利,无论如何,都是来自不再需要这些垃圾的地方。创意和想法同样是被丢弃以后才会来到这里,尤其是那些从开始便是为一次性使用而创造的。这里是一个回收之地,最终,它自己也将被回收。

这样的想法在深夜困扰着我。风从西北方向吹来,雪堆的白色半圆形边缘横亘在通往康涅兹那的道路上。我应该想出一个优美的、从那里开始也在那里结束的故事,作为舒缓思绪、减轻焦虑和消除饥饿感的灵丹妙药。我应该在生活的黑暗中找到某些零星的痕迹,它会奇迹般地化身为命运,化身为可以遵循的、可以带来慰藉的启示。但我一无所获。世界就是此时此地,它对故事嗤之以鼻。当我尝试回忆一件事时,我总是想起其他的一切。罗马尼亚从我的童年时代浮现,阿尔巴尼亚从我在祖父母家度过的假期爬出;而现在,我已经成年了,我住在一个总是令我想起生命中最初画面的街区里。

我四十多岁了,又碰上了这相同的永恒的随机性,相同的鸡舍、煤箱、装各种物品的箱子,就好像有人在放映我们扮演警察和强盗、牛仔和印第安人的游戏的幻灯片。雪落在康涅兹那和兹丁尼亚,还有戈尔利采乌希契①的整个街区,它过去名为罗斯乌希契。在单调纯白的景观之中,众多彩色

---

① 波兰南部乡村。

的铲子上下挥舞：红色的、绿色的、蓝色的、黄色的。人们试图挖出自己的箱子、储物架、屋子和库房，那里面还有动物和旧车正在等待。边境通道的人流越来越多，但没有人前往斯洛伐克一侧。报亭一般大小的崭新摊位也开到了这里，玻璃上的标语说它集商店、酒吧、货币兑换点于一体。但今天这里除一名戴着蒙面头套的中尉以外，没有一个人。他安慰我说，斯洛伐克那边路况会好一些，他们的扫雪机每两个小时巡回一次。当我说我不过去，只是来看看雪如何试图模糊边境、覆盖地图并填平喀尔巴阡山脉的水隙时，他大概有些失望。一名肩上扛着蓝色铁锹的男子不知从哪里冒了出来，叹了口气说道："看来我得去找拖拉机。"我回到积雪的停车场，觉得一年之后这一切都会消失不见：红白相间的路障、闪烁的信号灯、护照上的过境章。"有什么要申报的吗？""目的地？"等疑问和问题都将消失不见，嗅探寻找苯丙胺和塞姆汀炸药的警犬也将不见，所有的闲谈和些微的不确定性也将不见，所有的冒险和"去康涅兹那……"等通关密语亦将不见……而我对此完全不感到高兴。

我收集了一面印有保罗大师①雕刻的圣像、一面印着莱沃恰风景的黑金色百元克朗纸币。绿色的二十克朗正面是普

---

① 保罗大师，姓名、生卒年不详，现被称为莱沃恰的保罗大师，15世纪—16世纪雕刻家。他最著名的雕刻作品为圣詹姆斯大教堂里一座高度为18.62米的哥特式祭坛，为欧洲最高祭坛。

利比纳①，背面是尼特拉②；紫色的千元正面是安德烈·赫林卡③，背面是圣母。我还收集了捷克的五十、一百和两百纸币，上面分别印着圣阿格尼丝④、查理四世⑤和约翰·阿摩司·夸美纽斯⑥。所有的纸币都是彩色的，有些褪色，如同旧糖果的包装。匈牙利的福林则比较野性，尤其是上面印有文艺复兴时期的艺术鉴赏家和科学家马加什一世⑦国王的淡蓝色千元纸币，上面的他看起来像是会在需要时以生肉为食。五百元钞上比他出生至少晚两百年的拉科齐·费伦茨二世看上去则稍微温和一些，但他的嘴角却似是发出一声冷笑，表现出一种野蛮人对哈布斯堡家族为首的整个文明西方

---

① 普利比纳（800—861），斯洛伐克王子。

② 斯洛伐克西部的一个城市，公元9世纪时曾为大摩拉维亚公国的首都，也是斯洛伐克历史最悠久的城市之一。

③ 安德烈·赫林卡（1864—1938），斯洛伐克天主教神父、新闻工作者、银行家和政客，是第二次世界大战前捷克斯洛伐克最重要的斯洛伐克公共活动家之一。

④ 基督宗教敬奉的童贞女及殉道者，生活于公元4世纪初的罗马。她是七位跟随圣母玛利亚的妇女中的一位，在天主教的常典弥撒中被纪念。传说阿格尼丝貌美，约13岁时自称除了耶稣以外别无所爱，矢志不嫁。求婚者不得逞而揭发她信基督教，当局把她投入娼门作为惩罚。

⑤ 查理四世（1316—1378），1355年加冕神圣罗马帝国皇帝，他统治的时期是中世纪捷克最强盛的时期。当时波希米亚成为神圣罗马帝国的核心，布拉格成为神圣罗马帝国的首都。

⑥ 约翰·阿摩司·夸美纽斯（1592—1670），一位以捷克语为母语的摩拉维亚人，教师、教育家与作家。他曾担任摩拉维亚兄弟会的最后一任主教，是公共教育的最早拥护者，被认定为现代教育之父。

⑦ 匈雅提·马加什一世（1443—1490），是一位匈牙利及克罗地亚国王（1457—1490在位）。

的鄙夷。在他的引领下，特兰西瓦尼亚小步舞曲风靡凡尔赛宫，但他在五百福林纸币上的形象更类似二十元纸币上的赫梅尔尼茨基①或是我们的索别斯基②，而非任何一位路易③。是的，我喜欢匈牙利的纸币，因为它们不会装腔作势，它们对《特里亚农条约》不屑一顾，它们哀悼匈奴人的马匹在亚得里亚海晒太阳的时代。但我最喜欢的纸币是斯洛文尼亚的五十托拉。它的正面是尤里伊·维加④，遗憾的是，波兰PWN⑤百科全书中并没有他的记载。纸币的设计表明他是一位天文学家。他的容貌和年轻时的贝多芬或是德国化的首领科希丘什科⑥将军有些相像。但我更喜欢的是纸币的反面，四分之三的面积都是浓郁的蓝色，令人想起皮兰一月的晴朗天空。这幼稚的蓝色如同幼儿园的绘画，丝毫没有偷工减料，能与之竞争的大概只有罗马尼亚两千列伊的钞票。它通

---

① 博格丹·赫梅尔尼茨基（1595—1657），哥萨克酋长国首任酋长，也是乌克兰国父，领导了针对波兰立陶宛联邦权贵的赫梅尔尼茨基起义，让哥萨克国家得以建立。

② 扬三世·索别斯基（1629—1696），从1674年开始同时担任波兰国王及立陶宛大公，直到1696年离世。扬三世在位的22年间，是波兰立陶宛联邦最稳定的时期。

③ 指法国波旁王朝君主。

④ 尤里伊·维加（1754—1802），斯洛文尼亚的数学家、物理学家和炮兵军官。

⑤ 波兰科学出版社。

⑥ 塔德乌什·科希丘什科（1746—1817），波兰军队领导人，波兰、立陶宛、白俄罗斯和美国的民族英雄，担任国家武装部队最高司令，领导了反抗俄罗斯帝国和普鲁士王国的科希丘什科起义。在领导1794年起义之前，他作为大陆军上校参加了美国独立战争。

体由塑料制成，颜色是这个国家的色彩，上面还有一个半透明的箔片。它在一九九九年日全食之际发布，上书罗马尼亚语的"两千列伊，日全食"。是的，这一切终将消失，所以我从现在就开始建造私人博物馆，以便在晚年拥有一些回忆。

我的架子上有一个用来包装绝对伏特加①一升酒瓶的黑色罐子，里面至少有十公斤的零钱。当我情绪低落时，我就将罐子里的零钱都倒在桌子上，回忆我得到这些硬币和零钱的所有地方——所有的酒吧、商店、车站和加油站，所有我乘坐过的出租车和公交车。这些零钱令我想起所有的事物与地点：萨兰达的街头小摊，斯洛文尼亚 A1 高速公路上的车道支柱，蒂萨河上的渡轮，包姚②圣三一广场街上的停车收费机，伊万诺-弗兰科夫斯克③市大街上巨大的黄色啤酒桶、香烟、酒杯、玻璃杯、点唱机，以及莱沃恰圣詹姆斯大教堂面向游客的讲解机……每当我回家时，我的口袋里总是装满零钱，我永远也不会丢掉这些硬币，因为我相信乡村魔法会带领我再次回到所有这些地方，用这些零钱再买些什么。但是，用印着勇敢的米哈伊的一百列伊能买到什么呢？什么都买不到。可以在这些坚固而沉重的圆币上钻一个孔，将它们

---

① 绝对伏特加，世界知名的伏特加酒品牌。
② 匈牙利南部城镇。
③ 乌克兰西部城市，旧称斯坦尼斯拉沃夫，1962 年时为了纪念乌克兰作家伊万·弗兰科而改为伊万诺-弗兰科夫斯克。

像英勇勋章一样挂在脖子上。这些宝贝虽然一文不值，但也能在平凡甚至灰暗的日子里令我打起精神。我可以想象它曾经过的每只手，想象它从一个城镇到另一个城镇、从一个村庄到另一个村庄所经过的路途。我看到酒馆里喝酒的男人们、集市上的女人们，还有在售货亭购买糖果的孩子们。谁知道我那带有破洞的一百列伊在它失去全部价值之前，曾多少次流浪过特兰西瓦尼亚、摩尔多瓦和瓦拉几亚、蒙特尼亚①、奥尔特尼亚②、多布罗加和多瑙河三角洲？沉甸甸的硬币就如硬盘，上面存储着财富、贫穷、欲望、利润、损失和市场起伏的历史，但我无法读取，只能保管它们。我抓住所有的硬币，让它们从指尖倾泻，时间空间、社会历史、经济贸易还有人类命运仿佛在我眼前流转而过，而喀尔巴阡山脉、捷克摩拉维亚高地、匈牙利大平原、罗马尼亚低地、特兰西瓦尼亚和巴尔干地区似乎全都化作了硬币的碰撞之声。

有一回在19号公路上，我们在距萨图马雷几公里处看到了夕阳红辉下的吉卜赛营地。三四辆手推车立在路边，贫穷而悲惨，马匹骨瘦如柴，撕裂的塑料散布在可移动的物品上。营地中间是床单、毯子、床垫、妇女、孩子和罐子，这里的人居之所如同一个垃圾场，但它在阳光下闪耀着，好像

---

① 欧洲一地理区域名。指罗马尼亚东南部靠近保加利亚边境的地区，大部分属于瓦拉几亚地区。

② 又称小瓦拉几亚，是罗马尼亚的一个地区名。指瓦拉几亚西部地区，该地区以东是被称为"大瓦拉几亚"的蒙特尼亚。

随时都有可能消失，像多倍放大版的先知以利亚[①]一样升上天堂。男人们比自己长长的影子还要黝黑，正在修理某个令他们束手无策的东西。皮特说："我必须拍下这个画面。"他把车停在这个地方，抓起相机跑了出去，开始谈判。但夕光将灭，所以他向我招手，让我过去处理财务事宜。我从口袋里掏出一把克朗、福林和列伊——我们旅行的路线便是如此。我用手势解释道，我们非常愿意支付他们想要的数额，只要在合理的范围内。瘦到青筋凸起的领头人穿着一件白色汗衫，他看了看零钱，其中光是福林就至少有两美元（我们离匈牙利边境非常近）。最后他皱着眉头，轻蔑地挥了挥手，用罗马尼亚语说："不，香烟。"我把所有的香烟都给了他，包括一整包斯纳戈夫，以及剩余的万宝路和喀尔巴阡牌香烟。他接过香烟，走到自己的人那里开始分发。片刻过后，太阳下山了，他们朝萨图马雷的方向出发。三四辆破烂的手推车化为了黑暗与虚无，因为它们完全不属于这个世界：既不属于他们在伯罗奔尼撒半岛上首次在欧洲记忆中留下存在记录的七百年前，也不属于一个仿若自己影子的男人因金钱对他而言似乎麻烦大于价值而对我说"不，香烟"的二〇〇

[①] 《圣经》人物之一。据希伯来《圣经》中的《列王纪》，以利亚是一位先知，他名字的意义为"耶和华是神"。以利亚出现于公元前9世纪，当时以色列王国进入南北分裂时期，分为以色列王国及南犹大。《圣经》记载，以利亚按照神的旨意，警告亚哈王，如果继续崇拜偶像，神将审判以色列，让以色列经历旱灾。

○年五月四日。

一年后,我身处锡比乌城外某个地方的红绿灯处,可能是在克里斯蒂安①,也可能是在锡比乌米耶尔库雷亚②。正在修路,我们相反方向的车道是绿灯。两个孩子利用这种强制停车等待的机会,跑到汽车边上,进行了一场喜剧和乞讨相结合的小型表演。我递给他们一张纸币,没有拿到钱的孩子把它从幸运得到的孩子手中抢走,被抢的孩子开始叫喊着扭打抢劫者的背。我又递给他们一张五元纸币,安抚那个吵闹的孩子。后来,我在后视镜中看到了他们二人,看到他们无比和谐地享受着攻心表演奏效的战利品。

我任零钱从手中滑落,如抚摸盲文相片般摩挲着钞票,因为我的手指可以感觉到发生的故事,鼻子可以嗅探到这些地方的气味。对我而言,微小而沉重的一百福林硬币将永远是曾普伦青翠山丘的缩影,当年在乡村小酒馆里喝一杯梨味帕林卡酒正是这个价格。根茨、泰尔基巴尼奥、维尔马尼亦然。透过印有爱明内斯库的破旧千元纸币,特兰西瓦尼亚和别尔坦、罗安多拉、科珀沙马雷③、弗洛雷什蒂④狭小阴暗的商店总会浮现,它们如同特兰西瓦尼亚炽热中的凉爽山洞。当我买一瓶又一瓶的葡萄酒时,我得到了这一沓沓、一捆捆上面满是汗水和污垢的零钱。如果没有无休止的货币交换,

---

①② 罗马尼亚中部城镇。
③④ 罗马尼亚中部乡村。

没有不停的收与支，没有旨在总和正确的计算，没有对收回的一切都完整无缺，甚至因热爱和渴望而获得盈利的期望，记忆还有什么呢？如果没有付出，没有清点留下的东西，没有翻找出口袋里的物品：吉卜赛人、钱、护照章、门票、马蒂河①岸的石头、三角洲被多瑙河流磨平的牛角、斯洛伐克的罚单、皮兰的停车票、苏利纳一家酒吧的账单——两份炸欧鲇、两份土豆和两份沙拉、一瓶葡萄酒、一瓶西瓦啤酒，总共八万五千七百块钱……旅途又剩下什么呢？

　　这张账单的地点位于德尔泰大街后。从街道直走入一间有四张小桌的屋子，楼上是一家小旅馆。吧台后面站着一名留着短发的高瘦女子，她的脸庞柔和而忧郁。她一个人做饭，擦玻璃杯，端送酒和食物，仿若一道清浅的影子。满身鱼腥和柴油味的男人们来了，椅子在他们屁股下面嘎吱作响，他们喝了啤酒，抽了烟，在咕哝低语后又返回岸边，回到生锈的驳船和拖船上，回到浸泡在浑水中的铁锈边，回到对虚空敞开动脉的悲伤河流里。年轻女子清洗了烟灰缸和瓶子，回到吧台，将盎格鲁-撒克逊歌曲汇编录音带翻了个面。艾尔顿·约翰②、吉尔伯特·奥沙利文③、卡朋

---

　　① 阿尔巴尼亚的河流，位于该国中北部，最终注入亚得里亚海，河口处于莱什和拉奇之间。
　　② 艾尔顿·赫拉克勒斯·约翰（1947— ），英国籍摇滚乐唱作人、作曲家、钢琴家和演员。
　　③ 雷蒙德·爱德华·吉尔伯特·奥沙利文（1946— ），爱尔兰创作型歌手。

特乐队①,都是二十世纪七十年代和八十年代的歌曲。窗外,一匹瘦弱的黑马被拴在一辆橡胶轮胎的马车上,隐没在黑色木屋的阴影中。警察那天第七或第十二次沿着沙路人行道巡逻。再远一点,一名穿着条纹睡衣的男人站在铁丝网旁,直望着前方。建筑似乎被废弃了,但标语说那是医院。通往苏利纳酒店的车道上生长着高高的草丛。大陆在这里结束了,所有事件也即将终结,而草丛静静等待着这一切发生。女子带着微不可察的微笑给我拿来账单,然后又立即回到了她的世界。

这张停车证则来自鲁容贝罗克②的一家小旅馆……在一整天的车程以后,我们直到深夜方才抵达。城镇里飘散着纤维素工厂的臭气。山体的黑色轮廓在天空的映衬下黝黑一片。市中心的一切看起来都很廉价和一次性,通常都不是用坚固的材料,而是用塑料建造而成。墙壁、门和家具则伪装得稍微上点档次。酒吧里,老板和他的家人们正在寻欢作乐。两名穿着白衬衫和樱桃色马甲的表演者正在调整雅马哈钢琴和麦克风。唱歌的表演者拿着一本厚厚的歌词本,另一位即兴演奏。七八个人跳着舞。两名几岁大的小女孩看着表演节目的明星们,她们是老板的孙女。老板是一名五十多岁的男子,面如磐石,戴着金表和金链,试图不在舞池里丢掉尊严。每个人都谨慎而僵硬地挪动着,似乎怕撞到其他人,

---

① 美国歌星理查德·卡朋特和卡伦·卡朋特兄妹二人组成的演唱组合,20世纪70年代至20世纪80年代初期风靡一时。

② 斯洛伐克北部城镇。

尽管空间足够。他们看起来像是被强迫的，或者还在学习中，或是在排练新的角色。暗淡而忧郁的灯泡照亮了室内，如客人们一般踌躇。女人们云鬓堆积，无法控制高高的高跟鞋。老板脱下外套，只穿灰色马甲和白色衬衫，小心翼翼地移动他巨大的身体，仿佛这是他一生中第一次听到音乐。片刻过后，又有三四个人在一名身穿黑色西装、戴着墨镜、体形庞大的光头的带领下走了进来。他给人留下的印象完全符合他自己的计划。他的身后，有人捧着一束花。他们站在那里等待被迎接，但并没有人迎接他们，于是他们慢慢地走进了这毫无生气的聚会，只留一个脖子比自己的光头还要宽阔的大块头站在入口处，仿佛一切归自己所有般扫视着室内。这些人一定都看过《教父》三部曲的所有内容，尤其是其中的派对场景。现在他们正试图通过塑料的枝形吊灯、假花和甜菜红色的人造皮革装饰品，在热门歌曲《马马虎虎》不屈不挠的旋律中重现它。而一切都表明，未来将属于他们。

我把所有这些际遇都放在一个鞋盒中，有时我会如一只鹦鹉抽出一张彩票般，从中掏出一个或另一个。这张绿、红、橙色的狭窄纸条是一张两次票，在打票机上往返被打了两次。这是从锡比乌到勒希纳里的电车票，电车在城市和乡村之间来回穿梭。我最详尽的地图上也没有标记这条电车路线，但我至少乘坐了两次，沿着它的轨道开车行驶了四次。以这张纸为引子能够展开一些不错的故事：关于埃米尔·齐奥朗在锡比乌的失眠；关于想要培育罗马尼亚天才的康斯坦丁·诺伊卡①在珀尔蒂尼什的疯狂；或是关于卢齐安·布拉加，夏季在古拉勒乌卢伊②的那几个月里，他试图构建罗马尼亚本体论。这三个人都不得不乘坐这趟纪念奥匈帝国时代的电车。这就是鞋盒的运作方式，我的思绪如同一只抽取彩票的鹦鹉。装绝对伏特加酒的金属罐也是如此。它宛若一盏充满巧合、意外和冒险的幻灯，虽然哪里都去不了，却可以编造出天马行空的故事，因为它所涉及的记忆和空间可以在任意时间、任意地点开始，而且永不终结。开车到康涅兹那就足以证明这一切，只要开车去那里，再在一两周后回程就足矣。就会看到时间已然静止，在等待着我们的回归，它完全没随我们一同奔走，而我们的旅途中所发生的一切都是同时发生的，没有任何因果或顺序，我们一分一秒都没有老去。当红白色的路障升起，这是一种永生的幻觉、一种太极的巧妙变化、一种运动中的冥想；而说到底，坦白而言，这是最平常不过的逃避。

但能在深冬说一句"去他妈的，我要去奥博尼，去索尔诺克附近匈牙利大平原中心的那个洞，通过它穿到地球的另一侧"，真好啊。仅仅因为六年前看到了安德烈·柯特兹摄于一九二一年六月十九日的一张照片，我便从此不能忘怀。照片上，在一名十来岁男孩的引领下，一位盲人提琴手正一

---

① 康斯坦丁·诺伊卡（1909—1987），罗马尼亚哲学家、散文家和诗人。

② 罗马尼亚中部乡村。

边穿过一条乡村沙道,一边演奏着。好一阵子没有下雨了,因为沙路干燥,孩子的脚是干净的。推车窄窄的铁轮留下的车辙也并不深,它向左拐去,离开了照片边缘越来越模糊的画面。在照片的模糊深处,可以看到两个坐在路边的人,他们旁边那两道白影可能是鹅。在照片焦点和模糊边缘之间,有一名几岁的孩童站在中间。他向侧面看去,似乎没有听到音乐,或是这两名行人的出现是稀松平常的事情。因此,我在寒冬里前往奥博尼,但一无所获。我在离开布达佩斯时往油箱加满油,四分钟后路过了一个小镇。一个女人正在晾晒洗过的衣服,然后房屋便立马消失了。我并不是真的在寻找什么,毕竟没有什么能够持久不衰。一切都留在了照片之中。我转向蒂萨河的方向。普兹塔草原夕光正起。零星的房屋,白杨树林,两个在裸露的土地上朝着地平线方向走去的孩子,黑色的空鹳巢,所有这一切都被笼罩在无边无际的燃烧天空下。过了蒂萨奥尔帕尔[1]之后,黑暗降临了。

第二天,我在凯奇凯梅特[2]的摄影博物馆购买了一本安德烈·柯特兹摄影集,发现盲人提琴手根本不是左撇子,我家里的照片是翻转过的版本。我必须在一月份开车去奥博尼,不做停留地穿过它,只为第二天在几十公里外的地方得知那名给音乐家领路的男孩是他的儿子。这条信息对我完全

---

[1] 匈牙利中部乡村。
[2] 匈牙利中部城市。

没有用处。我只能想象他们的生活，把那一天延伸到相框之外，用他们脆弱的存在填满那个久远的空间。父亲的鞋子破旧，他穿着一件深色外套，右肩上背着另一件覆盖物，类似破裂的薄毯。儿子还携带了毯子或毛巾一类的物品。他们为恶劣的天气和寒冷做好了准备。男孩手里拿着一根小树枝。提琴手的帽子边缘下面别着一根白色香烟。至少我是这样认为的，我必须收集尽可能多的事实来填满那一天。六月十九日，太阳在三点十四分升起，一两个小时后，热意从普兹塔草原上氤氲而起。这里没有树荫，从一个城镇到另一个城镇距离很远。零星的房屋隐蔽在地平线之后，通往它们的道路笔直犹如伤疤。这里距新萨斯①十四公里，距乌伊西尔瓦什②十四公里，距特尔泰盖③和克勒什泰泰特伦④十公里，距托赛格⑤十七公里。静止的空气中飘有牛粪的气味。当微风从东方吹来，它带来了蒂萨河湿地的气息，可以听到鸟儿在湿地上的鸣叫，训练有素的耳朵甚至可以分辨出翅膀的干哨声。有时，一支沉重的灰色大角牛队或者一辆叮当作响的马车经过，就会闻到烟草、未鞣制的皮革和马汗的味道。这些运输工具的声音渐渐消失，消失在地平线之后，只留下飞扬的尘土。

　　这是我的匈牙利，我不能自已。我知道，这一切都属于过去，可能实际上从未发生过。我知道，八十二年之后，八

---

　　①②③④⑤　匈牙利中部乡村。

十五公里之外便是布达佩斯，然后是埃斯泰尔戈姆[1]和其余地方，还有声名与荣耀，以及世代所积累的、渴望跨越时间经久不衰的一切。但我的匈牙利在奥博尼，这个我甚至没有停留的地方。或许是因为，这位盲人音乐家可能出现在任何世人都未曾踏足过、未曾提及的地方，而正是这些地方组成了这个世界。只有奇迹才会使他和他的儿子不被遗忘。"我在星期天拍下了这张照片。音乐惊醒了我。那位盲人音乐家演奏得如此美妙，以至于直到今日我仍能听到他的音乐。"（安德烈·柯特兹）。

是的，这是我的匈牙利，无论我走到哪里，我都可以随身带上它，而它不会失去它的生动感。它就像相片的底片或是幻灯片，闪烁着我记忆的光辉。在托尔纽什内迈蒂[2]，有两名男子向我走来。他们就这样从黑暗中冒了出来，开始演奏。一人吹着口琴，另一人弹奏着声音沉闷的吉他。那天天气很冷，还有雾。等候清关的卡车车身连成了一堵黑墙。吉他手拨弄着他的手指，我知道，他的手指一定很疼。音乐因严寒而僵硬，几乎乐不成章，只能听到音符匆忙而急促的节奏。琴弦断了，但他们却继续演奏下去，眼中含着悲伤，怀着对无望之事的满腔执着。我们尝试用匈牙利语和斯洛伐克语夹杂着进行交谈。他们并不是想要钱，而是想要换钱。他

---

[1] 匈牙利北部城市，大约在布达佩斯的西北50公里处。从10世纪直到13世纪中期，埃斯泰尔戈姆是匈牙利的首都，原本是皇家的居住地。

[2] 匈牙利东北部村庄。

们有一些十、二十、五十分的波兰硬币，无疑是从我们的卡车司机那里得来的。他们将这些硬币卖给了我，换取了福林。他们道了别，消失在了黑暗中。他们可能来自根茨，我这样想象着，因为只要有机会，我就会联想到根茨。年纪小一些的口琴手，可能是三年前胡斯之家旁的酒吧里，被酒保拒绝接待的那两名孩子其中的一位。在这个故事里，一切皆有可能发生。如果可以的话，我想问问在那个夏天与我掰手腕并为弗兰茨·约瑟夫干杯的、在裸露的身体上直接披着粗纺大衣的瘦弱男孩怎么样了。如果这两位演奏者来自根茨，那他们一定认识他。他们也一定认识那名如巧克力般黝黑、如球般圆滚的、裸露着上半身的男子，他每天都驾着一辆小型的两轮马车沿着主街行驶。我仍能听到马蹄铁在被高温软化的沥青上轻柔的踢踏声。

现在是冬天，我需要这样的声音。透过窗户，我看到了一支由两匹马组成的团队，马车上坐着四名包裹严实的男子。马匹发抖得厉害，战战兢兢地踩在冰上。它们从薄雾中出现，片刻后又消失了。如果是夏天，他们就不用返回佩特纳①或马瓦斯图夫，可以前往康涅兹那，奇迹般地绕过警卫和规章，偷渡到斯洛伐克那一侧。到了兹博罗夫，他们就会与当地人融为一体，在风格、服饰、面相和总体的外观上都没有区别。时间应该是五月，已经有供马吃的青草，只是清晨有

---

① 波兰南部村庄。

时会有霜冻。我会亲自和他们一起前去，看眼前缓缓滑过的世界和他们如此熟悉而又不同的面庞。我会如同鬼魂坐在一边，聆听他们的交谈。他们可能会谈及旅途中的一切都在发生变化，但不至于立刻让人感受到国境两边的泾渭分明。斯洛伐克语的名字悄悄变成了匈牙利语，然后是罗马尼亚语、塞尔维亚语、马其顿语，最后无疑是阿尔巴尼亚语——假如道路一直沿东经约二十一度延伸的话。是的，我如幽灵坐在一旁，和他们一起喝着随风景变换而变化的各类酒精：巴洛维卡酒、梨味帕林卡酒①、苏伊卡酒②、拉基亚③，最后在奥赫里德湖④边喝着阿尔巴尼亚拉克酒。只要我们远离主要的公路，没有人会拦下我们，也没有人会盯着我们。这个地区到处都是被遗忘的道路。道路向一侧稍微转去，时间也随之放慢，仿佛它也逃离了某人的监视。时间就像马车上男人们的衣服一样逐渐磨损。看起来被抛弃的东西会持续下去，褪色退化，直到平静地终结，直到存在不知不觉变成虚无的那一刻。我这样想象着，而他们已消失在雾中。我看到他们穿越匈牙利大平原、特兰西瓦尼亚和巴纳特，就好像他们在那里出生，才从田地或森林的生意、拜访或工作中返回家园。

---

① 匈牙利传统酒饮。
② 罗马尼亚传统李子蒸馏酒。
③ 塞尔维亚国饮。
④ 阿尔巴尼亚和北马其顿边界上的淡水湖泊，以湖边北马其顿一侧的奥赫里德市而得名。其面积达358平方公里，最深处为288米，是欧洲最深和最古老的湖泊之一。

时间在他们面前宛若空气散开，又在他们走过后再次关闭。动物令时间返璞归真，回归最初的模样。动物是鲜活的，但并未破坏时间的精微材质。

每当夏天我从罗马尼亚回来时，汽车的整个底盘总是沾满牛屎。一天晚上，当我从珀尔蒂尼什一侧沿着蜿蜒的弯道下山时，发现自己驶入了勒希纳里的第一批建筑之间，我听见了车轮下一连串尖锐而响亮的飞溅声。整条路都布满了绿色的排泻物。片刻之前，一群牛离开了牧场，我仍可以看到正为自己寻找地盘的最后的那群牛。它们抬起尾巴，站在大门下拉屎。如果我刹车了，我会像冬天在冰上一样滑倒。奶牛和水牛把这个路口变为了溜冰场。它们接管了这条锡比乌社群前往他们的山间别庄通常使用的路线。从马路一侧到另一侧，一切都被屎覆盖，在夕阳的余晖中渐渐被晒干。骑摩托车的人最是倒霉。动物已经侵入了人类世界的中心，这很公平。现在，每当我在黄昏时驾车穿越特兰西瓦尼亚的村庄、普兹塔或我们波兰的山区时，我都会听见那尖锐而响亮的飞溅声。每当我听见它，我都觉得这不是最糟糕的，因为我们还未陷入彻底的孤独之中。

还有一次，我在拉迪亚前从 76 号公路上驶下，迷失在了乡村的道路之间。那可能是在塔德或德勒杰什蒂①，我不记得了。无论如何，可以看见东面远处平缓的山脉，匈牙利

---

① 罗马尼亚西北部村庄。

称之为国王森林,罗马尼亚称之为克拉鲁伊森林,而我们波兰人则称之为皇家森林。那是下午晚些时候,倾斜的日光将周遭的一切镀上了金色的光辉,拉长了它们的影子。一个小时后,我就要离开特兰西瓦尼亚,进入匈牙利大平原,所以我想最后再看一看这里。就在那时,我来到了那座村落。房屋比邻而列,排布成一个宽大的环形。中心是一个公共花园,长满了年轻的桦树。尽管它是一座村庄,但是行驶在其中就像在矮林或桦木灌丛间一样。乡间院落仿若年份不久的公园,在深夜里,数十棵苗条的树木散发出蜂蜜般的浓郁光泽。这样的景象只能在梦中看到。到处都是白色的墙壁,但没有人。只有大约十只沉甸甸的粉毛肥猪在这片风景中小跑着。它们鼻子嗅着地面,寻找着食物或踪迹,仿佛它们取代了人类统治这里并追踪敌人。在金色的暮光下,它们百公斤的身体犹如一种精美的亵渎。它们很干净,仿佛没有住在猪圈里。暗沉而刚硬的皮肤下,皮肉因血脉而肿起。是的,那是某种超自然的光芒和温暖的暗黑物质。我仍然想着这些,有一天我会回去,看看那个村庄叫什么名字。没有名字的话这一切太像是幻想,我需要能够像相信幻想一样去相信真实的东西。

去年夏天,我乘大巴前往萨兰达。大巴是一辆非常旧的奔驰,勉强攀爬上穆兹那斯①山口。我看见了下方悬崖底部

---

① 位于阿尔巴尼亚南部。

的红色残骸,生锈的货车和轿车将躺在那里直到审判日来临。大巴上坐着几个人。在德尔维纳①附近杰尔山脉的另一侧,我们驶入了一场暴雨,在倾盆大雨中抵达萨兰达。看起来像是父子俩的两名男子在雨中从大巴行李舱里卸下行李——以各种方式捆装的和以各种材质袋装的,也许是他们一辈子的家当。这一切看起来充满悲情。他们浑身湿透。最终,他们从大巴的行李舱里抱出了一只小狗。这只小动物被安放在行李间,仿佛那里是它的家。然后大巴离开了,大雨落在他们的身上。

我回想起所有的动物,就和我遇见过的人一样从记忆中清晰地看到了它们。乔尔诺戈拉脱缰吃草的马儿、普兹塔头角巨大的野牛、三角洲腹部深入泥泞水流的奶牛、布加勒斯特的狗,所有动物都松散而自由地活动着,在人与兽没有界限的世界里寻找食物。在圣格奥尔基的时候,我在黎明时去后院的茅厕。棚子是那么低,进去之前就得先脱掉裤子,因为人在棚子里面必须弯腰至九十度,上完厕所再出来拉起裤子。就在那时,一只红色的公鸡攻击了我,它的喙向我想遮掩的那个部位啄来。母鸡们停止了扑腾,钦佩地看着它,我穿过树篱向屋子后门跑去。这只公鸡不再追我,但我仍感到恐惧,因为每一天保护着我们一劳永逸的现实的世界外壳突

---

① 阿尔巴尼亚南部城市。

然片刻破裂。过了佩尔梅特以后，可能是在科西涅①，一个骑着毛驴的女人从小路上冒了出来。她如此年迈，被太阳灼烧着，皱纹密布，望之古老。倘若不是她的衣服由人造材料制成，可能她会被误以为是动物的一部分。一人一驴沉浸在尘土和热意之中，成百上千次走过那条路。他们在白石小路上的影子叠二为一，如同他们的命运融合为一。

我看到马车上的那四个人已经是第二天的事了。为了在夜幕降临之前赶回家，他们总是在同一时间出现。在树林之中、融化的积雪和泥泞之间度过一整天后，他们筋疲力尽，马匹也耗尽了力气，步履蹒跚，马头低垂，动作就和坐着的人一样沉重。男人们无精打采地坐着，头低垂着，一点一点地，似乎即将陷入沉睡。当雾开始笼罩住他们，动物和人便无法区分。我注视着他们身后的车辙，想象着他们留在冬日空气中的气味——变凉的马汗、又潮又闷的衣服、紧贴后背的湿衬衫、背带的破旧皮革和千百年来浸润的单调劳作的气息。这是什普林德国酒吧里那两位牧羊人身上的气味，是大卡洛田地的气味，是黎明时分从杰利亚京前往克瓦西的红皮火车的气味，也是苏利纳的老房子的气味。我住在河南岸的其中一座老房子里。我在白天时走进去，透过半开的门看到了一间房间的漆黑内部。人们躺在一张大床垫上，有三四个或者更多人。在纠缠的半裸身体之中，我可以分辨出一个孩

---

① 阿尔巴尼亚南部乡村。

子窄小的肩膀和从薄被下伸出的脚掌,但大部分隐没在黑暗里。可能其中也有大人,有女人和男人,有整个家庭。我感受到了阴影和沉睡的气息。他们躲避着残酷的白热天空,但热气追赶着他们,或是他们自己就散发着热气。可能也有人来问候过他们,但没有人动弹。他们的皮肤在床单上看起来几乎是黑色的。我进入了某个陌生人的家,看到了最无防备状态下的他们。他们脱离了自己的生活,陷入昏睡并对此完全没有掩饰,就像宠物也不会避着我们睡觉。我去了自己的房间,再也见不到他们了。我只记得饱和、沉重而黝黑的身体,它们仿佛再也不会爬起来了。

是的,不可否认,我对衰落、腐朽,以及出乎常理、离经叛道的一切都感兴趣,包括因为缺乏力气、意愿或想法而半途而废的一切,被遗弃的、被放弃的、没能持续也没有留下痕迹的一切,自生自灭、不会引起任何遗憾或怀念的一切。当下并没有完成。历史只有被讲述才会绵延千年,而事物只有被注视才真的存在。所有的多余之物、没有它所有人也很好的存在、并非财富的冗余和过量、无人想要探索究竟的隐藏和会被遗忘的秘密、会吞噬自我的记忆,它们始终困扰着我。三月接近尾声,我听到雪在黑暗中从山上滑落。世界犹如蛇在蜕皮。我每年都有这种同样的感受,并且每年都在加深——这是我所在地区、我所在大陆一角的真实面目,这种变化不会造成任何改变,只会耗尽它自己。也许在某个早春,不仅雪将消融,其他所有事物也将随之融化。棕灰色的水流将冲走城镇和村庄，冲走动物、人和可冲走的一切，直到地球裸露出骨架。气象和地质将联合起来，与历史和地理结成不太可靠的联盟，共同进行统治。永恒将勒住瞬息之喉，元素将返回它们在门捷列夫元素表上的位置，存在不再需要任何情节、任何讲述、任何故事来进行解读。

　　我在朱拜①附近的拉雷兹湾岸边看到了一座军营。稀疏的铁丝网栅栏围着帐篷，褪色的帆布开裂下垂。士兵在小床上睡着了，光着的脚伸在外面。那天是星期日。再往前几步远的地方，地拉那的人们躺在躺椅上晒着日光浴。铁丝网围栏并没有隔开任何东西，因为两侧的双方都一无所有，他们都能爬起来就收拾好自己的东西离开。如果收起帐篷和沙滩伞，那么海岸看起来就会和从前一样。余下的只有对任何人都没有用的上个时代的地堡，它们正逐渐成为自然景观的一部分。

　　这里的一切都只为自己而存在。人们如海绵吸水一样吸收着时间，仿佛因为害怕时间终结，而将自己浸湿、收集并贮存它。有时我会坐进车里，开车数个小时到离家三四十公里的地方，进入迷宫般的公路、土路、横穿草地或树林的近道，只因我在地图上看到了一座名为下高卢或伯利恒②的小村庄，或是名为乌克兰或西伯利亚的三间小屋。我没有臆

---

① 阿尔巴尼亚西部村庄。
② 波兰南部村庄。

造,可以参照《下贝斯基德山和山区地带》(欧根纽什·罗默①),它们全都位于地图左上角。但一路上,我忘记了我的目的地。我只需从主干道拐下来便足矣,我感觉到世界的空间变得越来越密集和顽强,它的确给了这所有的房屋、农场、篱笆后有限的财产,还有几乎没有从地里长出并冒出地表,但正努力存活下去的一切以恩典。一切就这样每天苟延残喘,似是被剥夺了希望,只靠宿命论将它们拼凑在一起。混凝土、砖块、钢材和木料以任意比例混合,似是发展和衰落无法达成最终的协议。旧事物看上去荒废破落、被放弃了,再无力回天;新事物则傲慢而挑衅,正努力消灭过去的耻辱和对未来的恐惧。一切都是临时的,现在时不断地发生,永远也不会变为完成时。这一切都可能在瞬息间消失,空间将填补它的位置并代替它生长,让那里看上去从未有过存在之物。这里看起来像是永远不会到来的开始的前奏,像是没有中心的边缘,或是一直延伸到地平线的没有城市的市郊。是的,风景吞噬了它们,空间填补了空洞,因为我驾车经过并绝望热爱的那些地方,它们的存在被本身的存在耗尽,它们的感知也在试图延续的努力中失去。因此,它们的外观与自然如此接近,以至于几乎无法在初春雾蒙蒙的日子里将它们与周围的环境区分开来。再过片刻,低矮的天空将

---

① 欧根纽什·米科瓦杰·罗默(1871—1954),波兰杰出的地理学家、制图师和地缘政治家。

如一扇门猛然关闭,一切都将消失。这就是为什么我急于加速前行,为什么我如此热衷于这些马上就会消失的细节并必须以文字重现它。我不知道,这一切为何存在,我很久以前就失去了找到答案的希望,所以为以防万一,我飞快地将这一切以文字记录下来,用与之相符的一致性来代替正义和意义。

几天前,我开车穿过杜兰布卡①。锡克林山的阴影填满了山谷。泥坡上面,一个佝偻着腰的男人架着一辆马拉的犁车。一名女子弯腰跟在他们身后,将犁翻出来的石头扔到一边。这是一幅如《圣经》般凄美的宏大场景。风吹拂而过,傍晚的倾斜光线时而穿透云层。在它的照耀下,山上的三个剪影变得如此突出,仿佛不属于这个世界。是的,几天前在杜兰布卡,再几天前是图尔扎②,一周后则是摩尔多瓦或马其顿的不知名小镇。要是写"我正驾车穿过金色布拉格""有一次在布达佩斯""某一回在克拉科夫"或"在索斯诺维茨③"呢?不行,那里什么都没有,没有描写的重点和表达的途径,没有比喻,也没有在这些城市城门以外依然奏效的语言。"华沙一日"有什么意义呢?这片大陆的城市都是意外建成、偶然兴起的,本不该在那里存在。试试看在高峰时段穿过布达佩斯吧,反正也无法绕开它,它仿若一只蜘蛛

---

①② 波兰南部乡村。
③ 波兰南部城市。

坐落在路网中央。或者试试穿行过华沙和布加勒斯特吧,旅途中路过城市完全就是灾难。特别是在犹如大农村的国家,村民们不知如何建设城市,他们最终想到了一些外国神灵的图腾。市区是不太成功的复制品,而郊区则总似废弃的农场。过度铺开的店面房,丧失幻想的悲哀。每当我平静地开着车时,这些愚蠢的城中总会突然拔起高楼,令我大吃一惊,因为这些海市蜃楼的出现没有任何预警,也没有任何道理。我会尽一切可能绕过这些幻象,走绕城道路,甚至尝试几乎在地图上看不到的道路,只为逃开市中心高楼大厦的长长阴影。任何人口超过十万的地方都被我排除在外。你们自己看着办吧,怀着某天它能够完全挡住你们看到自己来处的视线的希冀,建吧。

我不断这样重复着,穿梭在蜿蜒的环城路、立交桥和快速路网中。我对路牌和道路编号视而不见,将地图铺在方向盘上,身后的车对我鸣笛,我瞄了眼后视镜,发现自己的车笼罩在卡车的阴影之下。黎明时我在杜兰布卡,傍晚到了布拉迪斯拉发,一直行驶到维也纳交通大动脉的节点,冲破它来到庞大帝国首都的另一侧,再向南而去,在深夜抵达佐洛河①边一个昏昏欲睡的村庄,然后到达斯洛文尼亚边境旁的包永谢涅②。五十岁的盖萨先生在那里经营着一家开在古老

---

① 匈牙利西南部的河流,河道全长139公里,流域面积2622平方公里,发源自奥地利和斯洛文尼亚接壤的边境,最终注入巴拉顿湖。
② 匈牙利西部村庄。

的水磨坊里的客栈，凌晨两点，他送来了红酒和培根炒鸡蛋，重复说着"布达佩斯和以前不一样了，人们不再互相交谈了"。如果一月没有下雪，那么清晨阳光下的柳树和芦苇将是褪色包装纸的颜色。现在我觉得，也许是因为周边比较潮湿；也可能是因为那里的天空即便在匈牙利而言也非常低矮，是它的重量将湿气从土壤中挤压了出来。

距离此处二十多公里，就是达尼洛·基什[①]在第二次世界大战期间居住的地方。他的父亲在这个地区疯狂地流浪，在酒馆里喝"伦达瓦纯手工制作的托考伊酒"。伦达瓦如今是斯洛文尼亚一侧的边境城镇，奥顿叔叔在这里骑自行车。他的左腿僵硬，一动不动地挂着，右脚则被束带系在脚蹬上踩自行车。他沿着尘土飞扬的黏土路骑到佐洛埃格塞格[②]，视察自己复杂的生意。如果基什的父亲如同布鲁诺·舒尔茨[③]笔下的角色，那么他的叔叔则来自贝克特笔下。这是当我读基什黑绿色封面的《花园，灰烬》[④]时的想法。命运使然或机缘巧合，书的封面上有一个棕褐色黏土鸟的意象。两年前的冬天，我在那个地区的马扎尔松包特福[⑤]买下了两个

[①] 达尼洛·基什（1935—1989），塞尔维亚人，南斯拉夫小说家、散文家和翻译家。

[②] 匈牙利西部城市。

[③] 布鲁诺·舒尔茨（1892—1942），波兰犹太裔作家、美术家、文学评论家、美术教师，被认为是20世纪最出色的波兰语文体家之一。

[④] 南斯拉夫作家达尼洛·基什基于自身童年生活于1965年创作的小说。

[⑤] 匈牙利西部村庄。

颜色完全相同的黏土天使。这里是陶艺家的天地，但马拉布特出版社未必知道。因此这是巧合或命运的安排，是让我再次前往那里、寻找伯爵森林及分布在书中的其他地形特征的信号。因为故事应当摆脱时间和逻辑继续下去，将想象与事实割裂。故事应当有后续，这后续不必与开头有所联系，只要和开头一样由相同的元素构成、呼吸着相同的不再新鲜的空气足矣。我不停告诉自己，如果什么都没有找到也没有关系。我在地图上看到了一条河流的蓝色脉络，它叫克尔卡河。沿岸的灌木丛间，有一名几岁大的小男孩生活在成年的达尼洛·基什的记忆或想象中。他四肢爬行，咀嚼野生浆草的叶子，突然看到天空中上帝的模样。"他站在云的边缘，危险地俯下身，保持非人类而超人类的平衡，头上的光环闪闪发亮。他出人意料地出现，又如流星般迅速而出人意料地消失了。"即便那些时光没有在那里留下任何东西，河流仍然在那里，还有灌木丛和天空中的云彩。天主显灵不需要比这更多的东西，就像永恒一样。永恒永远不会造访我们的城市，因为它的降临意味着城市消失归于大地……是的，所以达尼洛·基什最终不得不出现。他在一九五八年写道："旅行意味着生活。"他引用了安徒生的话语，但赋予了全新的含义。他的父亲构思了《大巴、轮船、火车和飞机时刻表》一书，想在最终完成并完善的版本中以时间和距离为单位描述，或者说是复刻整个世界。出发时间间隙和距离之间的空白之处，都将被迄今为止积累的有关陆地和水域、文化和文明、历史和地理、从炼金术到动物学的各个领域的知识填满。如果这样一本书写就了,所有旅行都会变得多余,都将被阅读所取代。我就不需要从杜兰布卡跋涉到包永谢涅,然后再走二十多公里到克尔卡河下游。我可以坐在家中,知道我旅途看到的都不过是复制品,不过是这本书章节或段落的苍白倒影。我就不会提笔,因为从杜兰布卡出发的道路和其他所有道路都将处于原始且理想的状态,未被人的脚掌或车轮触及。前往亚斯沃①的巴士将永远停留在站台里,前往克拉科夫的亦然,晚上十点四十分前往布达佩斯的跨国大巴同样如此,等等。一直到地球最远的角落,无论人们去到哪里,他们都会在那里找到完成这些章节的疯狂天才的足迹。遗憾的是,这部作品从未完成,而最初的草图、笔记和图表,那一沓写满修订字迹的打字稿于二十世纪四十年代在佐洛河附近遗失。

  这似乎也是我的护照变成如今模样的原因之一。没有时刻表,没有指南,没有计划,全凭偶然,我不断地从零开始,尝试着自己去发现。我必须前去,比如巴亚马雷,就像之前从未有人去过那里一样;或者在盛夏的中午前往杜克拉,那时影子会在脚下缩成一团,而广场上的孤单变得浓郁,仿佛最后的审判日马上就会降临;或者在一月穿越普斯

---

① 波兰东南部城镇。

陶劳德瓦尼①，攀登斯洛伐克边境高耸的荒芜地带，去看看那里死气沉沉的边境和山脉，它们看起来似从未被人类目光碰触，而布兹卡②的红白路障和值守警卫警惕着走私者忏悔的鬼魂。有一天，我为了绕开布达佩斯而去了那里，开车驶过布科维茨北坡和马特拉山，希望在几个小时内奇迹般地抵达埃斯泰尔戈姆的多瑙河大拐弯③。八月的某天，我在那里，在帕兹玛尼和巴提亚尼街交叉口附近的小巷中发现了一家酒吧，它的内部像是准备举行婚礼招待会的乡村小屋，铺着格子桌布的几张简单桌子，还有几把椅子便是全部。一个穿着背带裤的胖子出现并拿来一张菜单，上面手写着几道菜名，字体颇有古朴书法之风。屋里很冷，静悄悄、空荡荡的。我觉得自己似是太早来到派对的客人。我点了蘑菇汤。背带裤男子把它端到我面前，如同把食物放到一位刚下班的打工人面前。我可以把手肘撑在桌子上吃饭，甚至也可以狼吞虎咽，没有人会在意。尽管一千多年前，圣史蒂芬就在距此不远的地方受洗并顺便一口气施洗了整个匈牙利。

那是八月，大教堂山仿若海市蜃楼，在炎热中熠熠生辉。我已经不记得我是从哪里回到这个地方。通过多瑙河上的绿色桥梁之后，很快便到了斯洛伐克。它昏昏欲睡，安静

---

① 匈牙利东北部村庄。
② 斯洛伐克东南部村庄，靠近匈牙利边境。
③ 多瑙河在匈牙利国内的一个大型转弯河段。多瑙河在这里由东西流向转为南北流向。多瑙河大拐弯是匈牙利最为著名的观光景点之一。

的农民们等待着将要到来,但不一定会到来的未来。灰砖水泥和村庄像被刀切割一样突然结束,穿着白色汗衫的大腹便便的男人们坐在客栈前的塑料椅子上喝着啤酒,他们赤脚穿着鞋,仿佛甚至还未走出家门和院子,仿佛他们的住所涵盖了整个村庄、整个地区和其他地方,起码囊括了周围两三个公交站的范围。有时,女人会穿着睡衣或浴袍,踩着拖鞋站在他们身旁,她们不坐下来,只是站着以便交谈。

是的,斯洛伐克昏昏欲睡。渐浓的午后,只有吉卜赛人还在活动,无处不在,如散落的黑色念珠般在闷热中滚动。下午五六点,科希策和普雷绍夫的环城公路就像周日黎明一样空旷。在梅济拉博尔采①,生灵也只存在于通往兹博罗夫的道路旁边酒吧的昏暗内部,那里有镇上唯一的一台 ATM 机,有人手持着玻璃酒杯取钱。但那是另外一回的故事了。

那次我正开车前往乌布拉②,一路向东,往乌克兰边境行驶,因为一位名叫波托克的人在那里经历了许多冒险,有几次差点没能逃命。他在尘土飞扬的边境市场待了几周,喝着欧洲那个地区最便宜劣质的酒水,他偷来的手枪一次又一次丢失。那些至暗时刻里,手枪总是仅剩一枚子弹。所以我前去那里,前去寻找这一切,尤其是那个无比混乱的国际集

---

① 斯洛伐克东北部城镇。
② 斯洛伐克东部与乌克兰交界处乡村。

市。摩尔多瓦人在那里把德涅斯特河沿岸的所有珍宝直接铺在地上,试图用它们交换外喀尔巴阡的财富、索博尔奇－索特马尔的珠宝、马拉穆列什的无尽商品。我想去看看这一切;听听巴别塔①般的混杂语言喧嚣——斯拉夫语、芬兰－乌戈尔语、吉卜赛语;看看东部的各色帐篷、帆布和胶合板搭起的酒吧、被改造成妓院的旧公共汽车;我想感受吉卜赛营地的气息,那里充斥着任何男女都无法抗拒的奇妙事物,因为它们来自尚未有人抵达——或者更准确地说,从未有人回来的土地。因此,我前往维霍尔拉特火山山脉②以东的乌布拉。没有头脑正常的人敢冒险进入这些山脉,因为华沙条约组织军官和士兵的幽灵在那里徘徊,面色苍白的逃兵鬼魂们在那里售卖武器和军装等遗物。我开车穿过斯尼纳镇③,红色屋顶的多层驻军建筑耸立在垂柳之中,它们看上去就像是同一天建造的,以同样的速度老化、毁坏并崩塌了。树下的长凳上坐着带孩子的妇女们。她们可能是士兵的妻子,或者是军官的寡妇?无论如何,斯尼纳如同一场梦,在一个失去所有敌人的国家边缘所做的梦。

但我要去乌布拉。我驾车穿过斯塔克钦、科洛尼卡和拉

---

① 据《圣经》记载,人类联合起来兴建巴别塔,希望能通往天堂。为了阻止人类的计划,上帝让人类说不同的语言,使人类相互之间不能沟通,计划因此失败,人类自此各散东西。

② 斯洛伐克东部和乌克兰西部的一座火山。

③ 斯洛伐克东部城镇。

多米罗夫①，在贝斯基德分水岭的阴影下穿越喀尔巴阡鲁塞尼亚②，驶向乌布拉。几年前，似是这些土地和时代的圣灵给予了波托克启示，他因此会说多种语言，仿若资本主义早期的五旬节③。在那里的某个地方，大概再往南一些，就是广场和公共区域；是边境的红白路障一旦升起，被诅咒的本地居民就会立马被吸引而来的集市。是的，这是自由与商品自由流动交换在尘土飞扬的空旷土地上建立的奇迹，宛如一座城市在世界看不到的地方从无到有地崛起。它同任何城市都不一样，因为它必须和过去一样，保留商队的蓬车、行进的队伍和迁徙的人民。价格差别和汇率差异的超自然现实诱使所有家庭和整个部落逃离家园，踏上不确定的道路，就像曾经的航海家和探险家们被遥远的海洋和地平线外的世界诱使一样。因此，我去了乌布拉，在它之外还坐落着上维什内内梅凯④和蒂萨河畔的切尔纳⑤，因此我似是行驶在底格里

---

① 均为斯洛伐克东部乡村。

② 中欧的一个历史地区。喀尔巴阡鲁塞尼亚在历史上曾长期由哈布斯堡王朝统治。奥匈帝国解体之后，喀尔巴阡鲁塞尼亚成为捷克斯洛伐克的一部分。二战前夕，匈牙利王国强占了喀尔巴阡鲁塞尼亚，二战之后苏联占领了该地，归于乌克兰苏维埃社会主义共和国，直到苏联解体。现在喀尔巴阡鲁塞尼亚的大部分地区属乌克兰外喀尔巴阡州管辖。

③ 五旬节，也称为圣灵降临节。在耶稣复活后的第50天，耶稣差遣圣灵降临，门徒们获得通晓外语等特殊能力，开始向各地布道。

④ 斯洛伐克东南部乡村。

⑤ 斯洛伐克东南部城镇。

斯河和幼发拉底河之间通往一个全新的尼尼微①的旅途之中。只不过不是两条河流,而是三国边界在这里交汇,它们犹如三股水流运来走私的财富、狡猾、贪婪、伪劣伏特加酒、逃税的烟斗、西伯利亚皮毛、异国鹦鹉和乌龟、马卡洛夫手枪的子弹和匈牙利色情画报。三国边界如同三条河流,把自己内陆最好的东西冲聚到这里。我想象着,在切尔纳、乔普和扎霍尼之间的某个地方,一座城市似被诅咒之人的幻觉般从裸露的土地中拔起,它有二十四小时的商业交易、无限的供求关系,以及永远隐秘联结在一起的消费与投资。这样的想法一路都伴随着我。

但乌布拉什么都没有。只有道路两侧两排整洁的房屋。斯洛伐克警察检查着一辆陈旧的乌克兰奔驰,车里坐着一名光头男子。除此以外,什么都没有发生。车不停地开着开着,突然这个国家就结束了,有点无缘无故,似乎只是由于它自己感觉到了无聊。穿着制服的警察挥了挥手,乌克兰人慢慢地向过境通道的方向驶去。两名女孩从房屋之间冒了出来,不一会儿又消失于某处,就像被国与国之间的荒原吞没了。一些非常奇怪的想法在边境间的虚空中袭来,比如想象一下,我们会不会在边界的另一侧变成另一个人。现在是五

---

① 古代亚述帝国的重镇之一,位于底格里斯河东岸,在今日伊拉克北部城市摩苏尔附近,自公元前11世纪起即成为亚述帝国的首都。尼尼微于公元前8世纪—前7世纪的亚述王辛那赫里布时期最为繁荣,特别是亚述国家图书馆的数千泥板文书,为古美索不达米亚史中极珍贵的资料。

月二十六日晚，在斯洛伐克共和国以南，天空时而被无声的闪电点亮。我从乌布拉踏上归途，一切没有发生任何改变，一切必须重新开始。没有得出任何结论的想象，是它所基于的依仗。记忆，气象，幻想。

如果明天下雨，我将试着让那一天重现。那天，我们在一个小镇登上渡湖的轮渡。一阵阵灰色的雨水从水面上滚过。码头空无一人。四周只有芦苇荡、纪念品商店里孤零零的女售货员，还有褪色的冰淇淋过季广告。很难相信，这里曾经非常热。船员邋遢油腻的工作服被雨淋湿，他们千百次松开船锚，抬起可移动的踏板，启动了隆隆轰鸣的柴油机。无处可逃了，因为所有的支流最多都只能承载一艘孩子的树皮小船或一叶木筏。为了打发内河航行的沉寂，我试图想象我们正处于漫长跨洋航程的尽头，正朝着一片只在模糊隐约的传说中被提及的土地的海岸前进。现实世界的边界就在附近。向前望去，一切看起来都和熟悉的事物并无二致，而且绝对是真实的，但只有土著居民才会坚信这一切真实存在，不是现实世界的反射、倒影、幻象或模仿。雨滴落在甲板上，船员的表情从无聊渐渐变为漠然。而我试图想象着，我们现在正在进入一湾海峡，空间在那里失去连续性和至今为止的梦境，如同物质改变了聚合的状态。简而言之，我靠在栏杆上抽着烟，试图假装自己是一个没有向导，没有先入为主的偏见和自大傲慢的知识，冒险进入可疑地区的陌生人。那是四月底，然而空气、风景和那一整天都充满了秋意。湿气如灰烟飘散。我们先是看到了路边紧闭的房屋，然后便看到了对岸，视野中的水面仍像一面灰色的镜子。我们穿过了天生就昏昏欲睡，或者说想要昏昏欲睡的国度。整个区域看起来都关闭了。一切都会在一个月后，也许是一周后，在星期六或星期日太阳升起的时候发生变化，因为这里毕竟是一个疗养和度假胜地。它现在正在半梦半醒间等待，以半生半死的状态放慢呼吸、节省精力。为了更久地生存下去，它就这样苟延残喘着。只有游客们会给它带来短暂的狂热、无节制的体力消耗和狂欢的浪潮，赋予它些微存在的意义。然后一切将再度回归寂静，生活将再次回归古老的、经过考验的形式，走向一个相对不那么痛苦的终局。

后来，我们离开了那片湖，发现了另一个小得多的，以即便在最严酷的冬天也不会结冰而闻名的湖。它闻起来似乎填满的是来自地狱的地下水。雨一直在下。木制凉亭和行人天桥隐没在浑浊的水里，因热气和潮湿而腐烂。老人们白花花的肉体挂着幼稚的救生圈漂浮在水面上。在湿滑的木板上行走时，可以俯瞰这一切。这些人大多是德国或奥地利的退休人员，也有一些讲斯洛伐克语或讲匈牙利语的人。潮湿的热气飘浮在建筑物的高跷上，周围挤满了令人眼花缭乱的白花花的肉体。当人们赤裸的身体挤在一起时，看上去总像尸体，即便他们还在动。这是一幅不祥的画面，沼泽腐烂的臭味、硫黄的气味与蒸肉的味道混杂在一起。我在那里待了片刻就立即离开了，现在回想起来，它就如一个漫长的梦境或在哪里读到的场景。什么都没有留下,乌布拉、黑维兹①、伦达瓦、巴巴达格、莱斯科维克等都没有留下足够清晰的痕迹,令人相信量变最终引起质变;相信一个齿轮与另一个相啮合,似神奇的机器开始生产出意义。

两天前,我又回到了根茨。淡紫色的甜品店好像关门了,门上挂着一个挂锁,透过满是灰尘的窗户,我可以看到空空如也的黑色烤盘。每次我来这里,都会少了些什么。可能有一天当我再来时,根茨已不复存在。这个小镇将从地图上消失,只有我知道它的模样,只有我会记得那位戴着方格帽、扛着钓鱼竿、等待驶向青翠的曾普伦山脉另一侧的黄色大巴的男人。所有其余的地方亦是如此,在存在中消耗殆尽,就像在我脑海中一样,它们作为轮廓漂浮着,只剩褪色的色彩和边缘模糊的形状。我喝着咖啡,看着街道,感受到灰色的虚无从四面八方,从空气中、墙壁里、人行道上,从过去和未来的广阔空间中慢慢渗出。一名穿着绿色衬衫的男子路过了我的小桌,我看到了他的背。陈旧的布料撕裂过,有人用白线仔细地缝补了破旧的地方。

那天是星期日,我在前往托尔纽什内迈蒂的途中完全没有遇到其他车辆。此后也空无一车,我孤单地行驶了三十公里,直到科希策郊区才偶尔有一辆车在多车道的荒谬空旷中

---

① 匈牙利西部城镇,位于巴拉顿湖附近。

驶过。我走了547号公路,在矿石山①的边缘朝西北方向行驶。像往常一样,我看到了吉卜赛人,看到了他们在斯洛伐克沉闷单调的城镇和村庄中绝望的生活气息。每个人似乎都在等待早已厌倦的日常循环往复,都躲在窗帘后面、花园里乱蓬蓬的玫瑰后面、私家车的窗户后面、灰色房屋的沉闷室内做着温带气候的模糊梦境,只有这些皮肤黝黑、被诅咒的吉卜赛人献身于生活,如利用中奖彩票般将世界和自己在其中的短暂光阴物尽其用。因此,我总是会留意红色的生锈屋顶和蓝色的缕缕松烟。被践踏破碎的光秃土地始终都没有来得及生长出什么,因为吉卜赛人的要义就是不停地走动,小跑,探访,在露天之下无休止地集会,口口相传着讲述故事,以及窥视每个角落。这片大地和这个世界不属于任何人,没有人有权把它据为己有。

他们在克龙帕希②的定居点高耸入空。在路左侧几乎垂直的悬崖上,房子像是从另一座房子的屋顶上长出来一般一座座堆叠,最高点的房屋耸入广阔的蓝色天幕,似是被透明空间支撑起来的疯狂的架空建筑。这些房屋破破烂烂,暴露于风雨之下,无视万有引力定律悬挂在空荡荡的半空之中,使人联想到岩石上的鸟巢。突出来的东西没能互相支撑住,下垂着,好像随时将要滑落掉在路上:电线杆,金属片,木

---

① 斯洛伐克最大的山脉,属于内西喀尔巴阡山脉。
② 斯洛伐克东部城镇。

棍,不知从哪里拖来的、没有任何人想住的、横梁间布满泥土和青苔的老房子的一部分,木板之间的碎屑,被石头压住的黑色焦油纸。不知从哪儿找来的这一切都被偏执而巧妙地组合在一起。这些常人不屑的无用之物奇迹般地拼凑成了居所。我觉得一切看上去都仿佛在风中飘动,仿佛正准备起飞,不一会儿便将飞入云霄,这个空中小镇的痕迹将不复存在。我想象过它们宛如锯齿状的云朵在天空中航行,仿若一艘载着可移动家产的巨大拼装筏,上面是整个垃圾场和除吉卜赛人以外谁也不要、谁也无法使用的废品堆。我看到它们飞越矿石山、沙里什和斯皮什①,飞越整个世界,在他们财物贫乏的星云中,这些残骸、碎片和碎屑明目张胆而肆无忌惮地拼凑成了他们日常的生活。我在克龙帕希所看到的便是这样。

接下来是一座小镇和右手边霍尔纳德河谷中惯有的工业狼藉。那里锈迹斑斑,充斥着惰性金属的悲惨和过时技术的绝望,散落着坦克、烟囱、管道、传送带、壁板、窗户破损的机库,以及在绿意中宛若脓包的装置。那天确实是星期日,但没有任何迹象表明这个机械会奇迹般地在周一恢复生机;也没有迹象预示它会升上天堂,消失得无影无踪。它看上去会永远待在那里,或者直到吉卜赛人大发慈悲将它拆开,然后用零件去交换香烟、酒精、妇女的饰品和孩子的糖

---

① 斯洛伐克东北部地区。

果，或者用它制造出一辆超凡脱俗的车，乘着它穿越欧洲，就和过去一样，引起当地居民掺杂着嫉妒和艳羡的迷信的恐惧。曾有人问过一个年迈的吉卜赛人，为什么吉卜赛人没有自己的国家。他回答说："要是国家是一个好东西的话，那么吉卜赛人肯定会拥有一个。"因此，统一的欧洲对他们而言是一个进步，使得他们的迁移和生活比在一个个国家之间方便许多。

我闭上眼睛，看到吉诺卡斯特的吉卜赛人因为无法忍受闷热而放弃了建在公用建筑水泥屋顶上透气的棚屋；克鲁亚的吉卜赛人离开了他们的石灰炉；雅各贝尼的吉卜赛人离开了撒克逊人的散落房屋；波伦巴库①和上森伯塔乡②的吉卜赛人离开了黏土小屋；弗拉希③的吉卜赛人离开了由未剥皮的圆木建成的小木屋；波德格罗杰④的吉卜赛人离开了前犹太人区的单层房屋；米什科尔茨的吉卜赛人离开了通往恩奇⑤的路口边几乎没有伸出地面的地窖；兹博罗夫的吉卜赛人离开了半山腰上的白色营房……还有其他千百个地方，我保证有一天会把它们的清单和描述都罗列出来。是的，一个无国界的欧洲是吉卜赛人的梦想，无可否认。懒惰畏缩、落地扎根的白人就和斯洛伐克星期日那天一样，待在家中。只

---

①② 罗马尼亚中部乡村。
③ 斯洛伐克北部村庄。
④ 波兰东南部村庄。
⑤ 匈牙利东北部村庄。

能看到吉卜赛人在村庄之间的道路边缘三三两两地行走着，绿意在他们身后宛若水面缓缓关闭。他们似乎没有空间就无法生存。他们摆脱了时间的束缚，对虚无毫无所谓，即便它将摧毁根茨和我们命名的所有其他地方。因为只有通过命名我们才能掌控世界，即便我们同时也谴责它是一种破坏。

在布雷佐维奇卡①前的一片空地上，有一名大约十岁的黝黑男孩在路中间做俯卧撑。他赤身裸体。看到我的车后，他立马站起来，遮掩住他的生殖器，向旁边的灌木丛跑去。他的三个哥们穿着衣服，在旁边一阵哄笑，然后一起钻入了灌木深处。

老妇人们背着草捆。男人们聚集在旧车敞开的引擎盖旁。在波德格罗杰，一名男孩怀中抱着一只小狗。在特兰西瓦尼亚，一辆由两匹马拉着的推车里有一只受惊的小马驹，它几周大，双腿张开，一个孩子深情地拥抱着它的脖子，脸蛋埋在棕色的皮毛间，似是发现了一个比自己更小、更无抵御力的生物。在通往摩尔多韦亚努山的道路上，卡尔德拉什人②的红色衬裙飘扬着，赤裸的脚掌布满黄色的尘土。在毛尔通瓦沙尔焖烧的垃圾场，瘦小的身影从冒烟的垃圾堆里捡起金属、塑料和玻璃。在蒂绍切切③通往河边的道路上，一位嘴里叼着烟斗的老人从垃圾桶的一堆堆杂物里捡起长方形

---

① 斯洛伐克东部村庄。
② 吉卜赛人的一个分支。
③ 匈牙利东北部村庄。

的木块,把它们捆成一捆,放在旁边一辆老旧的自行车上……我应该创建一个目录,将所有这些场景和地点编成百科全书,书写一段没有时间参与的、记录吉卜赛之永恒的历史,因为我觉得它比我们的国家和城市、比我们这整个因即将毁灭而战栗的世界都更为经久和睿智。

是的,我痴迷于吉卜赛人、边境的荒原和匈牙利东部的内河轮渡。我可以一遍又一遍地谈论和遐想它们,尤其是轮渡。泌罗什保陶克十公里以外的蒂萨河上的渡轮宛若挪亚方舟:干草车、拖拉机、拴着的牛羊、穿橡胶靴和戴棒球帽的人们、耙子、干草叉、啤酒瓶。这些人似是因为对自己的土地感到厌倦或由于它变得贫瘠而离开,正在出发去寻找新的土地。房屋是木制甲板上唯一没有的东西。甲板被湿气和日晒所侵蚀,被牛屎所覆盖。根据价值二百九十福林的蓝色船票判断,这艘船的所有者是加沃文切勒①的费伦茨·雷耐特先生。住在蒂萨河边如同住在岛屿上,需要不停地穿行。河流蜿蜒回溯,无法下定决心,向两侧渗流出去,将沼泽与陆地分隔而开,索博尔奇-索特马尔和毛尔通瓦沙尔不确定地漂浮在水面上,变为半水半土的浆土与大地分离。到处都是湿地、沼泽、芦苇、阳光炙烤下腐物和死水的甜腥味。房屋

---

① 匈牙利东北部村庄。

建造在高出主流一公里的高柱和堤坝上，来自戈尔加内①、乔尔诺戈拉山脉和马拉穆列什的泉水因此拥有足够空间。这美丽而奇特的装置像织女的梭子织结起破破烂烂的水路之网，在它背面的绿水之上花二百九十福林进行一段昏昏欲睡的旅途不算什么。旅程的痕迹迅速地在身后闭合，一切一如之前的模样。

绍莫什沙伊②的轮渡价格甚至更低，每人只要二十或者三十福林出头。高岸的出发点旁是一片密布山羊和绵羊的围场，另一侧是一间黑顶黄墙的小房子和一个写着低得可笑的渡河价格的木板。轮渡正试图离开对岸。这种类型的渡船是无动力的，仅由河水带动。它被连接在两条横跨河水的长滑轮上，等待水流将它推行；它被一条带有两个绞盘的绳缆牵引着，一次又一次地，如最古老、最简单的机器般来回往复，几乎对万有引力定律无所感知。唯一的乘客是一名骑自行车的女子。船夫转动曲柄，用杆把船推离河岸，他顺从于河流的意志，漫不经心而不紧不慢地做着这一切。有时他会淡定地放下曲柄和划桨，与躬身坐在长凳上的女子聊天。我从上方看到了这一切：厚厚的矩形甲板与沙土的两侧河岸颜色相同，两个小人在甲板之上，就像在等待这片土地脱离匈牙利大平原的其余部分，似一块沉重的飞毯运载他们飞往索

---

① 乌克兰西部山脉，毗邻乔尔诺戈拉山脉。
② 匈牙利东北部村庄。

梅什河①的另一侧。此处距罗马尼亚边境约十五公里，我再次感到时间静止，消失，死亡，归于寂静，令空间变得纯粹——在乌布拉是这样；在希道什奈迈蒂也是如此，那里静止不动的火车仿若草蛇在高高的天空下被烘烤着；在闹鬼的布兹卡和我的康涅兹那亦是如此。但最终，轮渡移动，漂流，来到了终点，现在我可以登上甲板了。我注视着河流的上游，试图回想起上次看到这条河的时间和地点。

那应该是一年前在萨图马雷的时候，我正在前往珀尔蒂尼什的途中，但我只看到了它片刻。当时正在市中心某处的桥上，我同往常一样正看着生锈的蓝色路标寻找出城的道路，所以那一次不算。两年前，我花了一整天在它的河谷徘徊。我从卡雷而来，不是很确定是否要继续前往克卢日或拉迪亚，去东南还是向西，或是去往其他任何方向。通往博博塔②的1F公路是卡车的地狱，所有的油罐车、装满碎石和泥土的自卸车都鸣着喇叭。特兰西瓦尼亚也是一个选择。但是在喝了梨味帕林卡酒和塞克萨德③卡达卡④葡萄酒的漫长的匈牙利之夜以后，我对巴尔干的驾驶风格不太满意。我自地图上查阅了克里谢尼⑤的方位，然后向北行驶，在日博乌⑥

---

① 罗马尼亚和匈牙利的河流，属于蒂萨河的左支流。
②⑤ 罗马尼亚西北部村庄。
③ 匈牙利南部城市。
④ 用于酿红酒的深色葡萄品种。
⑥ 罗马尼亚西北部城镇。

驶入了索梅什河谷。但是，除却在某个记不清的荒郊野岭喝咖啡和山间的冰雹以外，那段旅途我什么都不记得了。我只清楚地记得巴亚马雷，尽管它仿若我的幻觉：类似黑色高架桥的传送带，死气沉沉挂在地上的金矿开采车，以及人们聚集在焚毁废墟般的工人大院前的无望的郊区。这座小镇咀嚼山体，寻找着矿石，而苦难如同铁锈反过来侵蚀了这个黄金国。巴亚斯普列①因自己的贪婪以同样的方式灭亡。

此处距古塔伊山口②十公里。在那九百八十七米高的地方，世界一分为二。在海拔近一千米的高度上，连续性终结，而虚无肆虐。巴亚马雷可笑的记忆碎片被遗留在我们身后，而另一边，在北面的山峰上，过去的一切以一种奇妙的方式存在。代塞什蒂、哈尼塞斯蒂和久莱什蒂③宛如木雕的梦境。在雕刻房屋、大门和围墙的过程中，大量的时间与其无尽的丰富性被封闭其中——切割、篆刻、雕凿，改变其原始形状，需要无尽的永恒。这种耐心的奇迹只有在别的时代才能实现，因为我们的时代容不下建造这种木雕的阿卡迪亚④所需的每一个姿态。我们的一小时或一分钟都无法容纳产生这些形状的这种平静的疯狂。一切仿佛仍在生长，将树

---

① 罗马尼亚西北部城镇。
② 位于罗马尼亚西北部。
③ 均为罗马尼亚西北部村庄。
④ 原指躲避灾难，现在被西方国家广泛用作地名，引申为"世外桃源"。

木年轮和枝叶的缓慢生长延续下去，大自然放弃了原先的形态，被类似人类房屋的形状所取代。是的，这是一种疯狂，是马拉穆列什的一千零一夜童话，是木制的圣家堂①。就这样一路直到锡盖图，在那里，黄昏正缓缓降临，它被彼得里峰与剩余的世界相割裂。

清晨，我走向蒂萨河边。乌克兰那一侧坐落着索洛特维诺，两年前，我在那里下火车前往斯坦尼斯拉沃夫。

* * *

又到了巴巴达格，和两年前一样。大巴停靠了十分钟，司机不知去了哪里；孩子们在南方的酷热中毫无信念地乞讨，什么都没有改变。印有爱明内斯库的千元列伊纸币消失了，取而代之的是印有康斯坦丁·布兰科维亚努②的圆形铝币。它们在口袋中更容易辨认，然后取出塞到伸来的手中。三十七枚铝币相当于一欧元。当我进城时，我看到了三名穿着及地红裙的女子，她们应该是多布罗加的突厥女性。她们很美，但在摇摇欲坠的墙垣和真正老化以前便已坍塌的房屋

---

① 圣家宗座圣殿暨赎罪殿，一般简称为圣家堂，是位于西班牙加泰罗尼亚首府巴塞罗那的一座未完工的天主教教堂，由安东尼·高迪设计。其高耸与独特的建筑设计，使得该教堂成为巴塞罗那最为人所知的观光景点。20世纪时，它的石头是手工雕刻的。

② 康斯坦丁·布兰科维亚努（1654—1714），1688年—1714年是瓦拉几亚君主。

之间却有些格格不入。巴巴达格是疲惫而孤独的。人们从大巴上下车,踩着脚下小小的影子分散站立。白色的尖塔如手指般耸入空荡荡的蓝色天幕。我分发了一些零钱,而小乞丐们无动于衷,一言不发、一眼不抬地接过。与两年前的方向相反,这次我从图尔恰前往康斯坦察。一切都没有改变,除却现在所有的钞票都是用塑料制成的。

我去了两次巴巴达格,每次都只有十分钟。而正是这样的片段,炙热的梦境、联翩的幻想、大巴的闷热这样的碎片构成了这个世界。车票还在,从图尔恰到康斯坦察要十二万列伊,"留存车票以备查验"①。康斯坦察的南站区域是巴尔干之痛,这里有遍布街道的黑色电缆网、狗屎、喇叭、狗、苍蝇、摊位上杂乱的食物、混杂在一起的不知什么东西、锡箔纸、打火机、玻璃纸、垃圾、一次性用品堆成的旋涡、油脂烧焦的臭味、烟雾、穿着制服的男人、无所事事而不停晃悠的游民、金链子、光脚穿着的塑料人字拖、衬衫半遮的臀部上的民用手枪皮套、西瓜皮、万花筒般混杂的颜色、十厘米的高跟鞋、黑色的睫毛膏、蚁丘、市场与营地。一切只能列举,描述无从说起,因为在被酷热漂白的天空之下,除却疲惫、衰败、无力和被视为疯狂的劳作,这里没有任何持久的东西。

---

① 此句为作者引用乘车时看到或听到的罗马尼亚语要求。

从康斯坦察出发，会经过瓦卢卢伊特拉扬乡①，单层的小屋被烈日炙烤着，驴子都很瘦弱，黑衣老妇人们用沧桑的目光凝视着尘土中的空虚。如果在这里下车，将无力再离开。当下在这里一直延续下去，因此有了所有包含着英雄、叛乱者、领导人、统治者、政治家名字的地名：尼古拉·巴尔切斯库②、米哈伊尔·科格尔尼恰努③、库扎大公④、弗拉德三世、米尔恰大公⑤、斯特凡三世、德拉戈什⑥、亚历山德鲁·奥多贝斯库⑦、还有独立与统一、达契亚河谷⑧这样的名字。这里一无所有，只有村庄沿着3A公路或在它的某一侧散落在草原上。在

---

① 罗马尼亚东南部乡村。
② 尼古拉·巴尔切斯库（1819—1852），罗马尼亚瓦拉几亚士兵、历史学家、新闻记者，也是1848年瓦拉几亚革命的领导人。
③ 米哈伊尔·科格尔尼恰努（1817—1891），罗马尼亚政治家、律师、历史学家和公关人员。
④ 亚历山德鲁·约安·库扎（1820—1873），摩尔多瓦亲王和瓦拉几亚亲王，1862年成为统一的罗马尼亚的首位大公。他发起了全国乡村改革和农民解放等一系列的改革，是罗马尼亚社会现代化和国家机构的设计师。
⑤ 米尔恰一世（1355—1418），1386年—1418年为瓦拉几亚大公，为中世纪瓦拉几亚最重要的统治者，在1395年的罗文战役中以游击战的形式以少胜多击败奥斯曼帝国的巴耶济德一世的军队，参与1396年的尼科波利斯战役，借助帖木儿帝国对奥斯曼帝国的打击，米尔恰使得瓦拉几亚维持独立。
⑥ 德拉戈什，14世纪中叶罗马尼亚史学中摩尔达维亚公国建立者，生卒年不详。
⑦ 亚历山德鲁·奥多贝斯库（1834—1895），罗马尼亚作家、考古学家和政治家。
⑧ 达契亚人是自公元前约1000年时开始居住在达契亚地区（现在的罗马尼亚）的色雷斯系的民族。现在的罗马尼亚人被认为是达契亚人和罗马人混血产生的民族，达契亚文化区位于喀尔巴阡山脉附近黑海以西。达契亚河谷，位于罗马尼亚东南郊乡村地区。

这片平坦的土地上,它们几乎与地平线融为一体。山羊、玉米、马具、在田间弯腰劳作的人民——这是自一百年前、两百年前、三百年前起亘古不变的动作,就像动物的活动一样从未改变。只有那些足以撬动静止时间的名字才能赋予意义和方向。

几天后,我朝东北方向行驶。我穿过了锡雷特山谷,在泰库奇认出了两年前的十字路口和篱笆,那时我花了几个小时试图抵达喀尔巴阡山脉的另一侧。而这一回,山脉一直在我的左手边,景观平展呈现。推车和货车运送着西瓜和蜜瓜。沿路堆满了水果。田间立着玉米秸搭成的棚屋。四周没有树木,所以农民们在这些沙沙作响的棚屋里躲避下午的酷热。过了克拉斯纳①以后,山丘又出现了,那是摩尔多瓦高原漫长而困倦的山脊。这是一片古老而脆弱的高原,被河流冲刷,被阳光曝晒。绿草覆盖的山坡、洁白的卵石、稀疏低矮的树林组成了一个地质隐喻,在这个隐喻里,它们同人类一样接受了自己被侵蚀和腐烂的命运。大地在这里露出了自己的骸骨。

然后便到了胡希。科诺留·泽列亚·科德里亚努一八九九年在此出生,我应该在那里停留,但我没有。这个小镇出现了片刻,然后又消失了,就和我开车路过的其他数百个罗马尼亚小镇一样。它们没有什么不同,一样低矮忧郁,花园掩藏破败。我应该在那里停下来的。科德里亚努是波德混

---

① 罗马尼亚西北部乡村。

血，但他认为自己比所有的罗马尼亚人都更罗马尼亚。我读过一些他留下的文章，可悲又油腻。他认为自己是罗马尼亚的救世主，他的计划不断碰瓷父神、基督和天使长米迦勒。在一些照片里，他穿着民间服装，也就是及膝的白色亚麻衬衫和白色马裤。在短裤下穿着时髦的城市鞋履。他用希特勒的问候方式向人群致意，但这种方式可能纯粹是罗马的遗产，与野蛮的德国人没有任何关系。他骑着白马遍经了摩尔多瓦和比萨拉比亚的村庄。农民们乐于听他的话，因为他告诉他们，所有的邪恶都来自外部。

  我开车几分钟便穿过了胡希。距普鲁特河和边境二十公里的地方，羊在山上吃草。黄昏时分，它们回到荒地上由几根栅栏和横杆围成的羊圈之中，旁边是屋顶由芦苇编成的牧羊人小屋。所有这一切几乎都可以徒手建造，它们与自然景观融为一体，随时可以无影无踪地消失，不留下任何废墟和记忆。这些棚屋内部可能会有一些东西，比如水桶、刀、斧头等，但外部看起来完全是看不出年月的草木，由木头、青草、芦苇等最基本的元素组成，此外还有几只动物和羊粪。

  据说，在盛装游行的科德里亚努前面，他的随从们举着一座天使长米迦勒的圣像。不难想象游行队伍在这低矮的山丘和棚屋间的模样；或者在更远处的瓦拉格雷库瑞①的样子，那里有教堂、奶牛场和绿色平原上显眼的白色鹅群。就是在

---

① 罗马尼亚东部乡村。

那里我深深确定,我在此处看到的是静止而完美的"曾几何时"或"总是如此"。无论如何,过去永远不可能成为未来,因为它从一开始就注定要延续下去。

科德里亚努穿着及膝的衬衫,带着自己的队伍游行在失落的城镇和村庄间,他带来了一个好消息,那就是什么都不会改变,过去将持续下去,因为它在遥远的过去早已经达成完美的状态。它只需要清洗现代化浪潮冲来的浮渣、民主的泥浆、自由主义的污垢和犹太主义的瘟疫。贫穷而无能为力的现实通过英勇的传承而得到升华。科德里亚努的同志们佩戴着装有战场土壤的护身符,他们的祖先曾在这些战场上抵抗过罗马人、哥特人、匈奴人、斯拉夫人、鞑靼人、匈牙利人、土耳其人和俄罗斯人。魔法、祖先崇拜和基督教被奉为部族的宗教和拯救人民的神秘科学。我所读的科德里亚努的这十几页文章,它本质上是一声呼喊:"赢得战争的,是那些能够召唤来自外部的无形力量并寻求它们帮助的人。这些神秘的力量是与这片土地、我们的田野和森林紧密相连的,为保卫这片土地而牺牲的死者的灵魂,也就是我们祖先的灵魂。如今,因为我们对他们的铭记,他们被我们——他们的孙辈和曾孙辈召唤出来。逝者的灵魂背后,则是基督给予力量。"

在胡希出生并在那里度过青年时代的任何人都有权不相信未来。我敢打赌,科德里亚努也去过瓦拉格雷库瑞。男孩们总是四处漂泊。科德里亚努讨厌相信未来的共产主义者们，就像他讨厌犹太人一样。他沉闷而狭隘的头脑很难将他们区分开来。实际上，他从未停止过成为一名愚蠢的空想家。世界分为罗马尼亚和其他地区，其他地区毫无价值，仅仅因为它们不是罗马尼亚，更不是胡希。

在柏林学习期间，他穿着罗马尼亚民间服饰。同时，贫穷迫使他投身贸易。他从村庄购买咸猪肉和黄油，再到柏林牟利出售。他的柏林生活成为摩尔多瓦农民的模仿对象。他与他想象中的犹太人所做的事并无差异。在格勒诺布尔①时，他和妻子为了生计而缝制罗马尼亚民族服饰并尝试出售。除罗马尼亚、民族商品和生意以外，他几乎什么都不在意。在法庭上（他也尝试过律师业务），他拔出手枪射杀了警察局长。他的同志们杀害了"叛徒"和卑鄙的政客，然后模仿基督教徒的自我牺牲向警察自首。他在一九三六年大声疾呼："爱是我们的救世主施予世界各族的通往和平的关键……但是爱不能免除我们的遵纪义务，也不能免除工作和服从命令的义务。"

这是胡说八道和鹦鹉学舌。只有在胡希出生，才能闻到蚀心销魂的忧思之毒；只有在连乌鸦飞去都会回头的胡希出生，才会理解这样的噩梦并对祖国强大的梦想感同身受，并只剩下疯狂和神经质。因为仅有如此才能短暂地挑战这个世界的秩序——它对吉卜赛营地遍布大街小巷、了无希望的胡

---

① 法国东南部城市。

希、瓦拉达契亚①或是德切巴尔②都毫不在意。胡希被鄙夷、被厌弃，它裹足不前，就此死去，被鸡群掩埋殓葬，犹如一段折断的枝丫，年复一年、永无止境地被困在时间的缝隙里。来到胡希的世界，就是生活在实体化的永恒之中。铁路在这里终结。这里的生命，是不死的永恒。

无论如何，科诺留·科德里亚努是这样想的。过去是神圣的，所以它必须永远持续下去，必须不断复活来驱散未来。陌生的未来总是从外界来到胡希，如同外来者的入侵。未来会打破已经形成的持久的完美，而正是这样的完美构成了胡希及其周边地区的意义、本质和最深刻的奥秘。

啊，我应该在胡希停下来的。现在我必须想象自己要回到那里。最好是在树叶飘落的秋季，去确认所有这些想法，去探究裂缝、腐烂，还有悄无声息、不易察觉地渗入石头、墙壁、木头和存放在衣柜里的周日装束的霉菌。微生物、重力、湿度，这些是我所在大陆地区的基本构成。它们应当被列在成分表上，应当出现在徽章上。凡是不这么认为的人，总有一天都会失望。科德里亚努的征途源于此地，但他完全不了解他急切想要改变的这个地方的精神，他的所思所言与之完全南辕北辙。他被对民族伟大的渴望所驱动，陷入了模仿外国命运的荒谬之中。他所遗留的一切都是仿造品。

---

① 罗马尼亚东南部乡村。
② 罗马尼亚西北部乡村。

我喜爱巴尔干的这种混乱，不能自已。它在萨图马雷之前就已开始。到处都是半成品或失败品，鬼才知道道路的边缘和路肩在哪里。路上除了货车还有马车，空气中突然就扬起比后哈布斯堡王朝时代的匈牙利还要多的尘土。时不时地，还必须为路上出现的某些物体而打方向盘避让，好像那些达契亚和阿罗斯牌汽车没有被完全组装好，因此遗落在路上，或者也可能是零件过多而需要丢弃。矮胖的吉卜赛人站在引擎盖敞开的奔驰旁，仿佛散热器爆裂或轮胎打滑了，他们拼命地挥手让过往车辆停下来，然后以半价兜售黄金或宝石。孩子们在马路上来回奔跑，一如达契亚人的宿命论，从幼时就开始接受罗马尼亚式蔑视死亡的训练。

没有人打转向灯，因为时事艰难，必须厉行节约。鸣笛声不停响起，因为它们不会耗损。二〇〇〇年五月是这个样子，永远都是这样。我可以无尽地回想起它，就像回想童年一样。最终事实证明，人只会寻找曾经见过的东西。萨图马雷的混乱、苏利纳和多瑙河畔朱尔朱①空旷的车道令我想起了波德拉谢地区索科武夫②和卡武申③。相同的事物，相同的拼命伪装成恒久的短暂，大巴上农民出门时相同的肥皂和牛奶味，阴暗车道旁腐烂长凳上相同的沉思，相同的对时间的漠视和浪费，而手表不过是装饰品和珠宝。最终，时间只

---

① 罗马尼亚南部城市。隔多瑙河与保加利亚城市鲁塞相望，两城之间有桥梁相连。
②③ 波兰东部城镇。

是感官可以根据其需要进行切割的永恒的形式。

在博济尼和瓦拉帕基①之间的青翠原野中，我看到路边有两个男人。而距离此处一侧十公里和另一侧十五公里内，什么都没有，没有一辆车驶过。他们坐在松树的树荫下玩着纸牌。大巴驶过的时候，他们甚至都没有抬头。几天后，我沿同样的路线返回时，又一次看到了他们。他们大概移动了一公里，但风景没有改变：沿路的石松，玉米地，沉浸在单调而催眠的游戏中的人，仿佛他们的小桌板上有百万张牌。玩牌的时候，若黑夜降临，他们也许就会宿在空旷的田野中，然后等到黎明时再继续。也许有人将他们带来这里是为了让他们劳作，但当那个人消失在山头之后，他们立即开始了无休止的娱乐。他们什么都没有携带，没有任何工具，除非是放在了口袋里。他们就像坐在家里的桌子旁一样坐在旷野中。灰头土脸，衣衫皱结，和这个地区的大多数男人一样。但他们面对广阔的空间和无尽的时光完全面不改色，游戏的脆弱抽象是保护他们抵御虚无的盾牌。谁知道呢？也许在黄昏时，他们会点起一支蜡烛；或者他们的牌是做过标记的，即便在黑暗中，他们也能通过指尖分辨出桃心和梅花。在前往卡胡尔和返回的途中，我这样想象着。

所以我喜欢巴尔干、匈牙利、斯洛伐克和波兰的这种混乱，这些事物的惊人重力，这种美丽的昏昏欲睡，这些无关

---

① 均为摩尔多瓦中部乡村。

紧要的事实，这样中午时分一贯的平静的醉意，还有这些毫不费力贯穿现实、无所畏惧地直视虚空的蒙眬目光。我无法自拔。我的欧洲之心在波德拉谢地区索科武夫和胡希跳动，在维也纳和布达佩斯则不跳动，在克拉科夫最不可能跳动。如果谁不赞同我，那他一定是个傻瓜。这些地方都是失败的移植试验，是其他地方的模型和镜子。索科武夫和胡希没有进行任何模仿，而是遵循了自己的命运。我的心在索科武夫，尽管我在那里加起来只待过十个小时，通常是在我去叔叔家度假途中，从一辆二十世纪七十年代早期的佩卡斯①卡车转乘另一辆车的时候。但我个人留下的记忆并不比一代人、一个民族或大陆大部分地区的糟糕。镇中心的单层木屋、紫丁香、灌木丛、百叶窗、沥青上睡着的狗、公交车站带有黄色圆形标志的歪斜柱子、涂成棕色和绿色的门窗框架和木板、人行道缝隙里的沙子、内部闻起来像村舍的冰淇淋店、玻璃球中的糖豆，一切都才从地里勉强发芽，才刚刚开始，却不出意外地已经开始腐烂、报废、打盹。试图绵延更久的毫不做作的生活、吱吱作响的木地板、如冰淇淋华夫饼般脆弱易折的日常中的可笑的英雄主义，我记得这一切，并且可以不停地列举下去，因为它已融入我的血脉。因此，尽管由于没有理由停留，我开车五分钟就经过了胡希，但我的心在那里。

---

① 波兰运输公司。

这一切表明，我想要一个自己的国家，一个我可以环游的地方，一个没有明确边界的国家，一个没有意识到自身存在的国家，一个不在乎有没有人发现并来到这里的国家，一个政治模糊、历史如流沙、当下如脆冰、文化如索罗卡吉卜赛宫殿的国家。没有其他东西可以在这里留存延续而不承担变得荒谬的风险。但为什么是一个国家呢？为什么不是一个拥有无法计数的省份、在扩张和强硬的驱动下不断移动和发展，且无法记住自己的土地、人民和首都，所以每日清晨一切都必须重新开始的帝国呢？它比较适合我，因为我也面临同样的问题，我只记得事物和事件，但我不知道抛却我偶然的存在，是什么将它们分割或联系起来。

　　三天前，我在巴尔代约夫。圣吉尔斯①教堂开始了午后弥撒。那些迟到的信徒挤在半开的门间。教堂内部一定人满为患，因为从里面传来了许多重回声，但还是不断有新来的人们抵达。他们穿着节日的庄重礼服，匆匆忙忙地沿着倾斜的广场冲下来，直到在圣殿的阴影下才放慢脚步，让自己的举止稍显礼貌。这个场景已经重复了五百年。我想，巴尔代约夫广场的交叉口一定早已在步履摩擦下磨损，甚至这个地方的这个空间也许并不存在，因为历经如此漫长的人潮汹涌之后，它早已没有力气。我逆向而行，往山上走去。远离人

---

　　① 圣吉尔斯（约650—约710），来自雅典的基督教圣人，十四救难圣人之一。

群后，四周变得空旷。路易大帝赋予这座城市每年举行八次集市和斩首的权力，这些活动都需要有一定的空间，而现在由于没有商业和司法职能，广场看上去已被废弃。我拐入维特纳路，然后拐入斯托克洛瓦路，再接着向右，发现自己身处城墙与城市其余部分间的狭窄小路中。我发现了台阶，沿着它爬上山，尽管它极有可能被禁止行走。至少有六百年历史的墙垣在这里或那里摇摇欲坠，彰显着它的年龄。从山上可以看到院子、花园、后门、笼子、鸡舍、狗屋——所有这些在小镇中被隐藏起来的看不到的一切，所有这些它努力想要控制并减少规模的乡野土气。这里有一种优雅而随意的杂乱感和昏昏欲睡的混乱感，初创项目留下的废墟，未完成之事留下的记忆，慢慢变成垃圾堆的成堆物品，塑料袋、废料、堆肥、掉下的苹果、养鸡场、杂草、饱经蹂躏的道路，还有缩在坚果和樱桃树荫下的永恒当下。哥特式建筑在这里慢慢腐朽，没有历史的物体也在不远处同样慢慢腐朽，它们只被赋予了短暂的生命和微不足道的命运。遵循物质的公平、自由、平等和友善原则，新事物与旧事物同样老去。

  我到处都感受到了这种平等。没有必要自欺欺人。我对其他事物都视而不见，但通常也没有其他东西。一个半月前的乌兹利纳[①]便是如此。我们从穆里吉奥尔[②]乘摩托艇抵达

[①][②] 罗马尼亚东南部多瑙河三角洲乡村。

那里，周围是四千平方公里的运河、湖泊、枯死的支流、沼泽、湿地，以及似如镜水面般平坦的土地。在水面上可以泛舟数小时而一切丝毫未变，宛若一场炎热静止、不受干扰的梦境。广阔的空间不留痕迹地吞没了一切，我们行进的水路没有留下任何踪迹。巨大的河流将淤泥从大陆深处席卷而来，冲刷成一片崭新而不确定的土地。一切看上去犹如造物的起源，景观正聚集力量让自己浮出水面。这段旅程，恍若逆时间之流溯回原始的童年。

但我们先抵达了乌兹利纳。那里有一家在这片沼泽，在平坦和古老中建起的三层酒店，像被误放此间。在方圆几十公里的半径内，没有比这更高的建筑了。一名穿着超短裙和高跟鞋的年轻女子在车道入口处迎宾。她拿着一个托盘，上面放着几杯斯利沃威茨酒和简易的农家苏伊卡酒。每个杯子里都有一颗橄榄。酒店前面有一个游泳池，有遮阳伞和躺椅，但都用不了。我们在附楼的房间简直太"好"了，窗外的景致有些凌乱，可以看到洗衣盆、瓦砾、菜地、自建的栅栏，以及被铁链拴着的吠叫着保护白菜的狗。第一个晚上，我被臭虫咬伤，憋闷得无法呼吸。旁边主楼里的空调轰鸣着。晚上，罗马尼亚科蒂[①]公司的员工伴着全球通用的流行音乐，在篝火旁寻欢作乐。

第二天，米特卡出现了。他坐到我们在酒吧遮阳伞下的

---

① 一家美国跨国美容公司。

桌子旁。他穿着一条有些年代的西装裤,赤脚趿拉着橡胶拖鞋,大约六十岁,看起来像是从沼泽和芦苇丛直奔这里。他不停地喝着啤酒,抱怨自从医生切了他身上某样东西以后,他再也不能喝伏特加了。他对我们说俄语,但用罗马尼亚语召唤服务员。他每天晚上都在酒店里喝酒,从不付钱,有时他会给酒店厨房带一只羊或猪。老板同意他这样做,因为米特卡是他的邻居,他想从米特卡那里购买土地来扩大酒店规模。米特卡的牛和猪四处游荡,有数十头之多,都在圣格奥尔基支流①边的泥泞和沙地里无拘无束地觅食。

我们在黄昏时去参观了他迷宫一般巨大而平坦的农场。牲棚、猪圈、田地、半开的谷仓和芦苇作顶的小屋,所有地方都没有点灯,没有丝毫光亮。上方是明亮的磷光天空,下方的黑暗则越来越浓郁,充满了动物身体和粪便的气味。猪像狗一样奔向米特卡。角落里有东西喷着鼻息,打着呼噜,咀嚼着,打着嗝,喘着粗气——牛的热气从角落里迎面扑来,仿佛某种巨大的远古生物正居住在这个农场深处。

只有米特卡的屋里才稍亮一些。微弱的灯泡在低矮的天花板下燃烧着。他狭长的房间被最必要的家具填满,只有一张床、一个装着餐具的橱柜和一张桌子。米特卡钻入一扇小门后面,片刻后拿着一把滑膛枪回来。这把枪很旧,金属在氧化的表面下闪闪发亮。他说,如果我支付弹药钱给他,就

---

① 多瑙河支流,与基利亚河、苏利纳河共同形成多瑙河三角洲。

可以打枪。外面夜幕已然降临，我觉得射击没有什么意义。我说下一次吧，他有些失望，把枪放在了床上。墙上挂着一张不太清晰的黑白照片，里面的男人有些眼熟，但我不太确定，因为照片是很久以前拍摄的了。我问米特卡，他说："是的，这是齐奥塞斯库。"他笑着回答，很高兴我认识这位领导人。然后，延续照片这一话题，他从抽屉里取出他亡妻的相片。

这就是米特卡。他崇拜独裁者，怀念他的妻子，喜欢朝着黑暗中射击，睡在自己的滑膛枪旁。他的农场附近什么都没有，没有房屋，也没有人。我甚至不确定他所有的动物晚上是否归圈。我不知道他是否知道自己动物的数量，不知道他究竟有没有数过它们。半公里以外，科蒂公司的人开着派对玩乐，女人们穿着比基尼穿梭在泳池边，男人们穿着白色长裤，仿若意大利的花花公子。而这位矮小笨拙的老人如孩子般沉沉睡去。我想象着，他梦见了自己的牛、猪、鸡和狗，它们紧紧地、温暖地围住他，保护他免受世界的攻击和背叛。喧闹的酒店在这个黑暗闷臭的农场旁边看起来仿佛纸制而成，一不小心就会被点燃。

现在是十月下半旬，天气正在变幻。寒流已至，第一场雪纷纷扬扬。冬季在两三个星期后开始。我又可以再一次想象我在春夏到访过的所有那些地方。这种想象令世界变得更为宏大。也可以说，大陆正在不断扩大。毕竟，所有人和物都渴望宏大，罗兹普西、鲍尔奇、乌布拉、马里亚波奇①、埃林德、胡希、波德拉谢地区索科武夫、霍多什、兹博罗夫、卡拉奥尔曼②、杰利亚京、杜兰布卡亦然。在春天参观利沃夫③，在冬天想象它，就像把利沃夫扩大了两倍，把它的美丽也变为两倍，而它本应如此。还有穿过切尔霍夫中心的那条破烂道路，它禁止车辆通行，开车要冒着危险，因为斯洛伐克士兵可不幽默。无论如何，那是一条穿越荒野通往马伊丹④的绝美路线。但我偏题了……

我想说的是宏大和对记忆的颂扬，它们犹如点燃的火柴，在地图上烧出一个洞，将地点和事物送入只能被宇宙痴呆终结的永恒之境；它们还令大陆变得无限之大，让被遗忘之地走入光照之下。去过罗兹普西、鲍尔奇或卡拉奥尔曼的人就会明白我在说什么。半岛的黑暗灵魂在那里燃烧着，而似骨髓生产出的未实现欲望的黑色浓稠血液的物质则沉睡着。在罗兹普西、鲍尔奇或卡拉奥尔曼，就是要看到尚未对未来产生怀疑的过去，因为这种过去是尚未发生的过去。它可能永远也不会发生，不会与世界其他地区共享同样的、为自己终有一日的消亡而哭泣的命运。无论罗兹普西还是卡拉奥尔曼都不会耗尽自己直至死去。它们上了年纪，但会年轻地死去；它们疲倦，但会充满力量地死去；在没有来得及拥

---

① 匈牙利东北部城镇。
② 罗马尼亚东南部乡村。
③ 乌克兰西部城市。
④ 波兰南部乡村，靠近斯洛伐克。

有意义和目的的半途死去。正是十月，是夜寒雨，我想象着潮湿的黑暗吞没村庄和城镇。它们躺在水底，失去自己的名字，宛若一条条腹中装着房屋、人类和道路的沉睡大鱼。人们在黑暗中窃窃私语，蜷缩着抱住自己，等待着洪水泛滥，猜测着自己的命运。时间尚未开始，尚没有光，因此必须寻找黎明。许诺与传说便是全部的讯息。这个世界如此遥远，以至于在它的故事被听闻以前，它可能已然不复存在。

在这样的夜晚，我伸手去取装有照片的塑料盒，里面大约有一千张照片。我如街头艺人的猴子随机抽出一张照片查看。我通常不记得照片是什么时候拍摄的，但我总是知道照片上的地方在哪里。原来，我记得世上的千百个角落。照片中其实并没有什么，只有在垃圾场吃草的马匹、栅栏的一角、破旧的墙壁、青翠的丘陵、乡村的小屋、一小片山景、黑猫、管井、雾气、树木、残雪、房屋的外墙、空荡的街道等，完全没有任何模式、顺序或缘由，纯属无关紧要的事物和毫无意义的时刻的随机排列组合，似是一个孩童的游戏或实验，来检验相机的快门是否真的冻结了现实。

但是我记得所有的事物，没有盒子也可以辨认出地理名称、国家、城市和村庄。这只猫在利沃夫，这匹马在吉诺卡斯特郊区，这个三角形拐角立面在切尔诺夫策，这个栅栏在托考伊，这座山是科切夫斯基罗格。我仅仅不太确定，雪中的轮胎痕迹是在哪里。肯定是在凯奇凯梅特城西附近的某个地方，我在那里迷路了，一直疯狂地寻找出口，因为种种迹象表明那条路正把我带向我格外抗拒的布达佩斯公路。最终我找到了一个出口，看到上方跨越的深色高架桥和向北行驶的卡车长长的车身。我纠缠在黄色道路织结而成的路网之间。雾气刚刚从大地上升起。透过雾气的缝隙，我看到了疑似匈牙利国营农场的遗迹：生锈的拖拉机、凋敝的集体化、巨大的谷仓和牲棚，然后雾气笼罩了剩余的整个世界。什么都看不见了，想象可以尽情地发挥。巨大的平原，即匈牙利大平原，它平坦而充满水分的土地通过湿润浓稠的空气与天空相连，无尽的泥泞没有边际，像是虚无变得半实体化。那便是残雪与枯草所在之处，经过凯奇凯梅特以后基什孔①的某个地方。

因此我保留了所有这些九英寸乘十三英寸的快照，来想象照片之外发生的一切、隐藏在目光和记忆中的一切。大约一千张破旧而毫无价值的卡片，它们是富士或柯达瞬间的闪光，色调是写实主义的黯淡，这些就是我所拍摄的照片。另外，所有的照片上几乎都没有人。仿佛所有移动的东西都被中子弹击中并消灭了，除了利沃夫的那只猫和阿尔巴尼亚的马匹。又或许，我想这只是出于桑人②的忧惧，担心相机会

---

① 匈牙利南部的一个州，与塞尔维亚接壤。
② 指萨恩人、巴萨尔瓦人，生活于南非、博茨瓦纳、纳米比亚与安哥拉的一个以狩猎采集为生的民族。桑人常被人称作布须曼人（意为"丛林人"），这被认为是一种贬损的称呼。

偷走人的生命和灵魂。又或者，它也许仅仅表明这片土地是多么人烟稀少，我的生活是多么孤独。抵达一个无人的国度真是太好了，一切都可以从头开始，历史将变成传奇故事，而现实则将变为个人愿景。若是难以理解的话，就比方说沃斯科波亚吧，可以对它尽情想象。在沃斯科波亚的那张照片上没有人，只有两头在荆棘和石头间吃草的驴。但我知道那里应该还有牧驴人，有喝着白兰地和啤酒的贾尼，有酒吧老板格蕾琴卡和她沉默的丈夫，有贾尼那位长相很有斯拉夫特征的烂醉如泥的朋友，还有我们半路捎上的那个智障男孩。但如果让他们的故事一直在那里延续下去的话，我将永远无法从他们的命运中挣脱。所以照片里只有两头驴、石头和修道院废墟上方的灰蓝天空。啊，我知道，这应该是在我开车前往东南方向三十公里的博博斯蒂奇村①的时候，据说它是波兰骑士在某次东征时建立的。居民们还知道一些波兰语词汇，尽管他们不明白含义。所以我应该是去那里，而不是去看驴、石头和荆棘的。但坦白而言，我并不是很感兴趣，即便它毫无疑问很有意思。我回到戈里察，从旅馆的窗户望向广场数个小时，如同一台被独自留在这里自己进行记录的照相机，望着这片与整个世界同质的虚无与空旷。在吉诺卡斯特亦是如此，遮挡虫子的纱网使尖塔变得模糊。谢赖盖耶

---

① 阿尔巴尼亚东南部村庄。

什①也是一样，下雨了，院子里空无一人，栗树的树枝被雨水打湿，落水管里流淌着细微的水声。在普雷拉斯科，我看到的是草地上的霜冻、停着一辆汽车的停车场，还有街道另一侧倒塌的房屋。到处皆是一样。聚焦，让焦距刺穿空气并切开空间的表皮，在新地点的窗口就足以完成这些。卡胡尔的夜市空无一人，狗的影子比它自己大很多倍。基希讷乌也下了雨，瓦西里·阿列克山德里大道变成了一条灰色的河流。那是一场热带的倾盆大雨，我不得不关上了窗户。每天上午九点，一名男子都会打开街道对面底层办公室的大门，我记得大门的装饰，是蜗牛、海浪或公羊角的形状。我记得的只有这些。我注视它几个小时，想象着剩余的故事。我现在也在做着同样的事，从塑料盒中取出照片，从绝对伏特加酒的金属罐中取出零钱，从纸盒中取出停车票、罚单和酒店账单，从抽屉中取出钞票，再没有其他的了，只有千百次重复的每一天。

  九月的马里亚波奇是这样的。在城外被风吹拂的巨大平坦的田地之中，货物被直接摆放在地上的塑料袋上。这里没有任何宝藏，只有中国制造的廉价商品、牛仔裤、阿迪达斯和耐克的仿冒品。所有东西看上去都很新，被整整齐齐地一排排放列。售货员一动不动地站在货物旁等待着，每个人售卖的基本上都是相同的东西。干枯的草地被来回踩踏，商人

---

① 匈牙利中部村庄。

的身影被冻结静止。没有人购买任何东西，甚至没有人看。他们像是来自古老的故事之中，犹如古老的巡回部落在城门口摊开商品，再在第二天黎明消失得无影无踪。再远一些，有旋转木马和射击摊，然后是糖果和葡萄酒摊位，以及心形的姜饼、手工艺品、风笛和公鸡，甚至宗教文学等各种五花八门的小玩意儿的摊位。人们在树林中支起了营地，摊开煮鸡蛋、瓶装啤酒、三明治等食物。部分人脱掉了鞋在打瞌睡。有几辆车的车牌上标记着 SM①，也就是来自罗马尼亚萨图马雷地区，还有几辆来自斯洛伐克的车辆。某处的音响里飘来音乐，但在匈牙利大平原的广阔天空下，它听起来如此悄然而微不足道。布达佩斯电视台在一座巴洛克大教堂前布置了摄像机。人群迷失在这巨大而平坦的沙质区域中，如水一般被吸收了。

  我希望遇到一些摩尔多瓦的著名吉卜赛人，比如亚瑟·塞拉蒂男爵或者罗伯特，因为毕竟那是吉卜赛节日，但我在任何地方都没有看到一辆宝马 700 或 X5。荒野停车场上停着的只有可怜的达契亚、疲倦的拉达、顽强的卫星车②和来自帝国③的柴油车。唯一的一台自动取款机里没有福林。

  是的，马里亚波奇看上去似是人类居住区域边缘的最后一个城镇。不难想象狂风吹过而一切被黄沙覆盖的模样。教

---

① 萨图马雷简称。
② 民主德国汽车制造商人民企业萨克森灵自动车制造所生产的汽车。
③ 指 1933 年—1945 年纳粹控制时期的德国。

堂院子里正在举行联合礼拜仪式。来自马拉穆列什的吉卜赛人穿着高雅而庄重：黑色的礼帽、镶银的皮带、金链子、牛仔靴。其中一些人的面孔十分美丽，那是一种如今已见不到的古老而令人无法平静的美丽。女人们高跟鞋的高高鞋跟陷在沙子里。我驱车三百公里，就看到这一切。什么都没有发生。上帝知道我所期待的：帐篷营地、马匹嘶鸣、吞火之人。我总是像个白痴，因为又如往常一样被现实打败。此外，我一分钱都没有了。我只能踏上回程。那天下午的马里亚波奇是世界的尽头，它尘土飞扬，等待着夜晚的弥撒开始。

距罗马尼亚边境还剩三十公里，还有尼尔巴托尔镇和两个小村庄。人们闲逛着，浪费着大把光阴。旋转木马几乎无人乘坐。所有人都似在梦中的狂欢节里梦游，假货跑步鞋一动不动地躺在尘土中，像是在嘲讽自己仿冒的命运。我可以轻易想象出来自平原内部的牛、硕大的黑猪在廉价商品中寻找真正的食物，用湿湿的鼻子轻拱成堆的衣服，品尝又吐出涂有油漆的塑料，在跨国公司的徽标上撒尿和拉屎，将整个假冒伪劣市场变成猪圈的画面。臭味飘到空中，飘过马里亚波奇和索博尔奇－索特马尔，与钟声、木柴的烟雾、牛的低哞和干燥的风交织在一起，直到永远。

两天前是万灵节。我和往年一样买了几支供烛，驱车前往墓地。风自南方吹来，蜡烛很难点燃。但点燃之后盖上风盖，蜡烛就不会熄灭。有时，会有人比我更早来到这里，留下燃烧的烛灯。我一直在想，是谁在这荒郊野外祭奠波斯尼亚、克罗地亚或匈牙利的逝者呢？在此悼念匈牙利语称之为洪韦德的匈牙利皇家陆军国防军①；或是悼念蒂罗尔人，和他们组成的蒂罗尔轻步兵团②。这里一无所有。必须专程开车而来，而且并不总是有路。拉多茨纳③是这个国家的尽头：马车或四轮货车行驶的道路隐没在草地间，消失在赤褐色的草丛中和泥泞的水坑里。距离斯洛伐克还有两公里，但烛灯已燃起。奥匈帝国第二十七团步兵团的四名士兵和七十九名俄罗斯步兵安息在此。步兵团，他们也曾经有过"青年军团""轻狂兵""刺刀小子""屠杀无辜的刽子手"这些名字，他们中的大多数人甚至不知道他们要去哪里、要做什么。对他们而言，一个或另一个皇帝的肖像必须足够，而且确实足够。他们没有出路。四名奥匈帝国士兵，意味着他们可能是斯洛文尼亚人或斯洛伐克人，或者是匈牙利人、罗马尼亚人、乌克兰人、波兰人，真是一个非常国际化的地方。他们安息在能够望见维斯沃卡河④谷、登比维希山⑤和边境山口的风景之中。因此，我为他们点了一支供烛，放在已被点燃的烛灯旁。树木光秃秃的，但阳光普照，四周如此空旷

---

① 1867年—1918年间奥匈帝国匈牙利王国的陆军。
② 1895年—1918年奥匈帝国联军的四个常规步兵团之一。尽管名字中含"蒂罗尔"，但其成员不仅是从蒂罗尔州招募的，还有从帝国的其他地方招募的。
③ 波兰南部的无人村，靠近斯洛伐克。
④ 波兰的河流，属于维斯瓦河的右支流。
⑤ 波兰南部山峰，靠近斯洛伐克。

而荒凉，仿佛这里什么都从未发生。金属纽扣、带扣，还有白骨，都躺在黄土之中。

在德武盖①，除却他们的安眠之地是一片旷野以外，其他并无不同。那里没有任何树木或灌木丛，因此必须用外套的襟翼掩住烛灯，直到火焰稳定燃烧。长眠之人同样还是奥匈帝国步兵团以及步枪营，共四十五名帝国皇帝派遣的士兵，另外还有二百零七名俄国士兵。他们在恰尔纳②的长眠之地更为安宁，树木在他们死后生长起来，如今已是一片阴凉幽静。即便在夏天，这里也光线昏暗。山毛榉的树冠彼此碰触，中间仿若形成了一个巨大的宁静空间，甚至像是身处一个教堂之中。而他们，二十七名奥匈帝国士兵和三百七十二名俄罗斯士兵，就躺在其间。那些俄罗斯士兵与奥匈帝国士兵一样，其中有一半是乌克兰人、波兰人、吉尔吉斯斯坦人、芬兰人及其他种族，只要看地图就能知道。这里几乎没有风，因此我可以顺利点燃蜡烛并放在镌刻着德语铭文的石头基座上。在基座的下面，是来自半个欧洲和小片亚洲的遗体残骸。我的感觉有些奇怪，我想到了亚得里亚海、棕榈树、皮兰的钟楼、乔尔诺戈拉的山间小屋、芬兰苔原、干草原、扎波罗什③、克里米亚的鞑靼人，托考伊的葡萄园、维

---

①② 波兰中部乡村。
③ 乌克兰东南部第聂伯河畔城市。

也纳的颓废、亚洲的沙砾、普雷绍夫的分裂、顿河哥萨克人①、特兰西瓦尼亚的哥特风、蒙古包、骆驼和躺在这里的其他一切。在这个无人到访的世界尽头,它们在地下一米半处紧密相依,彼此混合,渗入地底更深处,与沙子、石头、黏土以及有着七十多年历史的以爱沙尼亚人和克罗地亚人尸体为食的树根相连。于是我点燃烛灯,站着看着,为死者祈祷,因为重要的事情仅仅发生在过去。在这些地区便是如此,未来直到过去以后才会存在。

十一月清冷的日光洒在森林、道路和草地上,一切显得格外明亮而坚硬,好像都必须经年维持下去。他们来到这里,死在遥远的异国他乡,在离家五百、七百甚至一千公里的地方,成为欧洲的肥料。他们甚至没有留下姓名和年龄。个人完全被遗忘,而被当作了团体。我喜欢来到这里,踩在上面行走。我感受到我脚下的一切,感受到渗出泥土的地下水流。雨水从骨骸中冲走矿物质,将它们冲入山谷,与溪水和支流汇合,再向远方流去,最后回到士兵们的家乡。他们在死去时是无辜的,所以不该像罪人一样成为孤魂野鬼。他们走进自己的家,时钟开始计时,一切都未改变。时间只是屏住了它的呼吸,又是一九一四年了,但因为他们已经死

---

① 哥萨克人的一支,居住在顿河流域的中游和下游。顿河哥萨克人在16世纪末期至1918年曾拥有自己的自治地区。顿河哥萨克人有着很强的军事传统,由他们组成的顿河哥萨克军是19世纪—20世纪初期俄罗斯规模最大的非正规军。

去，所以不会有战争，也不会发生任何事件。历史紧绷的弹簧慢慢生了锈，突然间折断。

这是我十一月的遐想，当时我站在他们尸体上方一米半高处的土地上。我想象着他们的家乡，并确定我曾到访过其中一些。这形成的封闭循环就像一种仪式。有些逝者，比如葬在贝斯基德山的，雨水充沛时可以立马流淌到喀尔巴阡山脉的另一侧，然后经卡梅尼采河、托普拉河、拉托里察河、翁达瓦河①流入博德罗格河，经博德罗格河淌入蒂萨河，经蒂萨河汇入多瑙河。这些人返乡的路线比那些必须穿越维斯瓦河和海洋的人要短许多。贝斯基德是喀尔巴阡山脉的分水岭，每当大雨倾盆，水被均匀地分为两半，分别向南和向北流动，将骨骸的矿物质冲走。一百六十八名奥匈帝国士兵和一百三十五名俄罗斯士兵，全部都是步兵，把他们的钙或磷分子或颗粒冲流到蒂萨勒克②需要多长时间呢？

从士兵们的墓地回来后，我开始翻阅匈牙利的老照片，想要感受哀悼之情和与死者之间的联结。不知道为什么，匈牙利照片最能重现死者的生前状态。一九一九年，鲁道夫·巴洛格③拍摄了五张照片。照片上只有一部分墙壁、绞架和五个人，其中四名行刑者都穿着锃亮的靴子，如镜子般折射着阳光。被行刑的人很镇定，年轻的脸上没有绝望，也没有

---

① 均为斯洛伐克河流。
② 匈牙利东北部城镇。
③ 鲁道夫·巴洛格（1879—1944），匈牙利摄影师。

恐惧，更多的是悲伤和严肃。他制服的袖子太长了。绞架的木杆由陈旧的破木制成，上面可以看到木匠的标记。它可能是一个屋顶的横梁，是被毁坏房屋的一部分。处决一定是漫长而痛苦的，因为在第一张照片中，那个男孩独自站在杆子旁边的三步式木脚凳上，墙壁投射着他的影子。在下一张照片中，当他们将绳索套在他的脖子上时，他完全处于阳光下。然而，他的脸上还是没有绝望或恐惧。他已经迈上去三步，但他的姿态和之前完全一样：双手平静地垂在身体两侧，头部略微倾斜，直到最后一直如此。只有当两名士兵踢掉他脚下的绞刑凳时，他的右臂才抬了起来。然后他的身体又恢复到了之前平静的姿态，他的袖子又显得太长了。行刑者们不停地走来走去，仿佛渴望穿着锃亮的靴子离开这个被墙壁包围的地方。他们迈着正步，在行刑结束后两腿分开站立，胡须横生，眼神下垂。他们的影子在绞刑架四周光秃的土地上构成了一幅复杂而凌乱的图画。

照片题注里没有确切的日期或地点，只写了一九一九年。另外，照片中墙壁上方的空隙里有长满叶子的树枝，所以这是四月至十月之间，那时正是匈牙利苏维埃共和国①时

---

① 匈牙利苏维埃共和国，是一个匈牙利的共产党政权，成立于1919年3月21日至8月6日，由库恩·贝拉领导。这是自俄罗斯十月革命后首个在欧洲成立的共产党政权。政权历时共4个月，后因罗马尼亚王国攻占布达佩斯而解散。

期,库恩·贝拉①正在写他的《致所有人!》:"工人们不想再在大资本家和地主的枷锁下呻吟。只有社会主义和共产主义才能将国家从无政府状态中拯救出来。"四月,罗马尼亚人自东面攻来,捷克人从北面袭来。罗马尼亚人攻占了索尔诺克,然后他们必须拿下奥博尼,因为没有其他路径可以抵达布达佩斯。柯特兹镜头中那位盲人小提琴手当时要年轻两岁,他一定听到过他们的动静。他们晚上一定在村庄休息,在开阔的天空下点燃篝火。他们一定会喝酒唱歌,因为几个世纪以来士兵的娱乐方式从未变过。他们悲伤又吵闹。两年前,他们就这样身着匈牙利制服,前往奥热那②送死。现在,他们又穿着罗马尼亚制服,在八月三日去征服布达佩斯。至少来自特兰西瓦尼亚的士兵们是这样。种种迹象表明,他们正在进攻自己的国家,因此,他们喝了更多的酒,大声地唱着歌,试图淹没时代和自己内心的混乱和喧嚣。先是作为匈牙利的罗马尼亚人,然后突然成为罗马尼亚的罗马尼亚人,还要憎恨几年前为之而死的信仰,一定很难。无论如何,小提琴手一定听到了他们的声音,他的耳朵自动吸收和记录了

---

① 库恩·贝拉(1886—1939),匈牙利共产主义革命家,匈牙利苏维埃共和国的主要创建者和领导者,犹太人。1919年宣布成立匈牙利苏维埃共和国,出任外交人民委员,后兼任军事人民委员。苏维埃政权被颠覆后侨居奥地利。1922年—1923年在乌拉尔做匈牙利共产党的宣传工作,后任俄共(布)中央驻共青团中央的特派员。1936年被指控阻挠执行共产国际七大路线而被解除一切职务,并在翌年6月被捕,1939年11月30日逝世于狱中。1955年恢复名誉。著有《论匈牙利苏维埃共和国》《库恩文章和讲话选集》等。

② 波兰南部乡村,接近与斯洛伐克边境。

他们的旋律。谁知道,柯特兹在那个星期日清晨从窗外听到的究竟是什么音乐,也许是来自喀尔巴阡山脉的旋律,也许是多依娜①——罗马尼亚文盲牧羊人的蓝调,又或是匈牙利新兵,包括被绞死的男孩都耳熟能详的募兵曲②。

  这是我在万灵日前后的想法,或多或少。仍然没有下雪。在没有叶子的光秃树木上,可以看到废弃的鸟巢,那是由树枝构成的不规则黑色球体。光线毫无怜悯之意,事物细小的影子仿若骷髅。白天结束于下午四点,太阳消失在了山后,道路其余部分都暗不可见。奇妙的是,太阳消失在我通常于晌午时分在脑海中描绘的地方——康涅兹那,还有坐落在喀尔巴阡山脉另一侧的一切。这里已是晚上,而那边的世界刚刚披上金红色的光芒。巴尔代约夫烧焦了,斯皮什、矿石山、马特拉山,还有匈牙利大平原以及农业机械博物馆坐落的迈泽克韦什德③小镇也烧焦了。我曾在迈泽克韦什德小镇停留过两次,一次是为了寻找自动取款机,一次是为了购买食物饮品。毫无疑问,我买了葡萄酒和香肠,以及一些别的商品。那天晚上,我在包科尼山④过夜;而第二天夜里,

---

  ① 罗马尼亚的民族音乐形式,常在罗马尼亚乡村音乐中出现。在巴尔干半岛及东欧亦有类似的音乐风格。多依娜音乐大多节奏自由,由演奏者即兴发挥,通常伴有大量装饰音。犹太民族的克莱兹默音乐亦融入了多依娜的曲调特色。2009 年,联合国教科文组织将多依娜列入非物质文化遗产名录。
  ② 匈牙利民间广泛流传的招募新兵时表演的歌舞曲。
  ③ 匈牙利东北部城镇。
  ④ 匈牙利西部山区。

我最终抵达了安卡兰①亚得里亚海边的一个露营地,在午夜之后试图将帐篷钉钉入石质土地,但没有成功,所以我不得不蜷缩在下垂的帐篷里。清晨,我看到高大的松树林间,所有来到这里度小长假的度假者像是建起了一座村庄,其中有巨大的多人帐篷、拖车、遮阳伞、帆布棚、露天厨房和开放餐厅。一些人甚至利用麻线和塑料条画地为圈,标记了自己的地盘。塑料、层压板、胶合板、金属板和聚酯组构成了凌乱的农院和树篱,缺少的只有流浪的牛、度假的猪、旅行的奶牛、休憩的白羊和山羊。是的,城镇来到这里假扮成村庄,对自己进行心理剖析并回到过去。度假村、金色凉鞋、印着棕榈树和鹦鹉的飘逸裤子、花哨的眼镜、身体油乳的气味、晒黑的乳房和半裸的臀部,这一切与整体的烟火气、与围于炉灶的目光和栅栏边的闲聊、与小心翼翼跟别人划清界限的被迫近距离接触,共同营造出一种略微不拘一格的田园气息。羽毛球、足球、日光浴、涂抹后背、烧烤、散步,消磨时间和打发无聊的活动共同形成了一幅乡村图景。卢布尔雅那和马里博尔放松了下来,重现了轻松版的祖先生活。

现在是十一月,我却回想起一年半以前的想法和地点。我描写过去和过去的地方,是因为没有其他可写的东西。如同永远在过万灵节,为每个事实撰写墓志铭。我们比事件活

---

① 斯洛文尼亚西南部海滨城镇。

得要久，这就是我们所拥有的一切。我从那个露营地开车前往里雅斯特，但里雅斯特并不重要，让它一边去吧。就让我在那时朝东南方向行驶，穿过整个巴尔干半岛，沿着海岸继续向前，然后经过采蒂涅①和波德戈里察②，在汉尼霍蒂特③的过境通道进入阿尔巴尼亚，路过斯库台，到米洛特④才停下。我在米洛特停留的时间不超过一个小时，几乎没有留下什么关于它的记忆：低矮的房屋、路上的人群、马拉的车架，那天可能是赶集日；穿着白色哈伦裤的老妇人坐在石屋前的长椅上，这就是我记得的全部了。我还记得的只有一幢单层房屋的前院，树荫下有几张桌子和被踩踏的地面，那是喝拉克酒和咖啡的地方。一名三十岁的大胸女子走了进去，她穿着鲜红色的套装，腰间系着一条黑色宽腰带，满身戴着金饰。如云的秀发染成了深蓝色，穿着高高的高跟鞋和紧身的裤子，肩上背着闪闪发光的挎包。这是在米洛特，在马拉车和穿着白色哈伦裤的妇女之间，阿尔巴尼亚的北部自此开始，那里仍然延续着古老时代的风俗——"如果没有事先在篱笆外打过招呼，就不能进入别人的房子。""面包，盐，真心，炉膛里的火，白天或晚上任何时间均可为客人提供的床铺。"红衣女子大声地对着某人说话，打着手势。

---

① 黑山西部城市。
② 黑山首都。
③ 位于阿尔巴尼亚西北部，是阿尔巴尼亚和黑山之间的过境点。
④ 阿尔巴尼亚西部偏北城镇。

在这个被炎热和尘土染成灰色的小巷里,她宛若可以点燃并吞噬一切的火焰,燃尽之后,就像过去一样不会留下任何踪迹。

接下来是雷斯巴兹村①,我在杰马尔·卡科尼的家里生平第一次品尝了凝乳拉克酒。我们赤脚坐在一张矮桌旁。墙上挂着麦加风景的挂毯。我们吃了葡萄。妇女们端上盘子,又回到厨房或站在门边。我们举杯共祝繁荣、幸福和安康。杰马尔自豪地向我们介绍了他的儿子。那个男孩子瘦瘦小小,非常害羞,在德国工作,一被介绍完就立马走开。杰马尔和伊利亚特闲聊着,回忆起伊利亚特在这个地区当老师的遥远过去。那时他住在一座位于墓地旁的独栋房子中,害怕有鬼。我想知道恩维尔·霍查的国家的鬼魂的命运。一九六七年四月二十九日,恩维尔·霍查宣布阿尔巴尼亚为世界上第一个无神论国家。这就和我一年后在布加勒斯特的根萨②公墓里看到的齐奥塞斯库墓一样奇怪。齐奥塞斯库的墓碑高一米多,上面有一个白色的十字架,荆棘冠冕上本该是基督头像的地方却是一颗红色的五角星。想到这里,我必须抽根烟。坟墓周围是铁栅栏。偏执狂的制鞋匠③即便死亡也仍疯狂:十字架和五角星将为他照亮黄泉路。他活着的时候被恐惧吞噬,死后仍会感到害怕。所以为了以防万一,为了在死

---

① 阿尔巴尼亚西部村庄。
② 罗马尼亚首都布加勒斯特市街区。
③ 指齐奥塞斯库,他曾是一名制鞋匠。

后摆脱恐惧，他把十字架和五角星都武装上。可能他不是很确定，在阴间到底是谁做主。然而最有可能的是，他的身体和灵魂在这铁笼子里一起彻底腐烂了。墓上有一些残余的硬脂精，是蜡烛燃烧过后的痕迹。有人来过这里，悼念死者，为他祷告。谁知道呢，也许是英国女王的秘密特使？毕竟，她曾让他乘坐自己的马车环游伦敦，并让他在白金汉宫过夜。谁能理解西方人民，谁能明白他们的感受呢？无论如何，我认为让他躺在一个占地不是很大，也没有大理石的普通公墓里是适当的惩罚。这个公墓距人民宫，也就是根据制鞋匠的品位建造的那座长宽均有两百多米的超级建筑约两公里。即便是最短的路径，前往那里也必须走过二百五十米日光灼晒而没有树木的小径。所以我没有过去，而是从远处观察。我更喜欢参观他的坟墓，因为它更有趣。

我们在墓地的入口被一名警卫拦下了。他身高两米，有点像是皮肤黝黑的兰博①，全身军装，身上有数十个口袋和一个对讲机。他问我们是否有亲近之人在墓地里长眠。罗兰用罗马尼亚语回答他有位家人、血亲在这里。所以他们是害怕的，在此巡逻以防他在某个月光下的夜晚爬出坟墓，穿过马路，挖出埃列娜②。他们分开埋葬，彼此相距约二十米。

---

① 史泰龙主演电影《第一滴血》中的角色。
② 埃列娜·齐奥塞斯库（1916—1989），罗马尼亚社会主义共和国政治人物。前罗马尼亚共产党总书记及总统尼古拉·齐奥塞斯库的夫人，曾经出任部长会议副主席。

她的墓地更为糟糕，只有铁栅栏和涂有黑色防锈漆的铁十字架。中间是一块光秃的干燥土地。有人在那里种了些东西，想让它们生长，但它们不想生长。那片墓地总体郁郁葱葱，而他们的坟墓则完全荒芜，似乎夫妻俩都在分泌一种破坏植物根部的毒素。四周到处都有植物生长，杂草、灌木、蕨类、树苗，他们那里却什么都没有。时间是八月下旬，而他们墓上却几乎没有植被冒出地面，仍如四月的伊始，十字架上只有四五片叶子，仿佛植被的节奏跳过了这里，仿佛有人在上面倾倒了诸如脱叶剂、酸、草甘膦之类的物品。但我觉得，是他们的尸体释放出了些什么。他们被剥夺了声音、视力和动作，因此试图通过分解、通过尸液进行交流。之后我看到，他还有另外一块棕色大理石制成的墓碑，与红色星星的墓碑背对背屹立。这块墓碑要高许多，顶上有一个十字架，还有一张彩陶的遗照，照片上是穿着西装白衬衫、打着领带的鞋匠。基座上刻着大意为"罗马尼亚人民在您墓上致以泪水"的文字，我没有添加也没有删改。而在题词之前，罗马尼亚人民还在尽情玩乐，大声欢笑。好像这还不够，那里还有另一个和他妻子一样的黑色铁制十字架，它被直直插入大理石旁的土壤中。这一切如同对各各他①的拙劣模仿。一根干枯的花茎插在一个被当作祭炉的石锅里。墓碑的底部被烟灰覆盖，沾有黄色的灯油，地上还散落着燃尽的烛

---

① 耶稣被钉死在十字架的地方，也被称为受难地。

灯——这是临时的悲伤，是对永远放下心的廉价伪装。一条黑狗站在附近的一块白色石头上注视着，似乎也在巡逻，确保尸体不会破土而出。当我们离开时，警卫走近我们说："我就知道，你们是来看他的。"

今天，马车再次驶过，就像昨天和前天一样，单调而缓慢地行驶在雾中，在白色的道路上留下马屎。这次只有两名马车夫，他们都很笨重，大约四十岁。还有两匹棕色的马。他们在两点半时爬上山谷，在三点半开始天黑的时候折返回家。他们解开缰绳，松开马匹，给它们喂水投食。可以听见马匹的缰绳碰到金属桶的声音。马儿迈着蹄子，在马厩的地上发出踢踏声。马厩内部潮湿而阴暗，闻起来有肥料和干草的味道。马具被挂在生锈的钉子上。

几天前，我在迈泽克韦什德。下了雨，天气突然变得严寒，一切都被冰霜覆盖。星期天早晨，匈牙利人在广场上的帆布棚里出售他们的商品。提着购物袋的人们在湿滑的地面走过，惨淡的节日装饰也被冰覆盖。马加什国王街上有一个自动取款机，淡蓝色的千元福林纸币上同样印有马加什国王的肖像。我出城驶上高速公路。交叉路口的三辆汽车在这水雾和细雨中看起来如同幻影。我向米什科尔茨驶去。光秃秃的杨树、黄色的草丛、蓝色的路标，路边一切都闪闪发亮。天哪，这风景多么简单而空旷。四周什么都没有，只有一片平坦的地表，偶尔在远方才有几棵光秃秃的树木。我觉得所有的空气都在这玻璃般的冰霜间叮当作响。埃默德①附近有通往德布勒森②和尼赖吉哈佐的路口和道路。灰色闪亮的莫比乌斯带消失在匈牙利大平原的一片虚无之中，很难相信那里有那些城市、城镇和村庄，还有它们的房屋、炊烟和生活，以及其他所有一切。

十二月初在埃默德附近，我似乎第一次看到了无限的模样。但是只持续了片刻，因为我立马联想到了埃施特哈齐③和他的《车夫们》："他们来了！……车夫们来了！他们的叫喊声撕裂了遥远的、灰蒙蒙的、千疮百孔的黎明，撕裂了那片脆弱和空旷的寂静……缰绳轻轻起伏，冰粒在车轮下咯吱作响。"啊，我一直想写一些关于《车夫们》的文字，只是在寻找契机。它的印刷版一共二十五页。潮湿而模糊的空气散开，车夫们如同刚刚从比我们更为强大之人所编织的梦境中走来，作为诱惑的使者在地球出现。他们与自己笨重的动物没有区别，从头到脚一身横肉，散发着热气，动作迟缓。"他们几乎每个人脸上都胡须丛生，他们一点也不友好，一点也不！在马车后面可以听到他们短促而嘶哑的笑声。我看出他们的默契。他们的大腿结实有力，裤子会是多么紧。"是的，我在十二月的一个星期天早晨，在模糊了时间的天气

---

① 匈牙利东北部城镇。
② 匈牙利东部城市。
③ 彼得·埃施特哈齐（1950—2016），是当代匈牙利最知名的作家之一，其作品对战后文学有重要贡献。

里，在埃默德附近的光秃平原上看到了他们。这个世界是如此湿滑，甚至连空气都无法粘附在它之上。他们在每年同样的时节驶过这里，那时道路的泥土终于硬化，不再泥泞，秋天结束了。几个世纪以来都是如此。盐从很远的地方运来，酒从埃格尔运到南部，运到蒂萨河的另一岸，比如到蒂米什瓦拉。一切就像是历史冒险小说或电影里的情景，马车在平坦的地平线后出现，然后便是近景特写，音乐停下，听到的只有车轴的嘎嘎声、锻铁车轮的当啷声和马儿的喘息声。穿越这片土地的人们总是扰乱它的平静，使它趋于邪恶，因为他们唤醒了这片土地的欲望与恐惧。在他们通过之后，一切都与之前不再一样，被撕裂的地平线再也无法愈合。

　　幸运的是，高速路马上就结束了，道路开始变得拥挤，我不得不停止思索。在米什科尔茨郊区，一个匈牙利疯子开着他的赛飞利轿车一连超了三辆车。天气变得暖和了一些，冰从树上掉了下来。在城市另一边的出口处，我看到一群汽车聚集在一家超市旁，它们的车顶看上去如同在混凝土牧场上吃草的牛群的冰冷后背。过了恩奇以后，这条路又变得空旷，没有人开车出国。我有点赶时间，但我和往常一样，又被根茨诱使绕行了几公里。一家甜品店里，一位老人在柜台服务，一名带着一个小男孩的女子要了一杯装入聚苯乙烯杯中外带的卡布奇诺咖啡。他们穿过科苏特街走向一个公共汽车站，一位拿着一台银色小录音机和两个满满塑料购物袋的男人在那里等待他们。他个头不高，抽着烟，用手挡着烟以免它被大片的湿雪淋灭。他们带着录音机和孩子,带着似乎用了很多次的破旧塑料袋要去哪里呢?他们看起来贫穷又可怜。这是圣诞节前两周路上的一个小家庭。母子俩沉默着,飞快地小口喝着咖啡,似乎想快点喝完。但车还没来。他们等待的是穿越曾普伦山脉,前往泰尔基巴尼奥、帕哈扎、沙托劳尔尧乌伊海伊的大巴。雪下得更猛了。他们就像失业的人一样,彼此之间没有交谈。他们的面孔和姿态都表现出他们失业了——我从我的家乡学会了读一个人失业的迹象。时代的主流抛弃了他们,任他们搁浅在岸上自生自灭,不再和他人的命运有所交集。某天清晨醒来,这个世界就会完全变成另一个世界,尽管其实一切都未改变。这些是我在根茨的想法。但也许他们并没有失业,也许是我编造了这些想象作为借口,以免空手离开这里。失业者和马车夫们一样,也很必要,他们是让我回到自己家乡的原因。

这次,我从茨雷斯岛①回程,它长六十八公里,有三千个居民。从布雷斯托瓦②坐轮渡需要二十分钟,除了我们,船上只有两辆卡车和一辆旧奔驰车。在我们抵达波洛锡那③之前,奔驰的司机已经在酒吧喝下两杯白兰地。从甲板上看,茨雷斯岛空无一人。轮渡轰隆作响,散发出柴油的气味。酒保似乎也喝多了,毕竟一天渡海多达十五趟并不轻

---

① 克罗地亚西部岛屿。
② 克罗地亚西部村庄,渡轮从其港口出发前往茨雷斯岛。
③ 克罗地亚西部港口小镇,位于茨雷斯岛的西北海岸。

松。那天天气多云,景观也变得沉重。柴油渡轮、酒保、酗酒的司机、海湾黑暗而鲜明的水面、空空的码头、低矮的天空、船员迟缓而昏昏欲睡的动作、十二月的阳光,还有其他的所有,一切都沿着自己的轨迹各自过活。

　　茨雷斯岛内部确实空空荡荡。道路犹如脊柱,沿岛的长边延伸,举目皆是白色的砂岩、发育不良的植被和风。我在某个地方的路边看到了一群羊。它们一动不动地站着,与岩石的颜色相同,很难被区分开来。它们旁边没有一个人。茨雷斯岛在地图上看上去似是一块被折断的古老骨头。冬天剥夺了它的一切,从海上吹来的阵风填满了哪怕最小的缝隙。位于三百米高的悬崖顶部的卢本尼彻村①便是如此。我从未见过比这更为裸露的、无所遮蔽的人类集居点。村子由十几座灰石房屋和几棵没有任何保护的无花果树组成,风从各个方向吹来,无尽的空气从各个方向涌来。在某些地方,会觉得那里就是尽头,无法继续前行,只能往回走,因为现实就是在那里留下遗言,走向终结。我想这些房子之所以是灰色的,是因为风——风把墙壁的颜色都抹去了,颜色只有在被掩蔽的室内才能保留下来。如果说茨雷斯岛是一座小岛,那卢本尼彻就是一方岛中岛,因为它被海水、空气与陆地相分隔。卧室的墙面之后就是海湾。透过厨房窗户,可以看到在

----

① 克罗地亚茨雷斯岛上的一座古老要塞城市,建于大约4000年前,位于俯瞰亚得里亚海的山脊之上。

气流中飞行的海鸟。这便是这里的生活。墓地中有一半的死者名为穆斯卡丁。墓地位于石壁的边缘。死亡对掘墓者而言一定是灾难，因为坟墓不是挖掘出来的，而必须被凿刻出来。一切都如炼狱。没有非常必要的缘由的话，没有人会来这里，而这个缘由可能是受到刑罚，也可能是出于恐惧。无论如何，一旦来到这里，他们就再也无力离开踏上归途。

为了来到这里，我从柏油路上驶下，驶入了一片茫茫荒野。这条路在地图上是存在的，但实际上，它更像是一段干枯的河床，或是通往无穷远处的断断续续的台阶。我挂着一挡行驶了十几公里，周围只有白色的瓦砾。瓦砾向天空延伸而去，然后折断，又在另一侧掉落。巨大的海鸟在高空翱翔，寻找着活物。但对我们来说，对人类而言，一切都是冰冷的死物，一切已被风席卷干净。有人用石头墙壁把这个开放区域隔开，石壁蔓延向地平线，把空旷的空间切成矩形的碎片。我以为这是对财产偏执而细致的划分，但后来人们告诉我，这种迷宫般的石头屏障是为了防止雨水侵蚀土壤。有时候，路实在太过狭窄，我不得不把后视镜折叠起来。这些仔细堆砌的围墙之中只有石头，没有丁点土壤，偶尔才有枝芽在巨石之间生长出现。我路过一栋屋顶坍塌的房屋，然后又路过一栋同样破败的房屋，然后又是一片荒无人烟。我想象着这里的夏天，到处只有炽热的白色和被烘烤的蜥蜴，目之所及，没有任何可以投下阴影的东西。接着，高耸在岩石间的卢本尼彻出现了。我本来可以从另一个方向，也就是从大海那边，从瓦伦①沿狭窄的沥青路驶来，但那条路太容易了，没有揭示茨雷斯岛的真相——它的荒凉内部，以及鸟儿在这片荒凉的上空盘旋寻找猎物。

有时我会想象一张仅仅由我想要回到的地方组成的地图，一张不太较真的地图，上面其实也没有什么重要的东西。有根茨的湿雪，兹博罗夫的教堂残垣，卡拉奥尔曼荒凉的沙漠和本该在多瑙河中挖掘金矿的生锈机器，埃林德的酷热，斯皮什斯卡贝拉隐没在夕光中的杂货店，皮兰的黎明和猫尿味，勒希纳里的夜晚和姜饼工厂的香气，拉迪亚附近的肉猪，马泰绍尔考的小猪，杰利亚京沉闷清晨的火车站，杜兰布卡、罗兹普西和雅布沃那拉茨卡，胡希和索科武夫，然后现在再加上卢本尼彻。我闭上眼睛，描绘着荒原之间这一片又一片无关紧要的景象之间的道路、铁轨、距离和风景，试图将它们平放安置，拼凑成一本地理图集，让它们略微持久和不朽。

几天前，我乘坐十点十一分从斯图日②出发的科希策快车前往克拉科夫。田野上仍有残雪。灰色和黑色的物体从残雪下冒了出来。噢，我的上帝，铁轨边可怜的垃圾、铁丝网、燃烧在一月的幽蓝光辉中的被遗忘的节日灯串、院子里

---

① 位于克罗地亚茨雷斯岛的村庄，与卢本尼彻相邻。
② 波兰南部村庄，靠近斯洛伐克。

的光秃树木、成堆的旧木材、废旧金属、碎砖,这一切都被囊括在超自然精度的线性几何的构图之中,而这样的构图突然暴露了世界的骨架。博博瓦①、钱日科维采②、图胡夫③、普莱斯纳④,仿佛霜冻用舌头将人文景观舔粘在骨头上,只留下无法再消减,否则将一无所有的最重要的事物。快到中午了,但铁轨附近的一些房屋窗内仍透出淡黄色的灯泡光芒。院子里非常整洁,所有的东西都干净漂亮,如同葬礼上的尸体。正是这雪,它薄薄的边层勾勒出每个物体鲜明的轮廓,令日常的贫困、所有苟延残喘的英雄主义、衰败的绝望获得了几乎完美的形状。已经中午了,但是很难看到人。人们没有出门的理由。景观正在转为抽象,所以他们宁愿待在室内。我打开窗户,闻到空气中的煤烟味,联想到了火炉上的厨锅、管道的声音,还有烧火人熟练的动作。当火焰在铸铁圆盘下跳跃,黑烟冒出并扩散在空气里,红色的光芒填满了厨房。途中有多少这样的房屋?成百上千,到处都是相似的,相似的灰头土脸,相似而可悲的与世界的混乱喧嚣相斗争的井然有序。

  火车是斯洛伐克列车,座位是红色的人造皮革。在我上车以前,它已经驶过了普雷绍夫、萨比诺夫和利帕尼⑤。那里也是相同的模样,除了房屋更为密集,也更为相似,其他

---

①②③④ 波兰南部城镇。
⑤ 均为斯洛伐克东部城镇。

一切都没有什么不同——同样蛰伏的临时性、同样不确定的命运、同样即兴的生活。两三年前早春的萨比诺夫是什么样子呢？教堂塔楼上是哥特式的尖顶；教堂旁边是一幢文艺复兴时期风格的黄色建筑物，它的外墙布满了烟灰，窗户上有格栅；然后是城墙的断壁残垣，折射着灰色天空的水坑，还有几只在寻找干燥地面的鸡。我去那里应该出于偶然，我可能正在寻找斯皮什和沙里什边界的新路。我可能像往常一样，为了看到另一边的风景而走了18号公路的一条捷径，然后看到了我现在所看到的一切，看到了比以前放大许多倍的风景，它以奇迹般的方式将所有碎片和片段、将每一个利帕尼和萨比诺夫联结起来。它们都会在其中一劳永逸地找到自己的位置，和他们的鸡、泥泞、燃煤厨房、炊烟、整洁的院子，还有期望一起，变成两倍、千倍大，再也不会为自己偶然、临时的存在而烦恼。一切都表明，我会怀着这样的想法行驶直到死去。

在彼得库夫①，前往凯尔采②与拉多姆的两条道路中间有条窄轨铁路。很久以前就没有火车在上面行驶了。两条锈红的轨道时不时被沙土掩埋，然后又重新出现在道路右侧。我的《波兰国家地图集》记载，这条铁路线建于一九〇四年，一九七一年时还在运营。那天是二月的一个星期六，阳

---

① 波兰中部乡村。
② 波兰中部城市。

光明媚，我无法从那些小人国①的铁轨残迹上移开目光。乌什钦②甚至还有一个小火车站。火车站是一座红砖建筑，应该是按照哥特式建造的，但它却更像一栋积木房子，幼稚的装饰看上去有点动画片或木偶戏的感觉。整个区域看起来都如同幼稚的微观模型。道路两旁的房屋几乎都是外墙，特别是在乌什钦、普日格武夫③和苏莱尤夫④郊区。在这些既看不出年代也没有风格的立面上，有时会有飞檐、圆窗、壁柱等不仅仅是为了满足功能，也是为了装饰的物体，这样就会和普通的立面不太一样，也显得稍微美观一些。这些墙壁后面似乎什么都没有，似乎一切都在那里终结了，只余狂风呼啸。家禽有自己的小窝，狗有自己的狗屋，而人所有的努力都花在了这些可怜的外墙上，将它作为抵御世界的最后一道几近无形的防线。因此，我没有去参观十二世纪的西多会修道院，而是被吸引来到了满是蓝色水坑的苏莱尤夫花园和衰败的小广场，以及旧家具、饱经风雨的橱柜、其他人类残余物积聚的院子和阳台。一个当地的天使似西门·斯泰莱特⑤般坐在纤细圆柱上。他跟他所守护的房屋很是相像，和它们以同样的材质建成，也会与它们同生共终。山上教堂的上帝

---

① 出自乔纳森·斯威夫特1726年的小说《格列佛游记》。
②③ 波兰中部乡村。
④ 波兰中部城镇。
⑤ 西门·斯泰莱特（390—459），一名基督教禁欲主义者，在修道过程中，因为有太多民众因为敬仰而前去拜访、观望，他倍感困扰。他移居到柱顶上生活了30余年，被称为柱顶圣徒。

之母至少在她的上方有一片由角钢和有机玻璃制成的屋顶，天使头上则一无所有，只有裸露的天空。前方不远处有一个垃圾桶。维格维兹多夫村①位于南面三十公里处，我应该去那里停留。那天平原上方的天空寒冷而明亮。在途中，我可能会遇到三到四辆出了故障的车辆。

是的，我应该去维格维兹多夫，并在那里停留。这个国家只有一个这样的地方，但我必须继续行驶，才能在夜幕降临之前抵达索莱茨②。这是我的计划。我从未去过索莱茨，只看过一张照片。照片上是一家电影院，入口荒草丛生，展板上的海报破烂不堪，天空多云，背景中有一间古老的小木屋。这家电影院名字就叫"电影院"，门口的标牌这样写道。一棵柳树在附近生长。这家影院很久以前起就什么都不放映，也没有人来了。在它内部的黑暗之中，椅子已然腐烂。我试图想象它的周围。总有这样的照片和这样的地方，尽管那里什么也没有，却让人无法平静。照片中的电影院犹如一个时代的回忆，那时候，事物取最简单的名字就足矣。电影院外墙呈柔和的弧形，以便容纳简单的字母。孤独和荒凉像寒风一样在字母框架中呼啸。这就是为什么我在二月中旬田野仍有积雪的时候开车去那里，我有一种强烈的感觉，在苏莱尤夫、维格维兹多夫和索莱茨之间的某个地方，时间冻结了，或者似空气或梦境蒸发无痕，不再将我们与最

---

①② 波兰中部乡村。

遥远的童年分离，甚至也许不再和整个过去分离。这就是我为什么要去那里，去向事物的微不足道，去向世事的弹指即逝。我从777号公路向右转去，驶入了一片空白的天地。土地开始略微上升，它是平原，但如同正在开车上山一般越来越靠近天空，或者如同行驶在一个无法到达目的地，也无从逃脱的沉睡梦境之中。就这样，我向索莱茨驶去，穿行在一片想要嘲讽我的傻气的风景之间，仅仅因为看到了一张黑白照片。

索莱茨就像三十年前的波德拉谢地区索科武夫、八个月前的胡希一样。它是我的大陆首都的另一个候选地。我不想停车，也不想下车，因为我害怕这一切都会消失——它是那么无常，那么脆弱，根本是虚假的。一切在山上的教堂之后立刻终结，我也从那里折返。马在这个村庄里面自由漫步，冬日的鬃毛长而蓬乱。我想，我会在死前来到这里，会在我不想活下去的时候来到这里。这里没有人会注意到，我所有的力量都离我而去。

晚上，我将坐在电影院里，观看往年电影的幽灵幻影。体面的死亡应当与生活有些相似，它应该像一场梦或电影。在大陆的这部分地区，现实就如死后的世界，这无疑是为了减轻人们对死亡的恐惧，减少人们死亡时的遗憾。

我就站在电影院前。它和照片上一样，存在又不存在，未活着也未完全死去，宛若物质仿照死后世界凝成的实体。它可能比照片上的更加死气沉沉。夜幕降临，我感到空气中有些凉意。我可以想象，在它的黑暗内部，霜冻会切断旧电影的透明图像。是的，会有这样的地方，我们确定它们的背后肯定有些什么，肯定有些隐藏的、被掩盖的东西，但我们无能为力。因为我们太过愚蠢、太过胆怯或还不够苍老，所以不知该如何穿越到另一侧。

我像个傻瓜一样站在那里，冻僵了。我想象着那歪斜的双开门大开，我走入其中，然后看到我们所有人一直都在寻找的狭窄通道。在那个通道里，索莱茨出现了，还有维格维兹多夫、苏莱尤夫、胡希、卢本尼彻，从斯图日到塔尔努夫的铁轨，从科希策驶来的红色火车，以及已经过去的，但永无止境、坚不可摧的一切。那里面甚至还有几天前我们沿着霍尔纳德河谷行驶的那个星期六。那天，我们又一次行驶在悬空的吉卜赛村庄脚下，但这一次，村庄的奇迹发生在地面上、在爬升的道路和河流之间的平坦区域上。冰雪消融，这个集居点几乎所有的孩子都出来玩雪了。巨大的雪堡在围攻者的无情攻击下坍塌，塔楼翻倒，墙壁残破，防御者无处躲藏。除了这场快结束的战斗以外，孩子们还在进行其他的游戏。巨大的雪球躺在一片数个足球场大的草地上，孩子们滚动每个雪球直到滚不动了为止，然后又开始滚动一个新的雪球。有些雪球直径有一米宽。草地上躺着十几个这样的雪球，看上去似是从天上掉下来的，美丽而不真实。在它们之间，衣着五颜六色的孩子们不知疲倦地循环滚动着。在庞大钢厂的阴影下，周围没有比这更生动的景象了。我向那里驶去。就在那时，十几名男子从门后走了出来。他们迈着沉重而麻木的步伐，如烟灰般灰头土脸，如同整个克龙帕希一样忧郁，如同暮光一般悲伤。与此同时，吉卜赛儿童将能量转化为雪球，这些雪球一两天后就会被太阳融化成水，然后淌入霍尔纳德河，沿着复杂的河汊和支流网流向黑海，那片斯洛伐克甚至没有入海口的海域。

之后，更远一些，在萨比诺夫附近一座村庄的某个地方，有一片杀猪的屠宰场。黑色的铁丝网上挂着猪肉。在这冰雪融化的灰白景观中，生肉似火，透着红光。房屋、道路、天空、忙碌的人群，还有村庄在警惕的田园犬巡逻下的其余一切。目之所及，一切都沉浸在雾气中，没有任何色彩，只有那几块肉散发着残酷的光芒。透过车窗玻璃，我感觉到了这些红色碎片的热量。在斯洛伐克的昏昏欲睡、凝结静止和悲伤的安宁之中，一场屠杀发生了。没有人隐藏死亡的难堪。狗和孩子们看着刀起刀落，看着碗中、桶中的内脏和鲜血。千年来一直如此，什么都未曾改变。黄昏降临了。

在前往康涅兹那的过境通道口，红灯亮着。我等了几分钟。有人在昏暗中走动，走到护照盖章台上，按下按钮，绿灯亮了，过境杆抬起。里面坐着的只有我们的边警。斯洛伐克人不在乎谁要离开他们的国家。"你从哪里回来？""你是什么时候出国的？""你的目的地是哪里？"我看着我的护照滑入扫描仪,回答说:"这里,今天。"海关窗口稍稍打开,问我:"买了什么?""都是寻常之物。"我没有看到面孔,只看到了放行的手势。我并没有我是从别处归来的感觉。转弯过后,田野之间,起雾了。

作者注释

《去往巴巴达格》部分内容曾发表于《共和国报》《大众周刊》《克拉斯诺格鲁达》《剖面》《选举报》①。

勒希纳里

[罗马尼亚] 埃米尔·齐奥朗,《历史与乌托邦》,马雷克·边齐克译

我们的领袖

[波兰] 亚当·博格斯,《锡德利斯卡-博古舍乡村》,

---

① 均为波兰报刊。

克拉科夫 1903 年版

战争开始的国度

［罗马尼亚］埃米尔·齐奥朗，《历史与乌托邦》，马雷克·边齐克译

［斯洛文尼亚］德拉戈·扬恰尔，《嘲弄的欲望》，乔安娜·波莫斯卡译

［斯洛文尼亚］爱德华·哥拜克，《巴黎笔记》片段，杰兹·斯诺佩克译

阿尔巴尼亚

［阿尔巴尼亚］伊尔杰特·阿里卡，《妥协》，多罗塔·霍洛迪斯卡译

［阿尔巴尼亚］法托斯·卢博尼亚，《泥流金字塔》，多罗塔·霍洛迪斯卡译

去往巴巴达格

［罗马尼亚］米尔恰·伊利亚德，《罗马尼亚人历史概要》，安娜·卡齐米尔扎克译

［塞尔维亚］米奥德拉格·布拉多维奇，《红公鸡直飞入天》，玛丽亚·克鲁科夫斯卡译

［塞尔维亚］达尼洛·基什《花园，灰烬》，丹努塔·西里奇－斯特拉辛斯卡译

［罗马尼亚］科诺留·泽列亚·科德里亚努发表于《反对派》(1996年6月) 的文章，博格丹·科吉乌译

［匈牙利］彼得·埃施特哈齐《车夫们》，伊丽莎白·索博列夫斯卡译

主要地名对照表

Babadag	巴巴达格	Chop	乔普
Baia Mare	巴亚马雷	Cluj	克卢日
Banat	巴纳特	Constanța	康斯坦察
Bardejov	巴尔代约夫	Corfu	科孚岛
Belgrade	贝尔格莱德	Danube R.	多瑙河
Bihor	比霍尔	Dniester R.	德涅斯特河
Bratislava	布拉迪斯拉发	Dobruja	多布罗加
Bucharest	布加勒斯特	Dulạbka	杜兰布卡
Budapest	布达佩斯	Esztergrom	埃斯泰尔戈姆
Bukovina	布科维纳	Galați	加拉茨
Cahul	卡胡尔	Gjirokastër	吉诺卡斯特
Chernivtsi	切尔诺夫策	Gönc	根茨
Chișinău	基希讷乌	Hidasnémeti	希道什奈迈蒂

Karpathian	喀尔巴阡山脉	Sighişoara	斯哥莎拉
Korçë	戈里察	Sokołów Podlaski	波德拉谢地区索
Košice	科希策		科武夫
Kraków	克拉科夫	Soroca	索罗卡
Ljubljana	卢布尔雅那	Suceava	苏恰瓦
Lviv	利沃夫	Sulina	苏利纳
Maramureş	马拉穆列什	Szolnok	索尔诺克
Maribor	马里博尔	Timişoara	蒂米什瓦拉
Mátészalka	马泰绍尔考	Tirana	地拉那
Nagykálló	大卡洛	Tiraspol	蒂拉斯波尔
Nyíregyháza	尼赖吉哈佐	Tisa R.	蒂萨河
Oradea	拉迪亚	Transylvania	特兰西瓦尼亚
Piran	皮兰	Trieste	的里雅斯特
Poznań	波兹南	Tokaj	托考伊
Prague	布拉格	Tulcea	图尔恰
Prešov	普雷绍夫	Ubl'a	乌布拉
Rășinari	勒希纳里	Vienna	维也纳
Saranda	萨兰达	Voskopojë	沃斯科波亚
Sárospatak	泌罗什保陶克	Wallachia	瓦拉几亚
Sátoraljaújhely	沙托劳尔尧乌伊海伊	Warsaw	华沙
Satu Mare	萨图马雷	Záhony	扎霍尼
Sfântu Gheorghe	圣格奥尔基	Zemplén	曾普伦
Sibiu	锡比乌		
Sighetu Marmaţiei	锡盖图－马尔马切伊		

致　谢

感谢法托斯·卢博尼亚、阿斯特里特·贝吉尔、里格斯·哈利利和伊尔杰特·阿里卡的友谊、热情和帮助。他们将自己的世界从"Shqiptarski"翻译成阿尔巴尼亚语，再翻译成波兰语，这对我的帮助是无价的。

非常感谢皮特·马西尼亚克和波兰驻基希讷乌大使馆的款待，感谢沃伊泰克·马尔赫莱夫斯基的明智建议和帮助。

安杰伊·斯塔休克

"蓝色东欧"译丛（部分书目）

第一辑

- **《石头城纪事》**（小说）
  【阿尔巴尼亚】伊斯梅尔·卡达莱 著　李玉民 译

- **《错宴》**（小说）
  【阿尔巴尼亚】伊斯梅尔·卡达莱 著　余中先 译

- **《谁带回了杜伦迪娜》**（小说）
  【阿尔巴尼亚】伊斯梅尔·卡达莱 著　邹琰 译

- **《石头世界》**（小说）
  【波兰】塔杜施·博罗夫斯基 著　杨德友 译

- **《权力之图的绘制者》**（小说）
  【罗马尼亚】加布里埃尔·基富 著　林亭、周关超 译

- **《罗马尼亚当代抒情诗选》**（诗歌）
  【罗马尼亚】卢齐安·布拉加等 著　高兴 译

第二辑

- 《我的疯狂世纪（第一部）》（传记）
  【捷克】伊凡·克里玛 著　刘宏 译

- 《我的疯狂世纪（第二部）》（传记）
  【捷克】伊凡·克里玛 著　袁观 译

- 《我的金饭碗》（小说）
  【捷克】伊凡·克里玛 著　刘星灿 译

- 《一日情人》（小说）
  【捷克】伊凡·克里玛 著　高兴、杜常婧 译

- 《终极亲密》（小说）
  【捷克】伊凡·克里玛 著　徐伟珠 译

- 《等待黑暗，等待光明》（小说）
  【捷克】伊凡·克里玛 著　杜常婧 译

- 《没有圣人，没有天使》（小说）
  【捷克】伊凡·克里玛 著　朱力安 译

- 《花园里的野蛮人》（散文）
  【波兰】兹比格涅夫·赫贝特 著　张振辉 译

- 《带马嚼子的静物画》（散文）
  【波兰】兹比格涅夫·赫贝特 著　易丽君 译

- 《海上迷宫》（散文）
  【波兰】兹比格涅夫·赫贝特 著　赵刚 译

- 《父辈书》（小说）
  【匈牙利】瓦莫什·米克罗什 著　许健 译

第 三 辑

- 《乌尔罗地》（散文）
  【波兰】切斯瓦夫·米沃什 著　韩新忠、闫文驰 译

- 《路边狗》（散文）
  【波兰】切斯瓦夫·米沃什 著　赵玮婷 译

- 《第二空间——米沃什诗选》（诗歌）
  【波兰】切斯瓦夫·米沃什 著　周伟驰 译

- 《无止境——扎加耶夫斯基诗选》（诗歌）
  【波兰】亚当·扎加耶夫斯基 著　李以亮 译

- 《捍卫热情》（散文）
  【波兰】亚当·扎加耶夫斯基 著　李以亮 译

- 《索拉里斯星》（小说）
  【波兰】斯塔尼斯瓦夫·莱姆 著　赵刚 译

- 《遗忘的梦境——查特·盖佐短篇小说精选》（小说）
  【匈牙利】查特·盖佐 著　舒荪乐 译

- 《流星——卡雷尔·恰佩克哲理小说三部曲》（小说）
  【捷克】卡雷尔·恰佩克 著　舒荪乐、蒋文惠、程淑娟 译

- 《神殿的基石——布拉加箴言录》（箴言）
  【罗马尼亚】卢齐安·布拉加 著　陆象淦 译

- 《十亿个流浪汉，或者虚无——托马斯·萨拉蒙诗选》（诗歌）
  【斯洛文尼亚】托马斯·萨拉蒙 著　高兴 译

第四辑

- **《耻辱龛》**（小说）
  【阿尔巴尼亚】伊斯梅尔·卡达莱 著　吴天楚 译

- **《三孔桥》**（小说）
  【阿尔巴尼亚】伊斯梅尔·卡达莱 著　施雪莹 译

- **《接班人》**（小说）
  【阿尔巴尼亚】伊斯梅尔·卡达莱 著　李玉民 译

- **《绝对恐惧：致杜卞卡》**（小说）
  【捷克】博胡米尔·赫拉巴尔 著　李晖 译

- **《严密监视的列车》**（小说）
  【捷克】博胡米尔·赫拉巴尔 著　徐伟珠 译

- **《雪绒花的庆典》**（小说）
  【捷克】博胡米尔·赫拉巴尔 著　徐伟珠 译

- **《温柔的野蛮人》**（小说）
  【捷克】博胡米尔·赫拉巴尔 著　彭小航 译

- **《无常的夏天》**（小说）
  【捷克】弗拉迪斯拉夫·万楚拉 著　张陟 译

- **《赫贝特诗集（上、下）》**（诗歌）
  【波兰】兹比格涅夫·赫贝特 著　赵刚 译

- **《垃圾日》**（小说）
  【匈牙利】马利亚什·贝拉 著　余泽民 译

第 五 辑

- 《壁画》（小说）
  【匈牙利】萨博·玛格达 著　舒荪乐 译

- 《鹿》（小说）
  【匈牙利】萨博·玛格达 著　余泽民 译

- 《两座城市：论流亡、历史和想象力》（散文）
  【波兰】亚当·扎加耶夫斯基 著　李以亮 译

- 《另一种美》（散文）
  【波兰】亚当·扎加耶夫斯基 著　李以亮 译

- 《思想的黄昏》（随笔）
  【罗马尼亚】埃米尔·齐奥朗 著　陆象淦 译

- 《着魔的指南》（随笔）
  【罗马尼亚】埃米尔·齐奥朗 著　陆象淦 译

- 《乌村幻影》（小说）
  【罗马尼亚】欧金·乌力卡罗 著　陆象淦 译

- 《裸浴场上的交响音乐会——罗马尼亚20世纪小说精选》（小说）
  【罗马尼亚】诺曼·马内阿等 著　高兴等 译

- 《我行走在你身体的荒漠——立陶宛新生代诗选》（诗歌）
  【立陶宛】阿纳斯·艾利索思卡斯等 著　叶丽贤 译

- 《魔鬼作坊》（小说）
  【捷克】雅辛·托波尔 著　李晖 译

第六辑

- **《简短，但完整的故事》**（小说）
  【波兰】斯瓦沃米尔·姆罗热克 著　茅银辉、方晨 译

- **《三个较长的故事》**（小说）
  【波兰】斯瓦沃米尔·姆罗热克 著　茅银辉、林歆、张慧玲 译

- **《挑衅》**（小说）
  【阿尔巴尼亚】伊斯梅尔·卡达莱 著　李焰明 译

- **《娃娃》**（小说）
  【阿尔巴尼亚】伊斯梅尔·卡达莱 著　张雯琴、宋学智 译

- **《天堂超市》**（小说）
  【匈牙利】马利亚什·贝拉 著　余泽民 译

- **《秘密生活》**（小说）
  【匈牙利】马利亚什·贝拉 著　余泽民 译

- **《蓝色阁楼寻梦》**（小说）
  【罗马尼亚】阿德里亚娜·毕特尔 著　陆象淦 译

- **《两天的世界（上、下）》**（小说）
  【罗马尼亚】乔治·伯勒伊泽 著　董希骁、【罗马尼亚】梅兰（Mara Arion）译

- **《生命边缘的女孩》**（小说）
  【罗马尼亚】米尔恰·格尔特雷斯库 著
  张志鹏、林惠芬、陈进、李昕 译

- **《希特勒金钱》**（小说）
  【捷克】拉德卡·德内玛尔科娃 著　姜蔚茜 译

第七辑

- **《致爱丽丝》**（小说）
  【匈牙利】萨博·玛格达 著　舒荪乐 译

- **《对欢乐史的贡献》**（小说）
  【捷克】拉德卡·德内玛尔科娃 著　覃方杏 译

- **《患病的动物》**（小说）
  【罗马尼亚】尼古拉·布列班 著　陆象淦 译

- **《送给头儿的巧克力》**（小说）
  【波兰】斯瓦沃米尔·姆罗热克 著　茅银辉、方晨 译

- **《去往巴巴达格》**（游记）
  【波兰】安杰伊·斯塔修克 著　龚泠兮 译

- **《伊莎贝拉的中国情人》**（小说）
  【斯洛伐克】爱莲娜·西德维格优娃 著　荣铁牛 译

- **《木屋旅馆》**（小说）
  【阿尔巴尼亚】迪安娜·楚里 著　陈逢华 译

- **《迟来的莫扎特》**（小说）
  【阿尔巴尼亚】巴什金·谢胡 著　李玉民 译

- **《弗拉迪米尔·霍朗诗歌精选集》**（诗歌）
  【捷克】弗拉迪米尔·霍朗 著　徐伟珠 译

- **《瓦斯科·波帕诗选》**（诗歌）
  【塞尔维亚】瓦斯科·波帕 著　彭裕超 译

· 部分书名为暂定，以出版时为准 ·